AF306806

Karin Bell wurde 1980 in Siebenbürgen geboren. Heute lebt sie mit ihrer Familie im Schwabenländle, doch ihr Herz schlägt seit vielen Jahren für Amerika. Ihren ersten Roman schrieb sie, nachdem sie als Jugendliche mehrere Wochen bei Verwandten in Michigan verbrachte. Seitdem lässt sie das amerikanische Lebensgefühl nicht mehr los.

KARIN BELL

Wiedersehen der Liebe

Herzklopfen in Little Falls

Überarbeitete Neuausgabe Februar 2024

Copyright © 2024 dp Verlag, ein Imprint der
dp DIGITAL PUBLISHERS GmbH
Made in Stuttgart with ♥
Alle Rechte vorbehalten

Wiedersehen der Liebe

ISBN 978-3-98778-936-6
E-Book-ISBN 978-3-98778-938-0
Hörbuch-ISBN 978-3-98778-932-8

Copyright © 2022, dp Verlag, ein Imprint der dp
DIGITAL PUBLISHERS GmbH
Dies ist eine überarbeitete Neuausgabe des bereits 2022 bei dp Verlag, ein Imprint der dp DIGITAL PUBLISHERS GmbH erschienenen Titels Herzklopfen in Little Falls (ISBN: 978-3-96817-813-4).

Covergestaltung: ARTC.ore Design / Wildly & Slow Photography
Umschlaggestaltung: Christin Peulecke
Unter Verwendung von Abbildungen von
stock.adobe.com: © JulietPhotography, © Axel, © dottedyeti
shutterstock.com: © rawmn, © CEW
Lektorat: Carolin Diefenbach
Satz: dp DIGITAL PUBLISHERS GmbH
Druck und Bindung: Books on Demand GmbH, Norderstedt

Das Werk darf – auch teilweise – nur mit
Genehmigung des Verlages wiedergegeben werden.

Sämtliche Personen und Ereignisse dieses Werks sind frei erfunden. Etwaige Ähnlichkeiten mit real existierenden Personen, ob lebend oder tot, wären rein zufällig.

Vorwort

Anlässlich der Neuauflage meiner Little Falls-Reihe, habe ich einen weiteren Beitrag für die inoffizielle Tourismus-Seite meiner fiktiven Kleinstadt erfasst.
Viel Spaß beim Lesen und eine gute Reise wünscht

Karin Bell

Unternehmungen im Frühling

Im Frühling erwacht unser kleines Städtchen nach dem langen Winter wieder zum Leben. Die malerischen Gebäude auf der Main Street erstrahlen in neuem Glanz und bereits ab Mai erwartet uns ein ganz besonderes Highlight – die Hortensienblüte am Pavillon.

Das Leben spielt sich wieder im Freien ab, besonders der Park wird zum beliebten Treffpunkt für Jung und Alt.

Die Top 5 im Frühling

1. Wochenmarkt jeden Mittwoch und Samstag

2. Open Air Kino im Park (bitte eigene Sitzgelegenheit mitbringen)

3. Historische Stadtführung mit Bürgermeisterin Martha

4. Angelausflüge zum Dragonfly Lake

5. Erdbeerfest (Backwettbewerb und Wahl der Erdbeerkönigin)

Prolog

Audrey

„Audrey, mein Schatz, sei doch so lieb und nimm den Eistee gleich mit raus."

„Mach ich, Tante Dorothy." Audrey legte ihren Gameboy, den sie eben aus ihrem Rucksack geholt hatte, neben die aufgefüllten Gläser und balancierte das Tablett vorsichtig zur Hintertür, die zur Veranda führte. Sie liebte den Pfirsicheistee, den ihre Tante jeden Morgen frisch für die Gäste im Bed & Breakfast zubereitete und der so fruchtig duftete. Er stimmte sie sogleich auf ihre Sommerferien in Little Falls ein, die sie wie in jedem Jahr fernab von Chicago verbrachte. Drei Wochen nur Abenteuer, Natur und Badespaß am See – ohne ihre Eltern.

Audrey pustete eine Strähne, die sich aus ihrem Zopf gelöst hatte, aus dem Gesicht und schnitt wilde Grimassen, um ihre Brille wieder in die richtige Position zu bringen. Anschließend stieß sie mit dem Ellbogen die Fliegengittertür auf und trat hinaus, wo sie das Tablett auf einem Korbtischchen abstellte. Sie zog den rechten Träger ihrer Latzhose, der beim Öffnen der Tür leicht verrutscht war, wieder auf die Schulter und kniff argwöhnisch die Augen zusammen, als sie die drei Cassidy-Brüder am Ufer entdeckte.

Mist, was hatten die schon wieder hier verloren? Sie waren weder Gäste des B & B noch mit ihrer Tante verwandt ... Aber sie kannte die Antwort schon. Im B & B war jeder willkommen, egal ob er hier Urlaub machte oder in Little Falls wohnte.

Wie zum Beweis tauchte Eugene, der Mann der Bürgermeisterin, mit einem Handtuch um die Hüften auf und legte sich, nachdem er sich gründlich mit Sonnenöl einbalsamiert hatte, auf eine der Liegen auf der Wiese. Lautes Schnarchen lenkte ihre Aufmerksamkeit zurück zur Veranda, wo sie Rosie und Manfred entdeckte, ein älteres Ehepaar, das schon seit Jahren zu den Stammkunden gehörte. Vielleicht konnte sie Rosie später, wenn sie ausgeschlafen hätte, zu einer Partie Skip-Bo überreden.

Audrey ließ sich auf die Sonnenliege plumpsen und schnappte sich ihren Gameboy. Solange Jenna nicht hier war, wollte sie sich den drei Jungs nicht stellen, außerdem war heute ihr erster Tag und den wollte sie sich nicht gleich durch einen Streit mit Clayton vermasseln. Sie linste über den Brillenrand und schüttelte genervt den Kopf. Der mittlere Cassidy-Spross wirkte seit letztem Sommer sogar noch eingebildeter. Nicht nur dass er seine Baseballcap verkehrt herum trug, nein, jetzt hatte er auch eine verspiegelte Sonnenbrille, die seinem Ego eindeutig nicht guttat.

Audrey schaltete den Gameboy an und zuckte ob des schrillen Signaltons zusammen. Mist. Jetzt hatte sie nicht nur Rosie geweckt, sondern auch Claytons

Aufmerksamkeit auf sich gelenkt, der auf dieses Signal offensichtlich ansprang wie ein Hund auf eine Hundepfeife.

Schnell warf sie Rosie einen entschuldigenden Blick zu, doch die hatte die Augen bereits wieder geschlossen und schnarchte nun noch lauter als zuvor. Clayton jedoch war hellwach und kam mit einem breiten Lächeln auf die Veranda zu. Unwillkürlich rutschte Audrey auf der Liege weiter hinab, doch vergebens. Er hatte sie hinter den Sprossen des Geländers und einem Handtuch, das darüber hing, bereits entdeckt.

„Audrey, seit wann bist du wieder in Little Falls?", fragte er überrascht, die Hand lässig am Pfosten des Verandadachs abgestützt. Mit der anderen Hand wischte er sich die Sonnenbrille aus dem Gesicht, wo sie auf dem Käppi zum Liegen kam. Dabei entging ihr nicht, wie seine Augen unschlüssig erst ihren Gameboy und dann den eisgekühlten Pfirsichtee fokussierten.

„Hi, Clayton, ich bin gestern Nachmittag angekommen." Sie schnitt eine Grimasse, ehe sie die Minikonsole in der Brusttasche ihrer Latzhose verschwinden ließ. Sicher war sicher, denn Claytons sehnsüchtigem Blick nach zu urteilen, dauerte es keine Sekunde mehr, bis er seinen Charme ausspielte, um an das Spielzeug zu kommen. Wie gut, dass sie sich davon nicht beeindrucken ließ. Ihr Mund verzog sich automatisch zu einem Grinsen.

„Oh, du hast jetzt einen Gameboy?", fragte er so beiläufig, als hätte er das Ding eben erst gesehen.

„Mmh, hab ich zu Weihnachten bekommen", erwiderte Audrey im gelangweilten Ton und kämpfte mit ihrer Selbstbeherrschung, um nicht laut loszuprusten.

Mit der linken Hand griff sie nach einem Glas Eistee, dann rückte sie sich wieder die Brille zurecht, die bei dem schwülwarmen Wetter permanent verrutschte.

„Du gehst heute nicht schwimmen?", wechselte Clayton abrupt das Thema und brachte Audrey mit dieser Frage in Erklärungsnot. Aber sie konnte ihm ja schlecht berichten, dass sie gerade zum zweiten Mal in ihrem Leben Besuch von Tante Rosa hatte, und aus ebendiesem Grund lieber auf der Veranda saß als auf der Luftmatratze, die sich Cole heute von ihrem Onkel Dean ausgeliehen hatte.

Hoffentlich war es schnell vorüber, nicht auszudenken, wenn sie ganze drei Wochen nicht schwimmen konnte.

„Alles in Ordnung? Du bist auf einmal knallrot im Gesicht", fragte Clayton irritiert, der Gameboy schien vergessen.

„Ähm, ja, mir ist nur etwas warm", erwiderte sie schnell und nahm wie zum Beweis einen großen Schluck vom Eistee. „Willst du auch einen?", fragte sie eilig und gratulierte sich für diesen genialen Einfall. Der Eistee würde Clayton eine Weile beschäftigen und ihn von ihr ablenken.

„Danke." Clayton schnappte sich schnell ein Glas, als hätte er nur auf ihre Aufforderung gewartet, und ließ sich auf dem Korbsessel neben ihr nieder.

Na super, das war eigentlich nicht Absicht gewesen. Warum verkrümelte er sich nicht wieder zu seinen Brüdern und ließ sie in Ruhe auf Jenna warten?

Clayton setzte sich nun wieder die Sonnenbrille auf, ehe er eine Oktave tiefer sinnierte: „Hier lässt es sich aushalten. Ein kühler Drink mit Blick auf den See." Er verzog den Mund, als hätte er eben einen großen Deal abgeschlossen, und prostete dann Manfred zu, der zwischenzeitlich im B & B verschwunden war und nun mit einem Bier nach draußen kam.

Fehlt nur die dicke Zigarre im Mundwinkel, schoss es Audrey durch den Kopf – oder zumindest eine Kaugummizigarette, schließlich war Clayton erst zwölf, genau wie sie.

Für einen Moment fragte sie sich, wie lange er hier wohl noch sitzen wollte. Es war nur eine Frage der Zeit, bis sie sich wieder dermaßen in die Haare bekamen, dass Clayton beleidigt wie eine Leberwurst abrauschte – sein aufgeplustertes Ego vertrug einfach keine Kritik. Außerdem verwirrte sie allein schon die Tatsache, dass er mit ihr auf der Veranda saß, als wären sie beste Freunde. Hatte er sich womöglich doch geändert?

Ehe sie weitergrübeln konnte, wurde hinter ihr die Tür aufgestoßen und Jenna kam mit einem Freudenschrei auf sie zu.

„Audrey, Audrey, Audrey, du bist endlich wieder in Little Falls!"

Die Freundinnen fielen sich stürmisch in die Arme und hüpften übermütig auf und ab, dabei lenkten sie auch Eugenes Aufmerksamkeit auf sich, der sich nun neugierig von seiner Liege erhob. Beim Anblick seiner Retroshorts mit Paisleymuster und den weißen, hochgezogenen Tennissocken, die er immer noch trug, verschlug es sogar ihr für einen Moment die Sprache. Dann zischte sie Jenna übermütig zu: „Kein Wunder, dass er so weiße Storchenbeine hat."

Jenna hielt sich vor Lachen den Bauch und winkte Eugene kurz zu, der daraufhin freudig die Hand hob.

„Oh, Clayton, hab dich gar nicht gesehen", begrüßte sie den Jungen, der immer noch auf der Veranda saß. Anschließend schenkte sie Audrey einen fragenden Blick, den diese mit einem Augenrollen quittierte.

„Am besten gehen wir rein, da können wir uns in Ruhe unterhalten", schlug Audrey vor und bemerkte, wie Claytons Hoffnung auf eine Runde Zocken schwand. Er konnte einem geradezu leidtun, wie er da mit seinem traurigen Dackelblick saß.

Sie zögerte nur einen kurzen Moment, ehe sie den Gameboy aus ihrer Brusttasche zog und ihn Clayton reichte. „Wehe, du machst ihn mir kaputt, dann gnade dir Gott."

„Äh, nein ...", stotterte der sonst so coole Junge und wirkte mit seinem aufrichtigen Lächeln auf einmal sehr sympathisch.

Bevor sie es sich anders überlegen konnte, hakte sie sich bei Jenna unter und betrat mit ihr das B & B.

„Das war sehr lieb von dir, mein Schatz." Dorothy, die ihre Augen und Ohren wohl überall hatte, kam den Mädchen entgegen und schenkte ihrer Nichte ein stolzes Lächeln.

Audrey verzog verlegen den Mund, sie war schließlich kein Unmensch. Außerdem wusste sie, dass ihre Tante die Cassidy-Brüder liebte, als gehörten sie zur Familie.

„Ich will ja nicht schon am ersten Tag einen Streit anzetteln", erwiderte sie mit einem frechen Zwinkern. „Und wie heißt es so schön: Die Klügere gibt nach."

1

Clayton

13 Jahre später

Clayton trat aus dem Haus ins Freie und bewunderte sein Werk voller Stolz. Es gab für ihn nichts Schöneres, als mit den eigenen Händen etwas Altes wieder in ein Schmuckstück zu verwandeln. Noch vor einigen Monaten war dieses Haus eine heruntergekommene Bretterbude gewesen. Dennoch hatte sein Dad darin von Anfang an etwas Besonderes gesehen und es gekauft. Mittlerweile waren nicht nur das Dach, die Veranda und sämtliche Leitungen neu, sie hatten sogar den ursprünglichen Dielenboden retten können, der jetzt in neuem Glanz erstrahlte.

Claytons Mund verzog sich zu einem Lächeln. Was sein älterer Bruder Cole und dessen Verlobte Jenna wohl zu ihrem neuen Zuhause sagen würden? Mit jedem Tag fiel es ihm schwerer, dieses Projekt als Kundenauftrag zu tarnen, schließlich sollte es eine Überraschung zur Hochzeit sein, die kurz bevorstand. Der Frühling war in Little Falls eingekehrt und die beiden konnten es kaum mehr erwarten, sich endlich das Ja-Wort zu geben. Er freute sich sehr für seinen Bruder, denn dieser war seit Jennas Rückkehr nach Little Falls und ihrem Neuanfang wie verwandelt. Momentan lebten sie noch in der kleinen Wohnung über Coles Diner, doch er war sich ziemlich sicher, dass die beiden gegen mehr Platz und eine Veranda nichts einzuwenden hätten.

Clayton lief zum Pick-up-Truck und schnappte sich den Staubsauger, den er heute extra mitgenommen hatte. Für die Übergabe sollte alles perfekt sein, auch wenn das bedeutete, dass er selbst den Wischmob schwingen musste. Dies kam normalerweise eher selten vor, denn er wohnte immer noch in seinem Elternhaus und seine Mom übernahm diese Aufgaben aus irgendeinem Grund am liebsten selbst. Dabei hatte er sich beim letzten Mal gar nicht so dumm angestellt.

Nicht dass er ein schlechtes Verhältnis zu seiner Familie hätte, aber so langsam wurde es Zeit, sich nach einer eigenen Wohnung umzusehen. Erst recht jetzt, wo ihm sein Dad im Familienbetrieb immer mehr Verantwortung übertrug. Mittlerweile betraute er ihn sogar mit größeren Bauprojekten und ließ ihm von der Planung bis zur Ausführung freie Hand.

Clayton betrat erneut das kleine Farmhaus und stellte den Staubsauger am Boden ab. Das Haus war wirklich ein Schmuckstück. Mit der Inneneinrichtung hatten sie allerdings gewartet, damit sich Jenna nach Lust und Laune austoben konnte. Sein Bruder dagegen war ziemlich anspruchslos. Clayton hoffte nur, dass Cole seine alten Möbel endlich entsorgen würde – vor allem die speckige Couch und den alten Sessel, den er seit

Teenagerjahren besaß.

Mit einem Schmunzeln steckte er den Stecker ein und begann im hinteren Teil zu saugen. Während der Renovierung hatte er sich selbst mehr als einmal bei dem Gedanken ertappt, hier einzuziehen. Das Haus hatte Charme und befand sich zudem etwas abseits vom Zentrum. Aber im Grunde war es schon immer sein Traum gewesen, sich ein eigenes Haus am See zu bauen. Wie praktisch, dass es in Little Falls gleich zwei davon gab: den größeren Dragonfly Lake und den Little Pond. Er sah sein zukünftiges Haus schon vor sich. Die hintere Veranda war auf Stelzen gebaut und führte direkt zum Wasser. Allerdings dürfte das etwas schwierig werden, wenn es den größeren See anging. Dieser war ringsum von dichten Wäldern umgeben und noch nicht bebaut. Er konnte sich kaum vorstellen, dass Martha, die Bürgermeisterin, dafür eine Genehmigung erteilen würde. Der Little Pond wiederum lag in der Nähe seiner Eltern und ihrer Baufirma, wurde aber von den Gästen des Bed & Breakfast und den Einwohnern von Little Falls als Badesee genutzt. Mit der Ruhe und vor allem der Privatsphäre wäre es dann vorbei – zumindest in den Sommermonaten.

Eins nach dem anderen, mahnte er sich. Zuerst musste er etwas Geld sparen, um sich wenigstens das Grundstück leisten zu können.

Zum wiederholten Mal spürte er sein Handy in der Gesäßtasche vibrieren, was ihn genervt aufstöhnen ließ. Seit letztem Wochenende, das er in New Haven verbracht hatte, und dem unverfänglichen Flirt mit einer heißen Blondine stand sein Handy gar nicht mehr still. Hätte er ihr nur nicht seine Nummer gegeben. Die

Gute bekam offensichtlich nicht genug von ihm, dabei hatten sie auf der Tanzfläche nur ein wenig herumgeknutscht. Das war wohl das Päckchen, welches er tragen musste. Frauen erlagen schnell seinem Charme und interpretierten einfach zu viel hinein. Konnte er etwas dafür, dass er intelligent und zudem mit einem schlanken, aber auch muskulösem Körper gesegnet war? Dieser steckte die meiste Zeit in ausgewaschenen Jeans, einem Muskelshirt und Flanellhemd – hier machte er privat wie beruflich keine Ausnahme. Zur Arbeit trug er lediglich Sicherheitsschuhe zusätzlich.

Clayton ignorierte das Handy und konzentrierte sich stattdessen auf die Fußleiste, die er nun gewissenhaft absaugte, da sich darauf einige Sägespäne befanden. Mit einem breiten Grinsen ergänzte er seine imaginäre Vorzugsliste. Zu Intelligenz und einem umwerfenden Aussehen kamen noch häusliche Qualitäten, von seinen Kniffen im Bett mal ganz zu schweigen.

Nach einer halben Stunde war das gesamte Haus blitzblank und Zeit für seinen wohlverdienten Feierabend, schließlich arbeitete er seit den Morgenstunden. Clayton überprüfte, ob alle Fenster und Türen geschlossen waren, dann verließ er samt Staubsauger und Putzeimer das künftige Zuhause seines Bruders. Es war bereits sieben Uhr und Zeit fürs Abendessen. Ein weiterer Pluspunkt, wenn man noch bei Muttern wohnte und überzeugter Single war. An allen anderen Tagen aß er bei Cole im Diner.

Clayton belud die Ladefläche und machte sich auf den Heimweg. Dazu fuhr er wieder ins Stadtzentrum, passierte die Main Street entlang des Parks, dem Dreh- und Angelpunkt von Little Falls, der jetzt im Frühling zu neuem Leben erwachte. Im Schritttempo ging es weiter, bis vor zum Bed & Breakfast, an dessen Abzweigung er den Weg zu seinem Zuhause nahm. Schon von Weitem erkannte er seinen Grandpa Larry, der in einem Schaukelstuhl auf der Veranda saß und Zeitung las. *So ein Rentnerleben muss schön sein*, schoss es Clayton amüsiert durch den Kopf. Zeitung lesen, Spaziergänge und Schach spielen mit Freunden. Aber er gönnte seinem Grandpa, der den Diner bis zu Coles Übernahme geführt hatte, den wohlverdienten Ruhestand.

Wehmut überkam Clayton, als er an seine Grandma dachte, die bereits seit zwei Jahren fehlte. Wenige Monate nach ihrem Tod hatten sie Larry schließlich zu sich geholt.

Clayton parkte den Pick-up vor der großen Scheune, die sich direkt neben dem weitläufigen Haus befand. Hier lagerte ihr gesamtes Baumaterial sowie die Maschinen, die sie für den Betrieb benötigten. In einem separaten Bereich befand sich das Büro, in dem er oft über neuen Plänen brütete.

Clayton sprang aus dem Wagen und lief auf Larry zu. „Hi, Grandpa! Na, alles klar?"

Larry, der so vertieft in die Zeitung gewesen war, sah überrascht auf. „Clayton, da bist du ja! Wie läuft es mit dem Haus?"

„Bin heute fertig geworden", erwiderte Clayton zufrieden grinsend. Sein Grandpa war natürlich ebenfalls eingeweiht und hatte in den letzten Wochen auf seinen Spaziergängen immer wieder vorbeigeschaut.

Larry legte die Zeitung auf dem Tischchen neben sich ab und stand auf. „Das sind ja tolle Neuigkeiten ... Wird Zeit, dass die beiden heiraten. Es wird immer schwieriger, es geheim zu halten. Und jetzt, wo Eugene es weiß, hoffe ich jeden Tag, dass er sich im Diner nicht verplappert."

„Eugene? Warum hast du es ihm überhaupt gesagt?" Clayton schüttelte tadelnd den Kopf.

„Nicht ich war es, sondern Martha, nachdem sie die Papiere für den Grundbucheintrag bekommen hat", klärte Larry seinen mittleren Enkelsohn auf.

Clayton schnaufte laut auf. Dass ausgerechnet die Bürgermeisterin hatte quasseln müssen, regte ihn doch ein wenig auf. Hatte die Gute noch nie etwas von Datenschutz gehört? Was, wenn jetzt, kurz vor der Hochzeit, etwas herauskam und die Überraschung somit ins Wasser fiel? Er hatte sich nicht umsonst die letzten Monate den Hintern aufgerissen.

„Mach dir keinen Kopf", fuhr Larry mit beruhigender Stimme fort. „Eugene hält schon dicht. Tief in seinem Herzen ist er ein alter Romantiker und wird uns bestimmt nicht dazwischenfunken."

„Ich hoffe, du behältst recht, Grandpa." Clayton und Larry betraten das Haus und zogen sich im Eingangsbereich die Schuhe aus. Clayton respektierte die Gesetze des Hauses. Er wusste, dass seine Mom es gern aufgeräumt und rein hatte. Schon der Flur war ein Aushängeschild, was einen im restlichen Haus erwartete. Es war unschwer zu erkennen, das Arianna ein Faible für den Landhausstil hatte. Dies und ihr Händchen für die passende Deko machten den Unterschied zwischen einem Haus und einem gemütlichen Heim.

„Mmh, das riecht fein", sprach Larry Claytons Gedanken laut aus, während er in seine gefütterten Pantoffeln schlüpfte. „Aber so langsam muss ich etwas auf meine Figur achten. Das gute Essen und die fehlende Bewegung tun mir eindeutig nicht gut."

Für einen Moment erkannte sich Clayton in seinem Großvater wieder. Die vielen Parallelen waren erschreckend. Sie wohnten im selben Haus, aßen nur bei Arianna oder im Diner und waren beide mehr oder weniger alleinstehend. Clayton beschloss, gleich morgen bei Martha einen Termin zu machen, um zumindest einmal abzuklären, ob das Gelände rings um den Dragonfly Lake zur Bebauung freigegeben war.

Logan, Claytons Dad, kam ihnen mit einer riesigen Auflaufform Lasagne entgegen. "Ihr kommt gerade rechtzeitig!"

"Hi, Mom, hi, Dad", begrüßte Clayton seine Eltern mit einem liebevollen Lächeln und drückte seiner Mutter, die eine Salatschüssel trug, kurz ein Küsschen auf die Wange.

"Lecker, Lasagne. Die riecht köstlich!" Larry nahm am Esstisch Platz und rieb sich freudig die Hände.

"Ich dachte schon, du machst heute gar nicht mehr Feierabend", bemerkte Logan nach einem Blick zu seinem Sohn und setzte sich neben seinen Schwiegervater.

"Dafür bin ich jetzt komplett fertig und geputzt habe ich auch schon", erwiderte Clayton während er Platz nahm.

Arianna, die gerade die Lasagne schnitt, sah überrascht auf. "Tatsächlich? Kaum zu glauben, dass dieses Projekt endlich abgeschlossen ist. Ich kann mich nicht erinnern, dass ihr jemals so lange mit einem Haus beschäftigt gewesen wart."

„Es war ja auch in einem katastrophalen Zustand. Ich verstehe nicht, wie man ein Haus so verkommen lassen kann." Logan schüttelte den Kopf.

„Dafür ist das Endergebnis umso schöner. Cole und Jenna werden begeistert sein. Das ist wirklich ein sehr großzügiges Geschenk von euch", bemerkte Larry lächelnd.

Arianna lud ihrem Vater ein beachtliches Stück Lasagne auf den Teller und setzte sich anschließend neben ihn. „Bitte schön, Dad, lass es dir schmecken."

„Vielen Dank, mein Schatz."

Clayton schmunzelte. Sein Grandpa wirkte in diesem Moment wie ein Kind zur Bescherung, schließlich gab es sein Lieblingsessen nicht jeden Tag. Er verfolgte, wie seine Mom routiniert die anderen Teller belud. Erst jetzt fiel ihm auf, dass Chase, sein jüngerer Bruder, fehlte.

„Isst Chase heute nicht mit?"

„Nein, er musste heute kurzfristig die Schicht tauschen", klärte Logan ihn auf.

Clayton nickte, denn es kam häufiger vor, dass sein Bruder als Deputy Sheriff von Little Falls abends oder in der Nacht arbeiten musste. Da lobte er sich doch seinen Job. Es kam höchstens mal vor, dass er sich abends noch Pläne ansah oder einen Blick in das Auftragsbuch warf. Clayton spürte, wie sein Handy in der Gesäßtasche erneut vibrierte. Nach einem schnellen Blick aufs Display wusste er, dass es sich wieder um seinen Flirt vom Wochenende handelte. Mit einem genervten Schnauben schaltete er das Handy kurzerhand aus und wandte sich wieder seinem Essen zu.

„Alles in Ordnung?", fragte Logan und sah von seinem Teller auf.

„Ja, alles klar. Ich sollte in Zukunft nur aufpassen, wem ich meine Nummer gebe", brummte Clayton.

„Oh, ich verstehe", bemerkte Larry mit vielsagendem Blick. „Eine Freundin, die bereits die Hochzeitsglocken läuten hört?"

Clayton schüttelte vehement den Kopf. „Nein, keine Freundin und schon gar keine Hochzeit ... Ich genieße mein Singleleben."

Vielleicht war er einfach zu nett, die Damen bekamen seinen Charme allzu oft in den falschen Hals. Ein einnehmendes Lächeln und ein Kompliment bedeuteten schließlich nicht, dass er sich auf ewig binden wollte. Er liebte es halt zu flirten – solange alles unverbindlich blieb.

„Mir kam da heute so eine Idee", lenkte Clayton das Gespräch in eine andere Richtung. Es war ihm unangenehm, ausgerechnet mit seiner Familie über sein Liebesleben zu sprechen. Interessiert richteten sich beinahe zeitgleich drei Augenpaare auf ihn.

„Du meinst, wegen Coles Junggesellenabschied?", fragte seine Mom erwartungsvoll. „Was Jenna betrifft, ist alles in trockenen Tüchern. Wir feiern im B & B."

Clayton zuckte unmerklich zusammen. Den Junggesellenabschied hatte er vor lauter Arbeit ganz vergessen. Dabei hatte er Matt fragen wollen, ob sie das Kinofoyer als Partylocation nutzen konnten. Vielleicht fand sich auf die Schnelle auch eine Stripperin, um seinem Bruder ein letztes Mal richtig einzuheizen. Clayton verwarf den Gedanken schnell, da sich Cole nur dagegen sträuben würde, so träge und altmodisch, wie er war.

„Ähm, ich muss noch mit Matt abklären, ob wir im Kino feiern können“, erwiderte Clayton. „Aber ich meinte eigentlich was anderes.“ Er machte eine kurze Pause und überlegte, ob er seine Familie wirklich schon einweihen sollte.

„Schieß schon los“, forderte ihn sein Grandpa ungeduldig auf, während er die letzten Reste seiner Lasagne zusammenkratzte.

„Ihr wisst nicht zufällig, ob das Land um den Dragonfly Lake Bauland ist?“, ließ Clayton die Bombe platzen.

„Tatsächlich kann ich das nicht beantworten“, entgegnete Logan nachdenklich. „Warum fragst du, gibt es einen Interessenten?“

„Ähm, na ja“, druckste Clayton, „ehrlich gesagt, habe ich mir in den letzten Wochen auf der Baustelle immer vorgestellt, wie es wohl wäre, selbst zu bauen. Ich meine, von Grund auf.“

„Du meinst, ein eigenes Haus für dich?“, fragte Arianna und sah ihren Sohn erstaunt an.

„Es war schon immer mein Traum, direkt am See zu wohnen. Außerdem könnte ich den Großteil selber machen. Ich bräuchte also nur noch das passende Grundstück“, klärte Clayton seine Familie auf. Er konnte den Gesichtsausdruck seiner Mutter nicht deuten. Es war eine Mischung aus Skepsis und Sorge.

„Wird ja auch Zeit, dass du mal flügge wirst“, kam ihm jetzt ausgerechnet sein Grandpa zu Hilfe. „In deinem Alter war ich schon längst verheiratet und hatte den Diner.“

Clayton lächelte seinem Grandpa zu, auch wenn dessen Satz nicht gerade schmeichelhaft war, und wandte sich dann an seine Eltern. „Ich wollte mal mit Martha sprechen, mich erst mal informieren, ob es am See überhaupt die Möglichkeit gibt. Vielleicht platzt der Traum ja wie eine Seifenblase."

„Und der Little Pond kommt für dich nicht infrage? Von diesem weiß ich, dass ringsum Bauland ist", informierte Logan seinen Sohn.

Clayton verzog kurz das Gesicht. Wollte er wirklich so nah bauen, dazu die Gäste des B & B, die im Sommer den See in Beschlag nahmen? Wenn er ehrlich war, liebte er seine Ruhe und die hatte er am Dragonfly Lake, der sich mitten im Wald befand und zudem einen beachtlichen Fischbestand führte. Vielleicht könnte er sogar Angeln lernen.

„Wir werden dich in deinem Vorhaben natürlich unterstützen", bemerkte Arianna nun mit einem Lächeln, das ihn innerlich aufatmen ließ. „Wenn es schon immer dein Traum war, dann solltest du ihn wahrmachen."

Clayton nickte seiner Mom erleichtert zu. Dann stand seinem Projekt nichts mehr im Weg – außer vielleicht Martha – und um die Finanzierung konnte er sich später noch Gedanken machen. Aber die Bürgermeisterin hatte er bis jetzt mit seinem Charme und den richtigen Worten jedes Mal um den Finger wickeln können. Er würde ihr gleich morgen früh einen Besuch im Rathaus abstatten.

2

Audrey

Audrey Davis betrat Chicagos größte Shoppingmall und fuhr zielgerichtet in den ersten Stock hinauf. Es wurde höchste Zeit, sich endlich etwas Festliches für die bevorstehende Hochzeit zu besorgen. Für gewöhnlich brezelte sie sich nicht auf. Sie war praktische Kleidung gewöhnt, besonders in ihrem Job als Innenausstatterin, in dem sie auch handwerkliche Arbeiten verrichtete.

Sofort hellte sich ihr Gesicht auf, als sie an Little Falls und das Bed & Breakfast ihrer Tante Dorothy dachte, wo sie als Kind ihre Sommerferien verbracht hatte. Nicht dass es hier schlecht gewesen war, nein, die Nähe zum Lake Michigan hatte durchaus seine Reize, aber Audrey liebte das Kleinstadtflair mit all seinen Leuten. Allen voran Jenna, deren Eltern die örtliche Bäckerei gehörte und die damals wie eine ältere Schwester für sie gewesen war. Sie konnte kaum glauben, dass ihre liebe Freundin in zwei Wochen heiratete. Und schon gar nicht, wen. Cole Cassidy. Den ältesten der drei Cassidy-Brüder, die sie ebenfalls seit ihrer Kindheit aus

Little Falls kannte. Audrey schüttelte amüsiert den Kopf. Ihre Tante hatte sie stets über die Entwicklungen der Kleinstadt auf dem laufenden gehalten. Cole hatte mittlerweile den Diner seines Grandpas übernommen. Beim Gedanken an das alte Lokal und Larry breitete sich ein warmes Gefühl in ihr aus. Sie verband so viele schöne Erinnerungen mit ihren Besuchen dort, dass sie beinahe Angst hatte, jetzt, nach all den Jahren, enttäuscht zu werden. Ob der Park und die Main Street immer noch so unverbaut waren? Oder der Little Pond? Ihre Tante hätte ihr bestimmt erzählt, wenn es am Badesee hinter dem B & B mittlerweile anders aussah.

Audrey erreichte die Damenabteilung und sah sich ratlos um. Da die Hochzeit im Freien stattfinden sollte, spielte sie mit dem Gedanken an ein elegantes Sommerkleid. Auf der Einladung, die sie von Jenna und Cole bekommen hatte, stand zumindest, dass die Zeremonie am Pavillon im Park geplant war.

Sie durchstreifte die Abteilung und entdeckte schließlich ein hellblaues Chiffonkleid, das bequem und gleichzeitig festlich aussah. *Perfekt*, schoss es ihr durch den Kopf, *und genau derselbe Blauton, den Jenna für die Trauzeugen vorgesehen hat.*

Als sie das Kleid wenige Augenblicke später in der Umkleide überzog und sich vor dem Spiegel drehte, kam ihr die Idee, bei dieser Gelegenheit auch gleich ihre restliche Garderobe aufzufrischen. Vielleicht mit einem Bikini, denn sie wollte in Little Falls auch ein wenig die Seele baumeln lassen. Zum Glück war sie selbstständig und konnte sich ihre Zeit einteilen, wie sie wollte. Sie hatte erst kürzlich ein großes Projekt abgeschlossen und in nächster Zeit standen nur Termine oder Besichtigungen potentieller Projekte an. Audrey war bekannt dafür, dass sie selbst dem langweiligsten Großraumbüro in Chicago einen gemütlichen Schliff verpasste. Aber am liebsten waren ihr Einfamilienhäuser, vorzugsweise etwas außerhalb der Stadt, die sie in ein gemütliches Heim verwandelte.

Sie rückte sich ihre Brille zurecht, die ihr im Eifer des Gefechts von der Nase gerutscht war, und hakte anschließend ihre imaginäre To-do-Liste ab. Es fehlte nur noch der Bikini und als Nächstes ein Flugticket nach New Haven, wo ihr Onkel Dean sie abholen würde.

Audrey schlüpfte wieder in ihre Latzhose und das Flanellhemd, danach richtete sie den Zopf, aus dem sich mehrere Strähnen gelöst hatten. Kurz musste sie grinsen. An ihrem Auftreten hatte sich seit ihrer Kindheit kaum etwas geändert. Sie trug immer noch eine viel zu große Brille und auch der praktische Zopf gehörte zu ihrem Markenzeichen. Unwillkürlich musste sie an Clayton Cassidy denken, der sie deswegen immer aufgezogen hatte. Wie hatte sie den Gedanken an ihn nur verdrängen können? Mit Sicherheit war er ebenfalls einer der Trauzeugen, genauso wie sie, und derjenige, der sich aufgrund ihrer Entfernung zu Little Falls um das meiste kümmern würde – hoffentlich verbockte er es nicht. Sie hatte den mittleren der Brüder noch nie leiden können. Schon als Junge und später als Teenager war sie von seinem angeberischen Gehabe mehr als genervt gewesen. Der Gute war eindeutig mit zu viel Selbstbewusstsein gesegnet und dachte, die Sonne drehe sich nur um ihn.

Audrey verließ die Umkleide, bezahlte und fuhr hinauf ins oberste Stockwerk, wo sich ein großes

Sportgeschäft und ihr Lieblingscafé befanden. Sie orderte einen Cappuccino und machte es sich an einem Tischchen an der Fensterfront bequem. Von hier aus hatte sie den perfekten Ausblick auf den Hafen und das Vergnügungsviertel am Navy Pier. Dennoch war es der kleine See hinter dem B & B ihrer Tante, der gerade nach ihr rief und sie wehmütig werden ließ.

Kurzerhand zog sie ihr Handy aus der Tasche und buchte ihren Flug für die bevorstehende Reise schon von hier aus mit der entsprechenden App. Bei der Bestätigung der Fluggesellschaft, die prompt folgte, breitete sich ein unbändiges Gefühl der Vorfreude in ihr aus. Schnell checkte sie noch ihren Feed auf Instagram, in der Hoffnung, dass ihre Freundin Jenna neue Fotos aus der Bäckerei teilte. Volltreffer. Schon beim Anblick der kunstvoll verzierten Törtchen lief ihr das Wasser im Mund zusammen. Als sie genauer hinsah, erkannte sie die alte Glasvitrine, die seit ihrer Kindheit zur Ausstattung der Bäckerei gehörte und ihren nostalgischen Charme versprühte. Sie scrollte weiter und entdeckte Fotos von der Main Street und dem Diner, der ebenfalls wie aus dem Dornröschenschlaf erwacht wirkte.

Automatisch warf Audrey erneut einen Blick aus dem Fenster und auf die moderne Architektur Chicagos mit all seinen imposanten Wolkenkratzern, allen voran der Willis Tower, der das höchste Gebäude der Stadt darstellte. Rings um den Hafen konnte man jeden Tag den Fortschritt der Baustellen beobachten, allein innerhalb einer Woche veränderte sich ein ganzer Stadtbezirk. In Little Falls war, wie es schien, die Zeit irgendwann in den Siebzigern stehen geblieben. An den inhabergeführten Läden änderte sich nichts, ebenso wenig wie an den Häusern, die man immer wieder liebevoll restaurierte, um sie für eine weitere Saison fit zu machen. Audrey musste zugeben, dass dieser Tatsache ein ganz besonderer Zauber inne lag. Besonders dem Pavillon, der sich inmitten des Parks befand und einmal mehr zur Location einer Hochzeit wurde.

Audrey verstaute ihr Handy wieder in der Tasche und leerte den Rest ihres Cappuccinos, als ihr ein Gedanke kam. Warum blieb sie nicht einige Tage länger in Little Falls? Da sie im Moment nur mit neuen Plänen beschäftigt war, konnte sie auch vom B & B aus arbeiten, bevor sie der nächsten Familie zu einem gemütlichen Zuhause verhalf. Ihre Tante hätte mit Sicherheit nichts dagegen und ungebunden, wie sie war, musste sie auch auf keinen Partner Rücksicht nehmen. Sie genoss ihr Singleleben und hatte in naher Zukunft auch nicht vor, etwas daran zu ändern oder sich für jemanden zu verändern!

Nie wieder würde sie sich auf einen Mann einlassen, dem das Äußere wichtiger war als Charakter, und der zum Geburtstag mit einem „Umstyling-Gutschein" daherkam. Ihr Ex konnte sich sein tolles Geschenk sonst wohin stecken. Sie liebte ihre „hundefreundliche" Garderobe – ja, genau so hatte er ihren Stil genannt. Ihr Bailey haarte nun einmal und hatte nach einem Spaziergang an einem der siebenundzwanzig Strände, die Chicago zu bieten hatte, einfach Sand im Fell.

Ihr Golden-Retriever-Rüde, der mittlerweile die Ausmaße eines kleinen Rindes hatte, würde sie selbstverständlich nach Little Falls begleiten. Er war seit drei Jahren ihr treuer Begleiter und störte sich nicht an ihren Latzhosen, denn in den Taschen fand sich immer eine kleine Leckerei. Beim Gedanken an ihn verzog sich ihr Mund zu einem liebevollen Lächeln. Es wurde Zeit, Bailey bei ihren Eltern abzuholen, die heute den Babysitter für ihn spielten und ihn mit Sicherheit wieder überfüttert hatten. Aber der Gute wusste mittlerweile, welchen Blick er bei ihren Eltern aufsetzen musste, um an ein Würstchen oder sogar ein Stück Käse zu kommen. Am besten bläute sie ihrer Tante Dorothy gleich von Anfang an ein, wie gewieft ihr Reisebegleiter war, schließlich wäre die verlockende Küche im Bed & Breakfast wie ein wahrgewordenes Paradies für ihre Fellnase.

Audrey bezahlte, machte einen kurzen Abstecher ins Sportgeschäft gegenüber und verließ das Kaufhaus eine Viertelstunde später mit dem Kleid für die Hochzeit und einem schicken Bikini, den sie am neuen Badesteg einweihen wollte.

Draußen schlug ihr die für Mai untypische Wärme ins Gesicht, die durch den stetigen Wind, der vom Lake Michigan herüberwehte, etwas gemildert wurde. Nach wenigen Minuten erreichte sie die Station der „L" – Chicagos Hochbahn –, die sie in Richtung Norden beförderte, wo sie mit ihren Eltern nahe des Strands im Stadtteil Edgewater lebte. Das familienfreundliche Viertel war zudem ein Paradies für Vintagefans und Audrey liebte es, durch die unzähligen Antiquitätenläden zu streifen und Einzelstücke für ihre Kunden aufzustöbern. Es war jedes Mal, als würde sie sich auf eine Schatzsuche begeben. Nach einer halben Stunde Fahrt erreichte sie schließlich ihr Ziel.

„Hi, Bailey!", begrüßte sie ihren Hund, der ihr bei ihrer Ankunft aufgeregt entgegenlief. „Ich hoffe, du warst brav?"

Wie zum Beweis erklang ein bestätigendes Bellen, das sie laut auflachen ließ.

„Hi, Audrey!" Ihre Mom kam mit einem überraschten Ausdruck aus der Küche. „Na, das ging aber schnell. Hast du was Hübsches für die Hochzeit gefunden?"

„Hi, Mom. Und ob!" Audrey wedelte mit der Einkaufstasche und grinste dabei. „Es war Liebe auf den ersten Blick."

Jilian kam interessiert näher. „Dann lass mal sehen, ich platze vor Neugierde."

Audrey schmunzelte. Mit den großen Augen, die nun erwartungsvoll leuchteten, wirkte ihre Mom wie ihre ältere Schwester Dorothy. Zwischen den beiden Frauen lag ein Altersunterschied von beinahe fünfzehn Jahren, der sich in vielerlei Hinsicht bemerkbar machte. Dorothy war die Ruhe in Person und behielt als Eigentümerin des B & B selbst im größten Chaos einen kühlen Kopf. Sie genoss das Leben in vollen Zügen, war herzlich und für jeden Spaß zu haben – und gestand Audrey mehr Freiheiten zu. Vielleicht auch, weil sie sich in Little Falls frei bewegen konnte und jeder ein Auge auf jeden hatte. Es hatte keinen Tag gegeben, an dem sie nicht schwimmen gewesen war oder mit Jenna und den Cassidy-Brüdern die Stadt unsicher gemacht hatte.

Audrey griff in die Papiertüte und holte das hellblaue Kleid heraus. „Nein, mein Lieber, da ist nichts für dich dabei", tadelte sie kurz darauf Bailey, der mit der

Schnauze schnell in der Tüte abtauchte. „Ich glaube nicht, dass dir das Chiffonkleid passt.“

„Oh, das ist ja schön, Audrey“, bemerkte ihre Mom, als sie einen ersten Blick darauf warf und es entgegennahm. „Der Farbton passt perfekt zu deinen Augen.“

„Das ist Zufall. Aber ich finde es passend für eine Zeremonie im Freien“, bemerkte Audrey gedankenverloren. „Dann muss ich auch keine Strumpfhosen anziehen.“ Audrey verzog das Gesicht, als hätte sie in eine Zitrone gebissen, und ging in die Hocke, um ihren neuen Bikini vor Bailey zu retten, der gerade an einem der Träger kaute. „Und der ist auch nicht für dich, Riesenbaby!“

Audrey schnappte sich das Teil, bevor es noch Schaden nahm, und legte es zurück in die Tüte.

„Hach, so schade, dass wir nicht dabei sein können“, bemerkte Jilian und reichte ihrer Tochter das Kleid. „Wir bekommen leider erst im Sommer Urlaub, dabei hätte ich mir zu gerne angesehen, wie das neue Teezimmer geworden ist.“

„Ich bin auch gespannt, wie es in natura wirkt. Auf den Fotos kommt die Stimmung nicht rüber“, gab Audrey zu bedenken und stand wieder auf. Sie hatte ihrer Tante bei der Gestaltung eines neuen Zimmers geholfen, allerdings nur telefonisch und via Internet. Mittlerweile brannte es ihr unter den Nägeln zu sehen, ob der neue Parkettboden, die verschiedenen Materialien wie Rattan, Holz und Stoff miteinander harmonierten. In der 3-D-Ansicht ihres Designprogramms war es perfekt gewesen.

„Dorothy ist begeistert und ihre Gäste auch. Sie hat mir erst vor Kurzem wieder ein Foto vom Afternoon

Tea geschickt. Diese Etageren sind richtige Kunstwerke!"

„Und das Erste, was ich mir im B & B gönne." Audrey sah zu Bailey hinunter, der sie erwartungsvoll anschaute. „Ich sehe schon, du kannst es auch kaum noch erwarten."

Jilian sah schmunzelnd zwischen ihrer Tochter und deren treuem Begleiter hin und her. „Ich glaube, ihr beide werdet viel Spaß in Little Falls haben. Ein Badesee, Wälder zum Durchstreifen und Dorothy, die euch nach Strich und Faden verwöhnen wird."

Audrey kraulte Bailey zwischen den Ohren und lächelte versonnen. „Und viele Eichhörnchen, die sich in Acht nehmen müssen."

„Ich befürchte, Bailey wird gar nicht mehr nach Hause wollen. Ich kann mir jetzt schon vorstellen, wie er mit Dean jeden Morgen das Gelände abläuft", erwiderte Jilian amüsiert.

Beim Gedanken an ihren Onkel Dean, der für die Pflege des riesigen Anwesens rund ums Bed & Breakfast zuständig war, musste sie lächeln. Sie kannte ihn seit jeher als sehr fleißigen Mann, der entweder den Rasen mähte, die Pflanzen beschnitt oder die Gäste mit seinem unverwechselbaren Humor zum Lachen brachte. Wenn er sich einmal eine Pause gönnte, dann traf er sich mit seinen Schachfreunden am Pavillon, die bereits allesamt im Ruhestand waren. „Ich freue mich so sehr, alle wiederzusehen. Besonders Larry, Eugene und Jonathan. Die sind immer so witzig."

„Das kannst du laut sagen!" Jilian schmunzelte. „Du musst mir unbedingt erzählen, wenn die Senioren wieder was ausfressen." Nach einer kurzen Pause fuhr sie nachdenklich fort: „Und, hast du mittlerweile herausgefunden, wer Coles Trauzeuge ist?“

Audrey schüttelte den Kopf. „Nein, noch nicht. Aber ich gehe schwer davon aus, dass es einer von seinen Brüdern ist.“

Jilian grinste vielsagend. „Die Jungs sind mittlerweile auch älter und vernünftiger. Bist du nicht neugierig, was aus ihnen geworden ist? Vielleicht wartet ja ausgerechnet in Little Falls dein Mister Right.“

„Mom! Ich fliege doch nicht deswegen dorthin. Und was Clayton angeht, glaube ich kaum, dass er sich seit seiner Teenagerzeit groß verändert hat.“ Allein der Gedanke an ihn ließ sie den Kopf schütteln. Es war auch ihrer Familie nicht verborgen geblieben, dass ihre Begegnungen immer wieder für Zündstoff sorgten. „So ne große Klappe, aber keine Kritik vertragen“, erinnerte sie sich an den blonden Jungen, der ihr immer den Gameboy abgeschwatzt hatte. Solange er sich mit *Mario Kart* beschäftigt hatte, musste sie sich wenigstens nicht sein dummes Geschwätz anhören, das sich irgendwo zwischen Selbstgefälligkeit und Arroganz bewegte.

Jilian lächelte ihre Tochter an. „Jetzt hast du ja Bailey dabei ... Der wird dich schon beschützen.“

„Mmh, du weißt, wie bestechlich er ist ... Also muss ich mich wohl weiterhin selbst verteidigen.“ Audrey sah zu Bailey, der unruhig an der Tür scharrte. „Ja, wir gehen schon. Ich muss mir auch noch ein wenig die Beine vertreten.“

„Viel Spaß euch beiden!“, erwiderte Jilian und griff sich die Einkaufstasche, um das Kleid wieder hineinzulegen. „Aber nicht zu lange. In einer Stunde gibt es Essen.“

„Alles klar!“ Audrey schnappte sich die Leine, die neben der Tür hing, und verließ mit Bailey kurz darauf das Haus, in dem sich auch ihre Einliegerwohnung befand. Mit Hund war es einfach praktisch, ihre Eltern in der Nähe zu haben, schließlich konnte sie ihren treuen Begleiter nicht zu jeder Baustelle mitnehmen.

Audrey entschied sich für die Strecke, die entlang einiger kleiner Vintageläden verlief. Mit etwas Glück fand sich dort ein außergewöhnliches Einzelstück für ihre Tante Dorothy und Jenna. Sie hatte zwar schon ein Hochzeitsgeschenk für ihre beste Freundin und Cole, aber eine nostalgische Backform für Jenna, die sie an die Wand mit den Erbstücken ihres Grandpas hängen konnte, war eine nette Idee. Für ihre Tante Dorothy würde sie nach einer besonderen Etagere für den Afternoon Tea oder einer Tischklingel für die Rezeption im Bed & Breakfast Ausschau halten.

3

Clayton

„Ein herzliches Hallo an alle und vielen Dank, dass ihr so vollzählig zur Bürgerversammlung erschienen seid. Wie immer zum Monatsanfang haben wir ein straffes Programm." Martha klopfte mit einem Hämmerchen auf das Pult vor ihr und sah anschließend freudig in die Runde.

Clayton atmete tief durch. Entgegen seiner üblichen Teilnahme war er heute etwas aufgeregt, schließlich ging es bei einem Punkt auch um ihn. Aber so theatralisch, wie Martha nun einmal war, würde sie die Bombe erst zum Schluss platzen lassen, kurz bevor die Senioren wegzunicken drohten.

Clayton linste zu seinen Brüdern, die in derselben Stuhlreihe saßen und nichts von seinem Bauantrag ahnten. Sein jüngster Bruder Chase, der Deputy Sheriff in Little Falls war, hing förmlich an Marthas Lippen, wohingegen sich Cole, der Älteste, lieber mit seiner Verlobten Jenna beschäftigte. Clayton schüttelte schmunzelnd den Kopf. Selbst von hier aus sah er die rosafarbenen Herzchen in dessen Augen.

Das Hämmerchen, das erneut erklang, lenkte seine Aufmerksamkeit wieder nach vorne.

„Punkt eins auf der Tagesordnung ist unser allseits beliebtes Erdbeerfest, das im Mai stattfindet." Martha schnappte sich eines der vielen Blätter, die vor ihr auf dem Pult lagen, und kniff skeptisch die Augen zusammen. „Hier brauchen wir definitiv noch ein paar Ideen. Bis jetzt gibt es nur den Marmeladenstand, den Wettbewerb um den besten Erdbeerkuchen und die Krönung der Erdbeerkönigin."

Ein Gemurmel ging durch den Saal, als suchten die Bewohner kollektiv nach weiteren Ideen, darauf folgte der ein oder andere Zwischenruf. Clayton rutschte auf seinem Stuhl unmerklich ein Stück hinab, um aus der Schusslinie zu gelangen. Bei Martha konnte man nie wissen, ob sie einen nicht spontan für eine Aufgabe einteilte. Wie beim 250-Jahr-Fest im letzten Herbst, zu dessen Anlass er mit seinem Dad den Pavillon im Park restauriert hatte. Aber da das Erdbeerfest einige Nummern kleiner und nur für die Bewohner von Little Falls gedacht war, entspannte er sich.

„Ich würde gerne meinen Stand öffnen", erkannte er die Stimme seiner Mutter, die einige Reihen vor ihm saß. „Speziell zum Thema Erdbeeren. Mit bedruckten Stoffen, Geschirr, es gibt sogar Tapeten mit kleinen Beeren darauf."

Clayton erkannte, wie sich Marthas Gesicht schlagartig aufhellte und sie in ihrer typischen Geste einen imaginären Schriftzug in die Luft zeichnete. „‚Der moderne Farmhausstil – jetzt auch bei uns in Little Falls.‘ Sehr schön, da freu ich mich drauf, Arianna." Martha notierte diesen Punkt schnell und sah erwartungsvoll auf. „Gibt es weitere Idee?"

Aus dem Augenwinkel sah Clayton, wie sich Josephine, die Buchhändlerin, erhob. Warum sie das jedes Mal tat, wenn sie was Wichtiges beizutragen hatte, wusste er auch nicht. Vermutlich weil sie so klein war.

„Wie wäre es mit einem Büchertisch? Zum Thema Erdbeeren gibt es mittlerweile alles. Kochbücher, Backbücher, Pflanzbücher und stell sich das einer vor – Kosmetikbücher!"

Clayton erkannte, wie sein Bruder Chase neben ihm eine Grimasse schnitt. Allein beim Wort Bücher bekam der Gute Ausschlag.

„Das hört sich prima an, danke, Josephine, für diese tolle Idee!" Martha klopfte erneut mit dem Hämmerchen auf das Pult und notierte danach schnell den Beitrag von Josephine, die jetzt wieder neben ihrer Nachbarin und Freundin Francis Platz nahm. Daraufhin meldete sich diese zu Wort: „Und Jenna und ich würden gerne einen besonderen Cupcake fürs Fest entwerfen. Wenn wir schon am Backwettbewerb nicht teilnehmen dürfen."

Clayton verzog mitfühlend das Gesicht. Er wusste ganz genau, dass es Francis jedes Jahr aufs Neue wurmte, nicht am Wettbewerb teilnehmen zu dürfen. Was sie Martha wie immer mehr oder weniger indirekt unter die Nase rieb. Heute hatte sie sich sehr klar ausgedrückt, wie er zugeben musste.

Martha legte sich die Hand in einer dramatischen Geste auf die ausladende Brust und erwiderte in versöhnlichem Ton: „Francis, ich würde die Regeln ja zu gern ändern, an mir liegt es nicht. Aber es wäre unfair,

Profis gegen Laien antreten zu lassen, oder nicht?" Man sah ihr an, dass sie hier eindeutig zwischen den Stühlen stand.

Eugene, der immer direkt vor der Bühne saß, kam seiner Frau zu Hilfe. „Da muss ich meiner lieben Martha recht geben. Das wär genau so, als müsste ich gegen den schnellsten Sprinter der Welt antreten."

Clayton sah zwischen Eugene und Francis hin und her, die jetzt ergeben kapitulierte und mit den Schultern zuckte. „Na ja, einen Versuch war es wert."

„Die Idee mit den Cupcakes ist allerdings perfekt. Ich sehe die kleinen Köstlichkeiten förmlich vor mir ... Fluffiger Biskuit mit einem Sahnehäubchen darauf. Wenn du mich fragst, ist das sogar noch viel besser als so ein oller Kuchen."

Clayton grinste, denn auf einmal wirkte Francis gar nicht mehr betrübt. So wie es aussah, hatte die Bürgermeisterin sie überzeugt. Sein Blick glitt zu Martha, die nun zufrieden mit dem Hämmerchen klopfte und sich, nachdem sie Francis' Vorschlag ebenfalls notiert hatte, dem nächsten Blatt auf dem Stapel widmete.

„Dann zum nächsten Thema. Die neue Bepflanzung am Pavillon. Wie wir alle wissen, steht Coles und Jennas Traumhochzeit kurz bevor."

Martha sah mit einem breiten Grinsen zu den Verlobten, die ob der ungeteilten Aufmerksamkeit etwas verwirrt wirkten. Ganz offensichtlich wussten sie nicht, was Martha im Schilde führte.

Clayton sah, wie sich nun Dean vom Bed & Breakfast erhob und ebenfalls die Bühne betrat.

„Wir haben eine Überraschung zu verkünden“, bemerkte der rüstige Senior und sah abwartend zur Bürgermeisterin.

„Ganz genau. Stellt euch vor, wir bekommen endlich unsere lang ersehnten Hortensienbüsche!“ Martha wirkte in diesem Moment wie ein kleines Kind zur Bescherung, was Clayton ihr nicht verdenken konnte. Sie alle wussten, wie lange die Bürgermeisterin sich die perfekte Bepflanzung am Pavillon schon wünschte. Sogar so sehr, dass sie hinterrücks mit Photoshop nachgeholfen hatte, als es um die Gestaltung eines Bildbandes anlässlich des 250-jährigen Jubiläums von Little Falls ging.

Dean übernahm das Mikrofon. „Und da dies die erste Hochzeit seit Langem ist, die direkt am Pavillon stattfindet, stifte ich aus meinem Garten acht astreine Hortensiensträucher – im selben Blau wie die auf dem Jubiläumsband.“

Clayton sah lächelnd zwischen Dean, seinem Bruder und Jenna hin und her, die über diese Überraschung sehr erfreut waren.

„Wow, vielen Dank, Dean. Der Pavillon wird an diesem Tag perfekt aussehen. Was ein Zufall, dass auch meine Brautjungfern Blau tragen!“

Im Saal herrschte ob der Neuigkeiten und Verschönerungsmaßnahmen im Park ziemliche Aufregung, sodass Dean, nach einem kurzen Winken beinahe unbemerkt, aber mit einem breiten Grinsen im Gesicht die Bühne verließ. Da Clayton erst vor einigen Monaten selbst am Pavillon gearbeitet hatte, wusste er, dass die Bepflanzung im Beet dürftig war. Die Hortensienbüsche waren auf jeden Fall eine gute Investition für die

Zukunft, denn so konnte man künftig auf die saisonale Bepflanzung verzichten, die ohnehin nie von langer Dauer war.

Als sich die Aufregung im Saal gelegt hatte, räusperte sich Martha, was Claytons Herzschlag schlagartig ansteigen ließ. Beim nächsten Tagesordnungspunkt konnte es sich nur um seinen Bauantrag handeln. Doch als Martha mit dem Satz „Es geht weiter mit unserem Freizeitangebot" fortfuhr, bestätigte sich seine Vermutung von zuvor, dass sie sich sein Anliegen für den Schluss aufhob.

Das Hämmerchen klopfte erneut, dann sah sie lächelnd auf. „Ich kann euch gar nicht sagen, wie sehr ich mich über den nächsten Punkt freue. In diesem Jahr wird zum ersten Mal seit zehn Jahren wieder unser Open-Air-Kino im Park öffnen."

Martha sah zu Matt, der erst seit letztem Herbst in Little Falls lebte und das Kino seines Großonkels Al geerbt hatte. Clayton kannte den jungen Mann mittlerweile sehr gut, schließlich hatten sein Dad und er umfangreiche Renovierungsarbeiten in dem kleinen Kino am Ende der Main Street durchgeführt. Was dringend nötig gewesen war, denn die Einrichtung war genauso in die Jahre gekommen wie Al, der das Kino beinahe fünfzig Jahre betrieben und letztendlich aus Altersgründen geschlossen hatte. Kurz darauf war er im Alter von neunzig Jahren verstorben und Little Falls hatte nicht nur einen wundervollen Menschen verloren, sondern auch einen beliebten Ort der Zusammenkunft.

„Matt, vielleicht möchtest du selbst etwas dazu sagen", ermutigte Martha den jungen Mann, der von der Meute etwas eingeschüchtert wirkte.

„Ähm, ja, natürlich“, erwiderte er schnell und stand auf. „Zuerst möchte ich mich bei Ihnen allen bedanken, dass Sie mich so herzlich in Little Falls aufgenommen haben. Mittlerweile habe ich mich eingelebt und fühle mich hier wie zu Hause.“ Clayton nickte Matt lächelnd zu, der sich nun ob des zustimmenden Applauses verlegen umsah. „Besonders freut es mich, dass die Neueröffnung des Kinos so schnell geklappt hat und das Angebot so gut ankommt. Für die wärmeren Monate habe ich mir aber noch was anderes überlegt.“

Matt, dessen Aufregung sich nun gelegt hatte, fuhr mit leuchtenden Augen fort. „Ich weiß von meinem Onkel und auch von einigen Bewohnern, wie beliebt die Open-Air-Vorführungen im Park immer waren. Deshalb findet ab sofort jeden Samstag bei schönem Wetter ein Kinoabend im Park statt. Weil für mich dadurch die Kosten für Reinigung und Strom wegfallen, gibt es die Vorstellung zum halben Preis.“

Ein Raunen ging durch die Menge. So ein gutes Angebot hatte ihnen Al in all den Jahren nie gemacht. Claytons Mund verzog sich zu einem amüsierten Grinsen. Seinem Kumpel Matt war offensichtlich nicht klar, was er sich mit diesem unschlagbaren Angebot antat. Bald würde es im Park nur so vor Klappstühlen und Picknickdecken wimmeln.

Chase, der ganz offensichtlich denselben Gedanken hatte, atmete laut aus, schließlich gehörte der Park in seinen Zuständigkeitsbereich als Deputy Sheriff.

Martha klopfte mit dem Hämmerchen auf das Pult, um die Menge wieder zu beruhigen, und wandte sich mit einem überraschten Ausdruck an den jungen

Kinobetreiber. „Das hört sich fantastisch an, und dann noch zum halben Preis!"

Sie hob in ihrer typischen Geste die Hand und zeichnete einen imaginären Schriftzug in die Luft. „„Sehen Sie die neuesten Blockbuster bei lauschigen Open-Air-Nächten im Park!""

Clayton musste zugeben, dass sogar er den Köder geschluckt hatte. Kurz überlegte er, wie viele Klappstühle seine Familie wohl besaß, da man sich als Besucher dieses Events selbst um seine Sitzgelegenheit kümmern musste. Er sah sich schon, wie er mit einem Stuhl über der Schulter Little Falls durchstreifte. Ob für Snacks wohl auch gesorgt war? Seine Frage wurde kurz darauf beantwortet, denn für Josephine, die sich jetzt zu Wort meldete, schien dies ebenfalls ein wichtiges Thema zu sein. „Wie sieht es mit Popcorn und Eis aus?", fragte die Buchhändlerin laut.

„Na klar gibt es Verpflegung; beinahe alles, was es auch sonst im Kino gibt", erwiderte Matt lächelnd. „Und sogar Decken, falls es zu sehr abkühlt."

„Martha, hast du das gehört? Es gibt auch Decken!" Eugene sah seine Frau erstaunt an. „Dann müssen wir nicht mehr unser Steppbett mitschleppen!"

Matt, um dessen Mundwinkel es verräterisch zuckte, nahm nach seiner Ansprache wieder Platz und wandte seinen Blick ebenfalls nach vorne zur Bühne, wo Martha stand und nun rot anlief.

„Die alte Steppdecke hab ich doch längst weggeschmissen", erwiderte sie peinlich berührt. Eugene schaffte es doch immer wieder, sie vor versammelter Mannschaft in Verlegenheit zu bringen. Clayton konnte sich noch gut an besagte Steppdecke erinnern,

in die sich Eugene zu Claytons Kindheitstagen beim O-
pen-Air-Kino gehüllt hatte.

Geschickt, wie Martha war, nutzte sie die Gelegenheit,
um die Aufmerksamkeit auf Clayton zu lenken. „So,
nun zu unserem letzten Punkt!" Das Hämmerchen er-
tönte erneut und Martha schlug kurz darauf einen di-
cken Aktenordner auf.

Noch auffälliger ging es wohl nicht, schoss es Clayton
durch den Kopf. Selbst aus der letzten Stuhlreihe, wo er
sich für gewöhnlich verkroch, konnte er erkennen,
dass es sich um gefaltete Grundstückspläne handelte.

Dem Getuschel nach zu urteilen, war er nicht der Einzige, dem die Pläne aufgefallen waren, denn auch sein
Grandpa Larry drehte sich fragend nach ihm um.

„Eugene, mein Lieber, könntest du mir kurz helfen?"
Dieser stand eilig auf, um einen der Pläne aus dem Ord-
ner auseinanderzufalten und am Flipboard zu befesti-
gen.

Was für eine Show, Clayton verdrehte die Augen, als
Martha nun auch eine ausziehbare Antenne aus dem
Pult holte, mit der sie kurz darauf auf die Karte zeigte.

„So, meine Lieben, ich sehe schon, ihr seid ganz aufgeregt. Deshalb komme ich gleich zur Sache." Sie warf
Clayton einen schnellen Blick zu und umkreiste
schließlich mit der Antenne den Dragonfly Lake. „Wir
haben einen Interessenten für diesen Bereich."

Wieder ging ein Raunen durch den Saal, doch dieses
Mal gepaart mit Buh-Rufen. Dass ausgerechnet sein
Bruder Cole am lautesten seinen Unmut äußerte, ließ
ihn stutzig werden. Er wusste ja, dass sich in dem Wald-
gebiet ringsum den versteckten See Coles Joggingrunde

befand. Aber warum sich sein älterer Bruder dermaßen aufregte, erschloss sich ihm nicht.

„Ein Interessent?", warf Cole mit gereizter Stimme ein. „Sag nicht, es ist wieder dieser Investor aus New Haven mit dem dummen Segway-Parcours."

Martha lachte sichtlich nervös und warf Clayton einen Hilfe suchenden Blick zu, wahrscheinlich wollte sie sich nicht zwischen die Fronten begeben.

„Keine Sorge, Bruderherz, es geht um mich", erwiderte Clayton und sah seinen Bruder herausfordernd an.

„Du? Was willst du denn mit dem Grundstück?", fragte dieser nun erstaunt.

Clayton versuchte, Coles Unmut nicht persönlich zu nehmen, schließlich wusste er, wie sehr sein Bruder sich gegen Veränderungen sträubte. Dass ihm Martha jetzt zu Hilfe kam, schätzte er umso mehr.

„Jungs, beruhigt euch wieder. Heute geht es erst einmal darum abzuklären, ob wir diesen Teil von Little Falls wieder als Bauland freigeben."

„Wieder?" Sein Großvater Larry, der wie immer in der ersten Reihe neben seinem Kumpel Eugene saß, war aufgestanden und trat nun an die Karte heran. „Ich kann mich nicht erinnern, dass dort mal jemand gewohnt hätte. Das Gelände ist doch gar nicht erschlossen und an einigen Stellen geht es ziemlich steil bergab."

„Dafür habt ihr ja mich", erwiderte Martha stolz. „Ich habe stundenlang die alten Aufzeichnungen gewälzt und herausgefunden, dass der Bereich rings um den Dragonfly Lake der ursprüngliche Anlaufpunkt für unsere lieben Vorfahren war. Damals wie heute gibt es dort einen guten Fischbestand. Erst viel später hat sich der jetzige Stadtkern gebildet und in ein florierendes Städtchen verwandelt. Die kleinen Hütten im Wald sind nach und nach verschwunden, aber diese Baugenehmigung gibt es immer noch."

Nach Marthas Vortrag atmete Clayton erleichtert auf. Wer würde sich wohl gegen ein 250 Jahre altes Gesetz auflehnen?

„Wann soll das gewesen sein?", fragte Cole argwöhnisch. „1771?"

Mann, kannst du gut rechnen, schoss es Clayton sarkastisch durch den Kopf, dann wandte er sich genervt an seinen Bruder. „Beruhig dich mal wieder. Ich will dort unten nichts weiter, als ein kleines Häuschen bauen – keinen Segway-Parcours, der dir beim Joggen in die Quere kommt."

Cole schüttelte den Kopf, gab aber endlich Ruhe, weil er wohl einsah, dass Widerstand zwecklos war. Vielleicht aber auch, weil seine Mom mittlerweile einen besorgten Blick nach hinten geworfen hatte.

Martha klopfte mit dem Hämmerchen auf das Pult. „Also, Clayton, gemäß Stadtverordnung kann ich dir guten Gewissens eine Baugenehmigung erteilen. Die Details und Anforderungen klären wir dann unter vier Augen."

Clayton verzog den Mund zu einem Lächeln, konnte sich jedoch nicht wirklich über seinen Triumph freuen. Am besten knöpfte er sich seinen Bruder noch einmal vor. Vielleicht würde ihn die Aussicht auf ein kühles Bier am See nach seiner Joggingrunde umstimmen.

Beim Hinausgehen wandte sich Clayton schließlich noch mit einer besonderen Bitte an Matt. Es wurde höchste Zeit, dass er die Location für den Junggesellenabschied klarmachte.

„Selbstverständlich könnt ihr im Kino feiern, ich würde mich sehr freuen!", erwiderte dieser auf die Anfrage hin begeistert.

„Danke, Matt. Wird auch am vernünftigsten sein, vor Ort zu feiern. Wenn der Abend feuchtfröhlich endet, brauchen wir keinen Chauffeur und die Stretchlimo können wir uns so auch sparen!", erwiderte Clayton mit einem spitzbübischen Grinsen. „Außerdem bleibt mehr Budget für die Stripperin übrig."

Matt hob fragend eine Augenbraue. „Und du bist dir sicher, dass sich Cole über so eine Einlage freut?"

„Hm, das werden wir sehen, schließlich soll es eine Überraschung sein", bemerkte Clayton grinsend. Und wenn nicht, war es die perfekte Retourkutsche dafür, dass ausgerechnet sein eigener Bruder ihm bei der Stadtversammlung in den Rücken gefallen war.

4

Dorothy

„Guten Morgen, mein Liebling! Mmh, das duftet aber fein."

Mit einem breiten Lächeln drehte sich Dorothy Bennett nach der Stimme ihres Mannes um, der in diesem Moment die Küche betrat.

„Guten Morgen, Dean, da bist du ja. Ich hab mich schon gewundert, wo du steckst", erwiderte Dorothy und klopfte ihrem Mann, der gerade die gebratenen Baconscheiben entdeckt hatte, auf die Finger.

Doch der Eigentümer des Bed & Breakfast war schneller, schnappte sich eine knusprige Scheibe und ging vorsichtshalber hinter dem Tresen in Sicherheit. „Ich war draußen am Steg, noch ein paar Bretter streichen. Sollten bis zum Mittag trocken sein."

„Ich möchte nicht wissen, wie lange du schon wach bist, mein Lieber", bemerkte Dorothy nach einem Blick auf die Uhr. Sie werkelte bereits seit halb sechs in der großen Küche, um alles fürs Frühstücksbuffet herzurichten. Sie griff sich die Zange und fischte den restlichen Speck aus der Pfanne, um ihn zum Abtropfen auf einen Teller mit Küchenpapier zu geben. Als Nächstes war das Rührei dran, das es wahlweise mit geraspeltem Käse oder Schinkenwürfeln und Schnittlauch gab.

„Ich spring kurz unter die Dusche, dann greif ich dir unter die Arme", informierte Dean sie nach einem sehnsüchtigen Blick auf die dampfenden Speisen.

Schmunzelnd sah Dorothy ihrem Mann hinterher, der jetzt im hinteren Areal des Erdgeschosses verschwand, wo sich ihr privater Bereich befand. Routiniert schlug sie die Eier auf, verquirlte sie und goss die glibberige Masse in eine große Pfanne. Während das Ei langsam stockte, ging Dorothy ihre imaginäre To-do-Liste durch. Die Marmeladen und Aufschnitte hatte sie bereits liebevoll auf dem Tisch für das Buffet arrangiert, ebenso die Brötchen aus der Bäckerei, die am frühen Morgen geliefert worden waren. Die frische Milch und den Saft, den sie von einer Farm in der Nähe bekam, hatte sie in Karaffen gefüllt und neben das Müsli und das Obst gestellt. Fehlten nur noch die Pancakes, die sie wie jeden Morgen selbst buk.

Mit dem Pfannenwender vermengte sie das Rührei und streute anschließend halbseitig geraspelten Parmesan und Schinken darüber.

„Du kommst gerade richtig", bemerkte sie lächelnd, als ihr Mann nach wenigen Minuten wieder die Küche betrat. „Das Rührei und der Bacon sind fertig. Ich füll das nur um, dann kannst du alles auf die Warmhalteplatten stellen."

„Just in time, sag ich da nur. Dem Geräuschpegel nach zu urteilen, scheinen die ersten Gäste bereits auf dem Weg nach unten zu sein." Dean schnappte sich die emaillierten Bratreinen, in denen sich jetzt die warmen

Speisen befanden, und verließ eilig die Küche um aufzutischen.

Jetzt noch die Pancakes und der hektischste Teil des Tages wäre vorbei. Dorothy öffnete den Kühlschrank, um die Schüssel mit dem Teig herauszuholen, den sie am frühen Morgen vorbereitet hatte.

Während sie den Teig portionsweise in eine frische Pfanne gab, drang leises Stimmengewirr aus dem Speiseraum in die Küche. Rosie und Manfred gehörten schon seit vielen Jahren zu ihren Stammkunden und waren immer die ersten am Buffet. Der Großteil der Gäste trudelte jedoch gewohnheitsgemäß erst später ein – vorausgesetzt, es hatte niemand einen Tagesausflug geplant.

Dean betrat erneut die Küche und sah sich suchend um. „Ah, da ist ja der Kaffee. Ich hab doch gewusst, dass ich ihn vorhin schon gesehen habe."

„Ups, den habe ich glatt vergessen." Dorothy kicherte. „Das Wichtigste, wenn du mich fragst."

„Wem sagst du das. Und ich bestehe darauf, dass wir nach getaner Arbeit auf der Veranda ein Tässchen zusammen genießen. Das Wetter ist herrlich heute." Dean sah seine Frau fragend an, ehe er sich die zwei Thermoskannen schnappte.

„Nichts lieber als das. Bei der Gelegenheit können wir gleich mal bei Audrey anrufen. Ob sie ihren Flug schon gebucht hat? Und da fällt mir ein, wir brauchen auch noch Hundefutter für ihren Bailey!"

„Stimmt, am besten schreib ich mir gleich eine Liste. Hach, das erinnert mich so sehr an früher. Es ist doch immer schön, wenn sie nach Hause kommt." Dean verschwand mit den Kannen im Frühstücksraum und ließ seine Frau mit einem seligen Lächeln zurück.

Dorothy hatte die Zeit mit ihrer Nichte immer genossen. Besonders, weil sie selbst keine Kinder hatten. Ok, vielleicht hatte sie das Mädchen immer ein wenig zu sehr verwöhnt; auf besagten Listen hatte nicht nur Zitroneneis gestanden – Audreys Lieblingsgeschmack –, sondern auch eine bestimmte Sorte Cornflakes, die nur ihre Nichte mochte. Ein Einkaufszettel war also eine gute Idee. Mittlerweile war Audrey zwar eine junge Frau, aber wenn Dorothy an sie dachte, hatte sie stets das neunmalkluge Mädchen vor Augen, das immer noch ein Faible für Zöpfe und große Brillen hatte.

Kurz fragte sie sich, ob dieser Bailey wohl gut erzogen war. Hunde waren im B & B zwar erlaubt, wenn Audreys Fellnase jedoch so eigenwillig wie sein Frauchen war, konnte es ja heiter werden.

Dorothy goss den letzten Rest Teig in die Pfanne und buk daraus einen Riesenpancake für Dean. Er würde sich über diese kleine Überraschung sicher freuen. Schnell schnappte sie sich eine Handvoll Blaubeeren, die sie großzügig auf der stockenden Masse verteilte. Sie würde sich später nur eine Portion Müsli und etwas Obst gönnen. Es wurde allerhöchste Zeit, dass sie etwas Maß hielt. Auch wenn sie schon immer etwas runder gewesen war – sie war eben ein Genussmensch auf voller Linie –, konnte es nicht schaden, sich etwas gesünder zu ernähren.

Während der riesige Pancake stockte, griff sie sich die Platte mit den kleineren und eilte hinaus in den Frühstücksraum, der sich zwischenzeitlich gefüllt hatte. Dorothy stellte sie auf dem Buffet ab und begrüßte ihre

Gäste anschließend mit einem fröhlichen „Guten Morgen allerseits" und einem strahlenden Lächeln, bevor sie zurück in die Küche eilte.

Dean war mittlerweile nirgends mehr zu sehen. Wahrscheinlich war er am Empfang, denn für heute hatten sich zwei weitere Familien zur Anreise angemeldet. Nach einem schnellen Blick in die Eingangshalle bestätigte sich ihr Vermutung, da sie dort massenweise Koffer entdeckte und munteres Kindergeplapper hörte.

Ihr Herz ging auf. Es war einfach nur schön, wenn die Gäste des B & B bunt gemischt durch alle Altersklassen waren. Die verschiedenen Generationen profitierten gleichermaßen voneinander. So boten sich die älteren Herrschaften gerne für eine Partie Uno an, damit auch die Eltern einmal durchatmen konnten. Aber auch die Senioren freuten sich über etwas Abwechslung und Kinderlachen. Besonders diejenigen, die selbst keine Enkel hatten. Der ein oder andere Senior machte während seines Urlaubs sogar Bekanntschaft mit technischen Spielereien. Von Tamagotchis bis hin zu leuchtenden Laserschwertern war bis jetzt alles im Gepäck gewesen.

Dorothy schmunzelte, als sie sich an den kleinen Star-Wars-Fan erinnerte, der Dean fast täglich zu einem spielerischen Kampf aufgefordert hatte. Dazu war der Junge selbst im Hochsommer in eine detailgetreue Montur geschlüpft und hatte hinterm Haus auf dem Rasen das ganze B & B unterhalten.

Sie würde die Neuankömmlinge gleich persönlich begrüßen, sobald sie ihr Gepäck nach oben gebracht hätten, und zum Frühstück erschienen.

Vorausschauend kochte Dorothy schon einmal etwas Milch für den Kakao auf, den die Kleinen ganz sicher lieben würden. Sie kannte kein Kind in Little Falls, das jemals ihren Kakao verschmäht hätte. Diesen gab es nicht nur zu ihrer traditionellen Waffelparty im Herbst, sondern speziell für ihre Gäste auch ganzjährig.

In einem separaten Schüsselchen rührte Dorothy etwas Kakaopulver an und entleerte die dickflüssige Masse dann in die kochende Milch. Kurz darauf füllte sie zwei große Tassen und gab zur Krönung eine Handvoll Mini-Marshmallows dazu. Perfekt. Dorothy verließ eilig die Küche und steuerte den Tisch der jungen Familie an.

„Herzlich Willkommen in unserem Bed & Breakfast." Schmunzelnd servierte sie den Kindern, die schon neugierig auf die Marshmallows starrten, die dampfenden Tassen. „Lasst es euch schmecken. Nach so einer langen Fahrt gibt es nichts Besseres als eine große Tasse Kakao, nicht wahr?" Sie zwinkerte den Geschwistern verschwörerisch zu und wandte sich anschließend an die überraschten Eltern.

„Ich hoffe, sie hatten eine ruhige Fahrt und es ist bis jetzt alles zu Ihrer Zufriedenheit?"

„Oh, was für ein herzlicher Empfang. Vielen Dank, ja, und die beiden Zimmer sind ein Traum", erwiderte die Frau mit einem strahlenden Lächeln, kurz darauf verzog sie entschuldigend das Gesicht. „Ehrlich gesagt waren wir zuerst etwas skeptisch, was uns erwartet. Wir haben ihr B & B nur durch Zufall über einen kleinen Reiseblog entdeckt."

„Das freut mich sehr und vielen Dank für Ihre ehrlichen Worte. Nun ja, wir sind da etwas altmodisch. Bei uns läuft alles über Mund-zu-Mund-Propaganda. Wir sind in den großen Reiseportalen nicht vertreten." Dorothy sah sich kurz lächelnd um und fuhr dann leise fort: „Und wie Sie sehen, haben wir fast ausschließlich Stammgäste, die hier schon seit Jahrzehnten ihren Urlaub verbringen."

„Und das Frühstück schmeckt wirklich wunderbar!", bemerkte eine weißhaarige Dame, die unweit der Familie speiste und die Antennen ganz offensichtlich auf Empfang gestellt hatte. „Ich komme schon seit den Siebzigern hierher."

„Greifen Sie zu, solange das Essen noch warm ist", forderte Dorothy die Neuankömmlinge auf. „Sie kommen genau zur richtigen Zeit."

„Das machen wir", erwiderte die Mutter eilig. „Und nach dem Frühstück wollen wir uns gleich Little Falls anschauen."

„Eine gute Idee. Gehen Sie auch unbedingt bei Josephine in der Buchhandlung vorbei. Dort gibt es für die kleinen Touristen immer ein besonderes Willkommensgeschenk!"

„Oh, vielen Dank für den Tipp", erwiderte der Vater und sah anschließend schmunzelnd zu seinen Kindern, die bis zur Nase in ihren Kakaobechern steckten.

Dorothy nickte den vier noch einmal zu und machte anschließend einen Kontrollgang am Buffet. Mit einer fast leeren Milchkaraffe und dem Bräter für den Speck kehrte sie in die Küche zurück, um beides aufzufüllen.

***

„Sind die Kleinen nicht goldig?", bemerkte Dorothy, als sie mit ihrem Mann zwei Stunden später auf der hinteren Veranda saß und auf den Steg hinaussah.

„Das sind sie und so wie es aussieht, waren sie auch schon bei Josephine. Eine nette Idee mit diesen illustrierten Stadtplänen, die sie an die Touristen verteilt. Sehen aus wie Schatzkarten ... und wenn mich nicht alles täuscht, gibt es sogar ein paar geheime Ecken zu entdecken."

„Guten Morgen, Dean", erwiderte Dorothy lachend. „Hast du die kleinen Kreuze auch endlich entdeckt?"

„Nun ja, als nicht mehr ganz so junger Mann braucht man schon eine Lupe ... Ah, deswegen hat sie mich wohl gefragt, ob ich auch eine will!"

„Ja, die gibt es mit dazu, sonst wäre es doch einfach. Bei der Station im Park habe ich ihr sogar geholfen. Du weißt doch, diese kleinen Boote, die ich in New Haven besorgt hatte. Die haben wir in einer Kiste am Bach gebunkert. Man kann sie einmal quer durch den Park fahren lassen."

„Eine tolle Idee. Da werde ich heute Abend bei unserem nächsten Schachtreff gleich mal drauf achten." Dean nahm einen großen Schluck von seinem Kaffee und schnappte sich den Teller mit dem großen Pancake, der immer noch auf ihn wartete. „Auch einen Bissen, meine Liebe?", fragte er, während er sich ein großzügiges Stück abschnitt.

„Nein, danke, mein Müsli reicht mir völlig aus. Außerdem fängt bald die Bikinisaison an und bis dahin müssen noch fünf Kilo runter", klärte sie ihren Mann auf.

Dean schüttelte verständnislos den Kopf. „Du hast es doch gar nicht nötig, außerdem liebe ich jedes Gramm an dir!"

Dorothy lächelte ihren Mann an, dennoch wollte sie in Zukunft zumindest einen Teil ihrer Pancakes gegen Gesünderes eintauschen. „Vielleicht kennt Audrey leckere Alternativen zum Frühstück", überlegte sie laut.

„Na ja, Audrey hatte schon immer einen sehr eigenwilligen Geschmack. Komische Cornflakes, die sonst kein Mensch isst, Zitroneneis und Dinkelwaffeln. Ob sie diese Verrücktheiten aus Chicago hat?" Dean lachte laut auf. „Erinnerst du dich noch an das Waffelfest, als Audrey und Clayton sich in die Haare bekamen?"

Dorothy schlug sich lachend die Hand vor den Mund. „Stimmt. Clayton war so mies drauf, weil die Waffeln ihm ‚zu gesund' schmeckten!" Ihr Mund verzog sich zu einem amüsierten Lächeln. Wenn die Funken zwischen den beiden nur halb so stark sprühten wie damals, konnte die bevorstehende Begegnung sehr interessant werden.

„Weißt du, dass du ziemlich teuflisch bist, meine Liebe?", murmelte Dean mit vollem Mund.

Für einen Moment sah sie ihren Mann verständnislos an, dann wusste sie, auf was er anspielte. Mit zuckersüßer Stimme fragte sie: „Du meinst die Renovierungsarbeiten im B & B?"

„Ganz genau. Schlimm genug, dass beide bei Cole und Jenna als Trauzeugen fungieren, nein, du willst sie auch noch als Team für deine Pläne anheuern!"

Dorothy zuckte mit den Schultern. „Clayton ist nun mal der beste Bauleiter weit und breit und Audrey hat sich mit dem Design fürs Teezimmer selbst übertroffen."

„Oder führst du noch etwas anderes im Schilde?" Dean zog argwöhnisch eine Augenbraue hoch.

„Zumindest hat Clayton nichts gegen Hunde! Außerdem ist er ein anständiger Mann und fleißig dazu. Ach ja, und sie arbeiten beide in der Baubranche", erwiderte Dorothy mit Unschuldsmiene und schnappte sich dann ihr Handy, das neben ihr auf einem Korbtischchen lag. „Hast du deine Liste griffbereit?"

Dean klopfte sich auf die Brusttasche. „Aber klar doch!"

Dorothy nickte zufrieden, wählte die Nummer ihrer Nichte und stellte das Telefon auf laut, damit ihr Mann ebenfalls mithören konnte.

„Hallo, Tante Dorothy!", erklang Audreys Stimme kurz darauf erfreut. „Was ein Zufall. Ich wollte dich später noch anrufen!"

„Hallo, mein Schatz. Na, dann bin ich dir wohl zuvorgekommen!", antwortete Dorothy amüsiert und drehte das Handy zu Dean, damit dieser sich ebenfalls bemerkbar machen konnte.

„Hallo, Audrey. Schon bereit für deine große Reise?"

„Hallo, Onkel Dean. Ich kann's kaum erwarten, euch alle wiederzusehen, und auch noch zu so einem schönen Anlass! Den Flug hab ich übrigens schon gebucht."

„Oh, wie schön. Dann schieß mal los, wann und wo ich dich abholen soll. Ich hab Papier und Stift schon griffbereit", forderte Dean sie auf.

„Am Gate zwei um zehn Uhr morgens. Könnte allerdings etwas länger dauern, ich weiß nicht, ob der

Transfer von Bailey reibungslos verläuft. Fürs Handgepäck ist er leider zu groß."

„Der Arme, wird er denn im Gepäckraum in so eine Kiste gepackt?", mischte sich nun Dorothy mit besorgter Stimme ein.

„Mmh, ja, leider in eine Box", klärte Audrey ihre Tante auf. „Aber ist nicht das erste Mal, ich denke, dass er es wieder gut übersteht."

„Na, wenn sich der Gute nach dieser Reise nicht eine Extrawurst verdient hat!" Dorothy lachte laut auf.

„Oh, Tante Dorothy, ich seh schon, nach unserem Aufenthalt bei euch werden Bailey und ich vollgefressen und träge sein."

„Ehrlich gesagt habe ich ein kleines Attentat auf dich vor. Das sollte dich wieder aus der Trägheit holen." Dorothy zwinkerte ihrem Mann kurz zu. „Wir haben noch drei Zimmer im Obergeschoss, die ich seit einer Ewigkeit umgestalten will."

„Ja, du hast mal was erwähnt. Ich helfe dir natürlich sehr gerne. Hast du dir irgendein Motto überlegt?", fragte Audrey mit hörbarer Begeisterung in der Stimme.

„Da lasse ich dir freie Hand, meine Liebe, schließlich bist du der Profi. Vielleicht könnten wir was im maritimen Stil machen."

„Tolle Idee, Tante. Passt ja auch mit dem Blick auf den See. Am besten bringe ich meine Mappe mit, habe vom letzten Projekt noch tolle Muster und Stoffe."

„Ich wusste doch, dass ich mich auf dich verlassen kann. Aber ich möchte nicht, dass es in Arbeit ausartet. Du bist nur der kreative Kopf, fürs Grobe und die ausführenden Arbeiten wird sich schon ein patenter Handwerker finden.“

Dean, der gerade einen Schluck von seinem Kaffee nahm, verschluckte sich bei Dorothys Kommentar. Schnell legte sie den Finger auf die Lippen und sah ihn mit strengem Blick an. Die Information, dass es sich hierbei um Clayton handelte, konnte noch etwas warten.

5

Clayton

„Ich hatte schon fast vergessen, wie mürrisch du sein kannst." Clayton sah seinen Bruder nachdenklich an. „Es ist wegen des Bauantrags, hab ich recht?"

Cole schaute endlich vom Tresen auf, den er seit Claytons Ankunft im Diner ziemlich auffällig polierte. „Ich versteh nicht, warum du mitten in der Wildnis ein Haus hinstellen willst – du bist doch sonst kein Eremit."

Clayton verzog das Gesicht. Ihm war klar, dass sein Bruder auf seine gesellige Art anspielte, die, gepaart mit seinem Charme, oft zu gebrochenen Frauenherzen führte. „Vielleicht will ich nach all den Häusern, die ich für andere gebaut habe, mal mein eigenes Ding machen! Und da ein Haus am See schon immer mein Traum war, bietet sich der Dragonfly Lake perfekt an."

Klar gab es genügend andere Grundstücke in Little Falls, die nicht in unberührter Natur oder einem Landschaftsschutzgebiet lagen, aber er suchte etwas Abgeschiedenheit.

Cole stützte sich mit den Händen auf dem Tresen ab und schien zu überlegen. Nach einer kurzen Pause fragte er: „Oder hängt daheim der Haussegen schief?“

„Nein, das ist es nicht“, erwiderte Clayton, der sich mittlerweile wie bei einem Eiertanz fühlte. Er konnte seinem Bruder schlecht verraten, dass in ihm der Wunsch nach einem eigenen Zuhause während der Renovierung von Coles künftigem Heim gereift war. Seine Familie würde ihn lynchen, wenn er sich jetzt, kurz vor der Hochzeit, verplapperte.

Ein heller Klang, der aus der Durchreiche kam, ließ ihn erleichtert aufatmen. Dass ihm ausgerechnet die Tischklingel und sein geliebtes Omelette den Arsch retteten … Er war wirklich ein Glückspilz.

Cole drehte sich nach dem dampfenden Teller um, der von Ricky aus der Küche kam und stellte ihn vor Clayton auf den Tresen.

„Oh, sogar mit Schnittlauchröllchen! Ich hab doch gewusst, dass du meinen Einsatz am Pavillon zu schätzen weißt.“

„Einsatz? Dass du ein morsches Brett nicht weggeschmissen hast?“ Cole hob skeptisch eine Augenbraue und spielte auf seine geschnitzte Liebesbekundung am Pavillon an, die letztes Jahr vor dem Jubiläumsfest beinahe Claytons Renovierungsmaßnahmen zum Opfer gefallen war.

„Hab ich doch gern gemacht!“, erwiderte dieser mit einem Zwinkern und schnitt sich ein großzügiges Stück vom seinem Omelette ab.

„Schnittlauchröllchen müssen aber als Sonderwünsche ausreichen, nicht dass du noch auf dumme

Gedanken kommst!" Cole sah zur Tür, die sich jetzt schwungvoll öffnete. „Ah, da kommt Chase endlich."

Clayton sah sich mit vollen Backen nach seinem jüngeren Bruder um, der wie immer in seiner Polizeiuniform steckte.

„Guten Morgen. Na, alles klar? Wie ich sehe, habt ihr das Kriegsbeil wieder begraben!" Chase nahm neben Clayton auf einem Barhocker am Tresen Platz und sah zufrieden zwischen seinen Brüdern hin und her.

Clayton schüttelte unmerklich den Kopf. Da hatte er Cole so gut abgelenkt, dann kam natürlich der Deputy Sheriff und musste wieder in der Wunde stochern.

„Hi, Chase, und danke. Clayton ist mir immer noch eine Antwort schuldig!"

„Eine Antwort?", erwiderte dieser mit vollem Mund. „Ich hab dir doch bereits gesagt, dass ich mich nach all den Baustellen nach was Eigenem umsehen will. Und für mein Traumhaus brauche ich eben die Fläche am See."

Chase warf seinem Bruder einen warnenden Blick zu, der ihm signalisierte, dass er mit seinem Geplapper aufhören sollte, und bemerkte mit ruhiger Stimme: „Das Thema ist doch bereits geklärt. Ihr habt Martha gehört."

Clayton dankte seinem Bruder insgeheim, dass er für ihn in die Bresche sprang, auch wenn es in erster Linie dazu diente, das Thema zu beenden. Cole war schließlich nicht dumm, es war nur eine Frage der Zeit, bis er sich wunderte, warum die Renovierung des alten Farmhauses ein Herzensprojekt seines Vaters war.

Mit versöhnlichem Blick wandte sich Clayton an Cole. „Noch habe ich nichts unterzeichnet. Kommt natürlich auch darauf an, wie viel mich das Ganze kostet. Aber nun zu einem wichtigeren Thema. Hast du Freitagabend schon etwas vor?"

„Ja, natürlich hab ich was vor: Ich arbeite. Der Diner führt sich nicht von selbst", erwiderte Cole verständnislos.

Clayton schnaufte laut auf. „Dann musst du ausnahmsweise mal schließen, wir haben nämlich ein Attentat auf dich vor."

Man sah Cole förmlich an, wie sich die Rädchen in seinem Kopf drehten. Abwehrend hob er die Hände. „Nein, kein Junggesellenabschied. Ich hab euch gesagt, dass ich so was nicht will."

„So was nicht will?", fragte Chase mit ein lauten Lachen. „Normalerweise wird man dabei nicht gefragt."

„Genau, der Arm des Gesetzes hat gesprochen", bemerkte Clayton grinsend. „Chase führt dich in Handschellen ab."

Cole schnappte nach Luft. „Nein, das lasst mal schön sein. Und erst recht will ich keine Schweinereien!"

„Sei doch kein Spielverderber! Willst du nicht noch ein Mal Spaß haben, bevor dich Jenna an die Kette legt?" Clayton schüttelte fassungslos mit dem Kopf. Er konnte kaum glauben, was für ein Spießer sein Bruder war. Na ja, jetzt war es sowieso zu spät, er hatte die Stripperin bereits engagiert.

„Und wo soll das Ganze stattfinden?", fragte Cole nun argwöhnisch nach.

„Hier, in Little Falls. Dann brauchen wir auch keinen Chauffeur. Lass dich überraschen, Bruderherz." Chase zwinkerte Cole verheißungsvoll zu, anschließend legte er nachdenklich den Kopf schief. „Sag mal, krieg ich heute keinen Kaffee?"

„Oh, tut mir leid", erwiderte Cole schnell und drehte sich nach dem Automaten um.

„Da scheint ja einer mächtig zerstreut zu sein." Clayton musterte seinen Bruder mitfühlend, der heute etwas müde wirkte. Er wusste, dass Cole und Jenna in den letzten Wochen permanent Termine gehabt hatten. Gespräche mit dem Pfarrer, die Bestellung beim Blumenhändler und natürlich mit Francis, die sich höchstpersönlich um die Hochzeitstorte ihrer Enkelin kümmern wollte. Zusätzlich zu diesen Terminen waren sie auch – selbstverständlich getrennt – nach New Haven zur Anprobe gefahren. Beim Gedanken an den Herrenausstatter, der ihn jedes Mal angeschmachtet hatte, musste Clayton schmunzeln. Dennoch hatte er ihm, als es ihm irgendwann zu bunt wurde, eindeutig klargemacht, dass er nicht auf Männer stand. Letztendlich konnte man dem Guten keinen Vorwurf machen. Er war nun mal attraktiv und sah in dem perfekt sitzenden Smoking mit Fliege einfach umwerfend aus. Zudem war er nicht nur einer der Trauzeugen, sondern auch der „Best Man", quasi die wichtigste Person neben Jenna. Was so viel hieß wie: Stimmungsmacher, Hochzeitsredner und Mädchen für alles.

„Danke, Cole." Chase nahm seinen Kaffee entgegen und fragte dann: „Und wer sind Jennas Trauzeuginnen? Freundinnen oder Kolleginnen aus Boston?"

Interessiert sah Clayton auf, die Frage brannte ihm auch schon seit einer Weile unter den Nägeln. Hoffentlich nicht irgendwelche langweiligen Schnepfen aus Jennas ehemaliger Anwaltskanzlei. Er kratzte den letzten Rest seines Omeletts zusammen und schob sich die Gabel in den Mund.

„Es ist Audrey."

Bei Coles Worten verschluckte er sich. Hatte er gerade richtig gehört? Die bebrillte Nervensäge Audrey, die ihre Sommerferien immer bei Dorothy im B & B verbracht hatte?

„Alles klar?" Chase klopfte seinem Bruder kräftig auf den Rücken.

Clayton nahm einen großen Schluck von seinem Kaffee und sah Cole mit zusammengekniffenen Augen an. „Und diese Bombe lässt du erst jetzt platzen? Ich muss mich erst psychisch auf diese Begegnung vorbereiten!"

Cole lachte amüsiert auf. „Ach, komm schon, sie ist keine zwölf mehr. Wir sind alle erwachsen geworden und die Geschichten von damals sind nicht mehr als lustige Anekdoten."

Clayton schüttelte unmerklich den Kopf. Das konnte ja heiter werden. Wahrscheinlich gab sie immer noch ungefragt Ratschläge und hatte wie damals Sonderwünsche. „Solange es kein Zitroneneis auf der Hochzeit gibt", brummte er. Clayton konnte sich kaum vorstellen, dass sich Audreys Charakter grundlegend geändert hätte. Er war ja auch noch derselbe, nur dass er jetzt reifer war und mehr Charme versprühte – der an Audrey allerdings komplett abgeprallt war.

„Keine Sorge", erwiderte Cole lächelnd und spielte auf das Eis an, „es gibt nur Torte."

„Tja, da musst du jetzt wohl durch", bemerkte Chase nüchtern. „Und wer ist die andere?"

„Eine gute Kollegin aus Boston", antwortete Cole und verließ seinen Posten hinterm Tresen, als ihm der

Pfarrer, der heute ebenfalls unter den Gästen weilte, von seinem Tisch zuwinkte.

Clayton sah seinem Bruder skeptisch hinterher. „Na hoffentlich kommt die Gute erst am Tag der Hochzeit an. Nicht dass sie noch meine Pläne über den Haufen schmeißt."

„Da kann ich dich beruhigen. Ich habe mitbekommen, dass die beiden Trauzeuginnen nichts mit den Vorbereitungen zu tun haben." Chase kippte den Rest seines Kaffees hinunter und sprang kurz darauf vom Barhocker. „Ich muss dann mal los, Martha hat wieder ein Attentat auf mich vor."

„Sag nicht, es geht ums Erdbeerfest! Wir haben uns doch erst im Herbst alle die Beine ausgerissen!"

„Nein, dieses Mal gehören wir nicht zu den ‚Freiwilligen'", lachte Chase.

„Freiwillig ist gut", bemerkte Cole, der in diesem Moment wieder zurückkam. „Sie hat mich dazu genötigt, ein neues Sandwich fürs Jubiläumsfest zu kreieren."

„Es geht um das Open-Air-Kino. Martha hat Bedenken wegen der Sicherheit", klärte Chase seine Brüder mit gedämpfter Stimme auf.

„Ich bitte dich. Filmfans mit Klappstühlen und Decken. Was soll da schon passieren?" Clayton kniff amüsiert die Augen zusammen.

„Mehr, als du denkst. Auch wenn alles im Freien stattfindet, müssen wir auf Notausgänge achten. Wir brauchen zusätzliche Beleuchtung, nicht dass jemand auf dem Weg zum Popcornstand stürzt!"

Schmunzelnd schüttelte Clayton den Kopf. „Dann soll er halt die Augen aufmachen! Dafür bist du doch nicht verantwortlich."

Chase zuckte mit den Schultern und wandte sich zum Gehen. „So sind halt die Vorschriften. Also, tschüss, ihr beiden!"

„Es wird auf jeden Fall mehr los sein als früher, jetzt, wo es zum halben Preis ist", bemerkte Cole einen Augenblick später. „Jenna und ich gehen auf jeden Fall hin – so wie damals."

Clayton sah seinem Bruder, der jetzt am Kaffeeautomat hantierte, für einen Moment zu und lächelte gedankenverloren. Ja, Cole und Jenna hatten schon als Kinder gemeinsam auf einer Picknickdecke gesessen.

Er selbst würde natürlich ohne Begleitung kommen. Vermutlich auch dann, wenn er tatsächlich eine feste Freundin hätte. Allein die Vorstellung, sie den Wölfen im Park zum Fraß vorzuwerfen, ließ ihn erschaudern. Besonders sein Grandpa würde sich direkt auf sie stürzen, um die Wahrscheinlichkeit einer Hochzeit abzuschätzen.

„Kommst du auch hin?", riss Cole ihn aus seinen Gedanken.

„Natürlich. Das Spektakel lass ich mir doch nicht entgehen. Toll, dass Matt diese Tradition wieder aufleben lässt", antwortete Clayton lächelnd.

„Ja, und ich habe das Gefühl, dass er sich hier mittlerweile richtig gut eingelebt hat. Am Anfang dachte ich, dass ihm das ganze Kleinstadtflair vielleicht zu viel wird." Cole schnappte sich den Cappuccino, den er eben zubereitet hatte, und lief damit zum Pfarrer. Nach einem kurzen Wortwechsel kehrte er zu Clayton zurück.

„Achso, bevor ich es vergesse! Ich soll dich von Jenna noch mal fragen, ob du wirklich ohne Begleitung zur

Hochzeit kommst. Sie bastelt gerade die Tischkarten und jetzt hättest du noch die Chance."

„Nein, an meinen Plänen hat sich nichts geändert. Ich komme lieber allein", erwiderte Clayton mit einem zufriedenen Grinsen.

„Mmh, ok", Cole kratzte sich am Kopf und wirkte auf einmal sehr unwohl. „In dem Fall soll ich dir ausrichten, dass wir dich beim Essen neben Audrey setzen. Die kommt nämlich auch ohne Begleitung."

Clayton fuhr ruckartig hoch. „Du machst Witze, oder? Platziert uns doch gleich an den Tisch mit den komischen Verwandten!" Für einen Moment war der Gedanke an eine Alibi-Freundin allzu verlockend. Aber so etwas endete meist noch schlimmer, besonders wenn die Dame falsche Erwartungen hegte oder zu allem Übel den Brautstrauß fing.

Clayton verzog nachdenklich den Mund. Was war wohl schlimmer? Ein arrangiertes Date oder Audrey, die ihm den ganzen Tag das Ohr abkaute?

„Reg dich ab, ihr seid unsere Trauzeugen. Für einen Tag könnt ihr euch wohl zusammenraufen. Bestimmt erinnert sie sich nicht einmal mehr an eure kindischen Zankereien", beruhigte Cole seinen Bruder, der mittlerweile aufgestanden war.

Für diese hinterhältige Aktion und den Aufstand bei der Bürgerversammlung hatte Cole die Stripperin ganz klar verdient. *Na warte, Bruderherz*, schoss es ihm durch den Kopf. Er würde dafür sorgen, dass es beim Junggesellenabschied besonders peinlich für ihn wurde. Sein Mund verzog sich zu einem Grinsen.

„Na also, dann ist ja alles geklärt“, bemerkte Cole zufrieden, der Claytons Grinsen offensichtlich falsch verstand.

„Mmh, und ich mach mich jetzt auch auf den Weg. Es warten noch ein paar Pläne auf mich.“

„Alles klar, dann frohes Schaffen!“

Als Clayton kurz darauf den Diner verließ und über die Main Street schlenderte, legte er noch einen Stopp beim Buchladen ein. Er hatte sich bei Josephine ein spezielles Buch bestellt, das mittlerweile da sein sollte.

„Hallo, Clayton. Gut, dass du kommst, deine Bestellung war heute Morgen dabei!“, begrüßte ihn die Eigentümerin lächelnd, als er das Geschäft betrat.

„Hallo, Josephine. Das ging aber schnell“, bemerkte Clayton und sah sich kurz um. Er kam gerne hierher, auch wenn er keine Romane las. Dafür interessierte er sich umso mehr für Sachbücher und passende Merchandise-Artikel. Erst vor Kurzem hatte er sich eine Grill-Bibel samt Handschuhen gekauft.

Josephine verschwand hinterm Tresen und holte aus dem Fach dahinter ein Buch mit dem treffenden Titel „Fischen für Dummies“ heraus. Nicht dass er noch nie eine Angel in der Hand gehalten hätte, aber heutzutage gab es für diesen Sport unglaublich viel Auswahl an Equipment, die ihn etwas überforderte. Die Frage war nur, ob sie auch am Dragonfly Lake taugte.

Josephine, die ebenfalls bei der Stadtversammlung dabei gewesen war, zählte schnell eins und eins zusammen. „Ah, ich versteh schon. Du willst schon mal üben, wenn du unten im Wald wohnst.“

„So kann man es sagen“, erwiderte Clayton grinsend.

„Ich freu mich ja immer sehr, wenn du bei mir ein-
kaufst, aber gibt es diese Infos nicht im Internet?",
fragte die ältere Dame nachdenklich. „Da hast du auch
gleich den entsprechenden Link zum Angelshop."

„Danke für den Tipp, das hab ich mir schon alles an-
geschaut. Dennoch kann es nie schaden, wenn man das
entsprechende Handbuch vor Ort dabei hat. Und mein
Grandpa will sicher auch mal einen Blick hineinwer-
fen."

„Sag bloß, Larry ist noch nicht im Netz?", fragte die
Frau mit großen Augen. „Ich bin sogar bei Facebook.
Dort tausche ich mich sehr gerne mit Bücherfreunden
aus."

Clayton verkniff sich ein Grinsen. Bei aller Liebe, aber
er konnte sich Josephine in den sozialen Medien überhaupt nicht vorstellen.

„Schön, dass du mit der Zeit gehst", erwiderte er lächelnd, „Grandpa kann damit jedoch nichts anfangen.
Er weigert sich ja schon, das Handy mitzunehmen,
wenn er das Haus verlässt."

Josephine verzog den Mund und scannte die Rück-
seite des Buches. „Was das angeht, ist er wirklich sehr
altmodisch, nicht wahr? Und du, mein Lieber, berich-
test mir, ob diese Tipps was taugen. Wenn da nicht mindestens ein *Black Bass* anbeißt, will ich das wissen."

Clayton sah Josephine verständnislos an, dann klärte
sie ihn lachend auf. „Ich schreibe für mein Leben gerne
Rezensionen, also immer her mit dem Feedback!"

„Ah, ok, na dann werd ich einen ausführlichen Be-
richt abgeben." Clayton zwinkerte ihr verschwörerisch
zu und bezahlte. „So, jetzt muss ich aber los, die Arbeit
ruft."

„Oh, sicher, mach's gut und vielen Dank für deinen Einkauf!", erwiderte Josephine, die hinter dem Tresen hervorkam und ihn bis zur Tür begleitete. „Ach ja, und viel Erfolg beim Angeln!"

Clayton nickte ihr zu und trat auf die Main Street hinaus, wo er ihren Blick noch eine ganze Weile auf sich spürte.

Er war sich ziemlich sicher, dass es nicht lange dauern würde, bis sich die Nachricht um sein neues Hobby in Little Falls verbreitete. Dazu kannte er die ältere Dame einfach zu gut.

6

Larry

„Auf geht's, Männer, noch einmal anstrengen, dann haben wir's geschafft!", feuerte Larry, der einen großen Spaten hielt, seine Schachfreunde an. „Nur noch einen Hortensienbusch!"

Nachdem sie alle verwelkten Blüten entfernt und die Triebe um ein Drittel gekürzt hatten, stachen sie mit den Spaten großzügig um die Pflanze herum und hoben die Hortensie aus dem Boden.

„Vorsichtig, Männer, die haben sehr feine Wurzeln und können leicht beschädigt werden!", mahnte Dean zum gefühlt hundertsten Mal an diesem Vormittag.

„Puh, ganz schön anstrengend, solche Gartenarbeit", bemerkte Eugene wenige Augenblicke später, als sie den Strauch gemeinsam auf den bereits vollen Anhänger luden.

„Ja, allerdings. Normalerweise läuft es ja eher andersherum, ich pflanze Neues ein. Das ist wesentlich entspannter", klärte Dean ihn auf.

„Fällt es dir nicht schwer, die prächtigen Pflanzen zu spenden, immerhin hast du dich so liebevoll um sie gekümmert", gab Jonathan zu bedenken.

„Und das werde ich auch weiterhin … schließlich kenn ich mich am besten damit aus. Außerdem kommen sie am Pavillon noch besser zur Geltung. Ehrlich gesagt gehen sie hier auf dem riesigen Anwesen doch etwas unter."

Larry sah sich lächelnd um. Dean hatte recht. Es gab hier unendlich viele Sträucher und Bäume.

„Lasst uns losfahren und die Dinger wieder einbuddeln", schlug Eugene freudig vor. „Martha kommt später noch vorbei und will sich das Ganze anschauen. Sie kanns kaum erwarten, ob es wirklich so schön wird wie auf dem Cover des Bildbandes."

Larry grinste in sich hinein. Die Bürgermeisterin hatte mal wieder bekommen, was sie wollte. Auch wenn die Idee mit der Spende auf Dorothys Mist gewachsen war.

Dean sprang nun auf den Sitz des kleinen Traktors. „Ihr müsst leider laufen, aber ist ja nicht weit." Dann hob er die Hand und gab Gas. Der Rest der eingeschworenen Rentnergang machte sich kurz darauf zu Fuß auf den Weg.

„Perfektes Wetter heute für unsere Aktion", stellte Eugene nach einem Blick in den Himmel fest. „Ah, da fällt mir ein. Habt ihr schon gehört, dass Audrey nach Little Falls kommt?"

„Ja, sie ist Jennas Trauzeugin", informierte Larry die beiden. „Ich hab es auch erst jetzt erfahren, nachdem Clayton ziemlich aufgebracht nach Hause kam."

Jonathan lachte laut. „Das kann ja heiter werden. Die beiden waren schon damals wie Katz und Maus!"

„Wird auf jeden Fall interessant", bemerkte Larry schmunzelnd. Er war schon immer ein Fan der kleinen Audrey gewesen, denn sie war das einzige Mädchen, das sich von Claytons Charme nie hatte blenden lassen. Wahrscheinlich lag es daran, dass sie ihn schon früh durchschaut hatte – er war längst nicht so cool, wie er immer tat.

„Oh, meine liebe Martha ist ja schon da!", riss ihn Eugene aus den Gedanken.

„Will sie etwa helfen?", brummte Jonathan und wirkte wenig begeistert.

Von Martha war Larry ebenfalls ein Fan, auch wenn ihn die Gute an manchen Tagen zur Weißglut brachte. Aber nach all den Jahren, die er sie nun kannte, wusste er, dass sie es in ihrer Übereifrigkeit nur gut meinte.

„Wie aufregend!", begrüßte die pausbäckige Frau, die fast immer in einem roten Kostüm steckte, die Männer. „Ich konnte letzte Nacht kaum schlafen!" In ihrer typischen Geste hob sie die Hand und zeichnete einen imaginären Schriftzug in die Luft.

„,Romantische Hochzeit im Park – mit den Hortensienbüschen vom Bildband'!"

Larry warf Dean, der mittlerweile vom Traktor gestiegen war, einen amüsierten Blick zu und schnappte sich kurz darauf den Spaten. „Dann lasst uns mal anfangen. Bevor uns die Mittagssonne noch die Glatzen verbrennt!"

„Gute Idee. Ich bin echt froh, dass wir die Hälfte der Gruben bereits gestern Abend ausgehoben haben, sonst hätte das heute kein Ende mehr genommen. Außerdem sind die empfindlichen Wurzelballen so auch nicht zu lange der prallen Sonne ausgesetzt“, entgegnete Dean und verteilte die Schaufeln, die sich neben den Büschen auf dem Anhänger befanden.

„Dann will ich euch nicht länger aufhalten!“, verabschiedete sich Martha, die offensichtlich gemerkt hatte, dass sie hier nur störte. „Ich komme am Abend vorbei, wenn alles fertig ist.“ Mit einem „Tschü-hüs“ schwebte sie zurück zum Rathaus.

„Hm, wisst ihr, mir kam da ein Gedanke. Ich überlege schon seit einiger Zeit, ob Martha und ich unser Eheversprechen nicht noch einmal auffrischen sollten“, bemerkte Eugene mit einem verliebten Lächeln. „Sie ist ganz hin und weg, seit sie das mit der Hochzeit am Pavillon weiß.“

„Was, schon wieder?“, brummte Dean. „Habt ihr das nicht schon während eures Urlaubs in Paris getan?“

Eugene hob entschuldigend die Hände. „Dreifach hält besser, oder seh ich das falsch?“

Larry nickte zustimmend. „Das wär sicher eine schöne Sache. Und hier am Pavillon ist es etwas ganz Besonderes.“

Ein sentimentaler Schatten huschte über sein Gesicht, als er sich nun an seine eigene Hochzeit vor vielen Jahren erinnerte. Wie gerne hätte er seiner Emilia auch noch einmal das Eheversprechen gegeben. Die hellblauen Pflanzen hätten seiner verstorbenen Frau auch sehr gut gefallen.

„Dean, wir haben gerade erfahren, dass Audrey kommt. Wie geht’s dem Mädel, ist sie mittlerweile unter der Haube?“, fragte Jonathan, ob der körperlichen Arbeit mit Schweißperlen auf der Stirn.

„Nein“, lachte Dean laut auf, „die ist auf den Hund gekommen! Hat die Nase voll von Männern und ist jetzt ihr eigener Boss.“

„Tatsächlich? Als Innenausstatterin?“, fragte Larry erfreut.

„Genau – und ich betone, eine der erfolgreichsten in ganz Chicago. Zu ihren Kunden gehören Geschäftsleute, die ihre Büros nach diesem Feng Shui einrichten wollen. Aber auch wohlhabende Familien mit dem nötigen Kleingeld und Strandhäusern, wo sie sich richtig austoben kann.“

„Wow, wirklich beeindruckend. Wenn ich mich recht entsinne, hat sie euch auch im B & B geholfen“, erinnerte sich Jonathan, der mit seiner Grube bereits fertig war.

„Genau, und wenn sie bald kommt, will sich Dorothy mit ihr die restlichen Zimmer vornehmen“, informierte Dean seine Freunde und atmete einmal tief durch. „Puh, geschafft!“

„Ist das hier ein Wettrennen, oder was?“ Eugene, der immer noch am Buddeln war, sah seine Freunde ungläubig an. „Oder trainiert ihr heimlich?“

„Ich will nur schnell fertig werden“, erwiderte Larry ehrlich. „Gibt zu Hause noch viel zu tun.“

„Ah, stimmt. Nach der Zeremonie am Pavillon feiert ihr bei euch weiter. Das wird bestimmt schön in Ariannas Garten“, fiel es Eugene nun ein.

„Ganz genau, und ich will meinen Schwiegersohn und meine Tochter unterstützen, wo ich kann.“

Er stand auf und half Dean, der zwischenzeitlich am Hänger war, einen der Büsche herunter zu heben.

„Am besten überprüft ihr noch mal, ob alle Pflanzlöcher größer sind als die Wurzelballen, während Larry und ich eine Drainage aus Kieselsteinen legen und sie mit Wasser befüllen“, instruierte Dean seine Freunde.

„Klar, macht nur, ich hab vom Einpflanzen ohnehin keine Ahnung“, bemerkte Jonathan. „Ein Blumenkasten vor dem Fenster ist alles, womit ich Erfahrung habe!“

Larry nickte, denn das stimmte. Josephine und Jonathan wohnten über ihrem Buchladen direkt an der Main Street, der nach hinten raus keinen Garten führte. Und er konnte sich seinen Freund ehrlich gesagt auch nicht als Hobbygärtner vorstellen, denn dieser saß lieber im Sessel und steckte seine Nase in den neuesten Schmöker.

„Puh, das Ding ist ganz schön schwer“, ächzte Dean, als sie den ersten Busch kurz darauf in die vorbereitete Grube hineinließen.

„Wem sagst du das. Aber ich bin mir sicher, der Aufwand wird es wert sein. Schon dieser Farbtupfer macht was her. Besser als das mickrige Beet von vorher.“ Larry lächelte Dean breit an. „Und danke noch mal für deine großzügige Spende!“

„Ach, das hab ich nicht nur für die Hochzeit gemacht, sondern für die ganze Stadt. Und jetzt hat auch der Bildband seine Richtigkeit“, erwiderte Dean grinsend.

„Genau, stell dir vor, jemand kommt nur wegen des schönen Fotos hierher und wird dann enttäuscht“, bemerkte nun Jonathan.

„Trotzdem war es von Martha nicht gerade die feine Art“, fuhr Dean fort, „auch wenn sie es nur gut gemeint hat.“

Eugene verzog den Mund und setzte zur Verteidigung seiner Frau an. „Seht ihr, dafür haben wir jetzt beides. Schöne Bepflanzung und einen aktuellen Bildband."

„Der sich übrigens sehr gut verkauft hat", klärte Jonathan seine Freunde auf. „Wir mussten schon zweimal nachbestellen!"

„Das hört sich toll an." Larry kratzte sich am Kinn. „Das heißt, wir haben bald so viel Einnahmen, dass wir die neue Kirchenglocke bestellen können?"

„Ganz genau. Josephine trifft sich nächste Woche mit Martha, damit sie das Budget durchgehen."

Dean, der knieend am Boden war um die Grube mit Erde aufzufüllen, sah überrascht auf. „Ok, dann nehm ich meine Worte zurück. Vielleicht hat unsere Bürgermeisterin doch alles richtig gemacht. Und ich will mich ja nicht selber loben, aber diese Büsche stehen den gephotoshopten in nichts nach."

„Da gebe ich dir vollkommen recht!"

Die Männer drehten sich beinahe zeitgleich nach der ihnen bekannten Stimme um.

„Chase, was für eine Überraschung", begrüßte Larry seinen jüngsten Enkel. „Heute keine Uniform, musst du nicht arbeiten?"

„Nein, Grandpa, ich hab mir extra freigenommen. Clayton und ich müssen noch ein paar Sachen für den Junggesellenabschied besorgen."

„Oh, ein Junggesellenabschied." Eugenes Augen leuchteten. „Das wird bestimmt ein Spaß!"

„Ich glaube kaum, dass sie uns alte Knacker dabeihaben wollen", bemerkte Dean trocken, sah aber dennoch erwartungsvoll zu Chase auf.

Chase lachte laut. „Genau deswegen bin ich gekommen. Clayton und ich finden, dass ihr dabei sein solltet."

„Seid ihr euch da wirklich sicher?", fragte Larry nun argwöhnisch nach.

„Ihr kennt Cole, vielleicht fühlt er sich besser, wenn ihr da seid, dann läuft schon nichts aus dem Ruder."

„Aha, wir fungieren also als Anstandswauwaus", mischte sich Eugene ein. „Damit können wir leben, oder, Männer? Außerdem waren wir schon lange nicht mehr auf einer Party!"

„Das stimmt nicht ganz … oder hast du unseren Trip nach Florida vergessen?", fragte Larry seinen besten Freund. Seine Freunde und er hatten sich mit dieser Reise letztes Jahr kurz vor Weihnachten einen langgehegten Traum erfüllt.

„Du meinst die Cocktail-Party im Alligator Inn?", hakte Jonathan nach. „Ach, die war doch harmlos. Nur Senioren und alkoholfreie Drinks mit Schirmchen."

„Und wo findet das ganze statt?" Larry sah seinen Enkelsohn fragend an.

„Bei Matt im Kino. Im Foyer bauen wir Tische und ein Buffet auf und später gibt es noch eine Überraschung."

Eugene rieb sich voller Vorfreude die Hände. „Ich liebe Überraschungen!"

Um Larrys Mundwinkel zuckte ein Lächeln, denn er konnte sich schon denken, was seine Enkel für ihren älteren Bruder aussheckten. Nun gut, solange es nicht aus dem Ruder lief, wie in diesem Film – Hangover war der Name –, wollte er kein Spielverderber sein. Es war eben eine andere Zeit als damals …

„Alles klar, wir sind dabei", antwortete Jonathan für sie alle. „Gibt es eine bestimmte Kleiderordnung? Trägt man zu dem Anlass heutzutage nicht einheitlich bedruckte T-Shirts?"

„Du meinst so etwas wie ‚Team Bräutigam' oder ‚Wir sind nur zum Saufen hier'?" Dean, der die Grube zwischenzeitlich mit Erde aufgefüllt hatte, stand lachend auf.

„Nein, jeder zieht an, was er will. Wir haben aber Kappen bedrucken lassen", informierte Chase die Rentnergang.

„Gute Idee, so ne Käppi kann man immer brauchen!", bemerkte Eugene zufrieden.

Doch auch was das anging, schwante Larry Böses. Neben einer Stripperin befürchtete er, dass auch die Sprüche auf diesen Kappen nicht jugendfrei waren.

Mit den Worten „Prima, dann ist ja alles geklärt. Wir sehen uns am Freitagabend um Acht im Kino!" verabschiedete sich Chase und ließ die Männer aufgeregt zurück.

„Na hoffentlich gibt es dort wenigstens richtigen Alkohol. Das süße Zeugs im Urlaub war ja unerträglich", brummte Dean und entfernte sich zum Anhänger um einen weiteren Sack Kies zu holen.

„Dafür war es hübsch anzusehen und meine fruchtige Piña Colada hat mir geschmeckt. Aber jetzt sollten wir wirklich einen Gang zulegen, Freunde, hab nur ich das Gefühl oder sind wir nur am Quatschen?" Eugene folgte Dean und gemeinsam hoben sie einen weiteren Busch herunter.

„Ich hab ne bessere Idee", schlug Jonathan vor. „Larry und ich laden ab und ihr pflanzt sie nur noch ein."

„Alles klar, so machen wir's!“, erwiderte Dean.

Eine halbe Stunde später zeigte die Aufteilung Erfolg, denn alle Hortensienbüsche waren an ihrem Platz. Larry konnte sich nicht erinnern, dass es ringsum den Pavillon jemals so schön ausgesehen hätte. Was ein paar Pflanzen ausmachten.

„Wir haben's geschafft, ist das nicht toll?“, rief Eugene freudig aus.

„Sag mal, hast du etwa glasige Augen?“ Jonathan ging auf den untersetzten Mann zu und sah ihn eingehend an.

„Sind nur Tränen der Rührung! Ich bin einfach so überwältigt … und ich war an diesem denkwürdigen Tag dabei.“

Larry schüttelte schmunzelnd den Kopf. So war sein bester Freund nun mal, ein rührseliger Zeitgenosse, der zu den seltsamsten Ereignissen weinte. Er klopfte ihm gutmütig auf die Schulter.

„Eine perfekte Kulisse für die Hochzeit, dazu noch die weißen Stühle …“, sinnierte Larry gedankenverloren. Was Cole und Jenna wohl dazu sagten?

„Gute Arbeit, Männer, da können wir stolz auf uns sein“, jubelte Jonathan. „Dean, deine Pflanzen sehen prächtig aus.“

„Danke, jetzt hoffe ich nur, dass sie hier genauso gut gedeihen und mir den Umzug verzeihen.“

„Unser Park ist einfach das Schmuckstück von Little Falls. Und jetzt, mit dem neuen Open-Air-Kino, werden sich auch wieder alle Generationen hier treffen.“ Beim Gedanken daran, dass der Park bald nicht mehr nur der bevorzugte Rentnertreff sein würde, sondern auch wieder Jüngere anlockte, ging Larry das Herz auf.

„Daran hab ich noch gar nicht gedacht ... Wie ein gro-
ßes Wohnzimmer, wo wir alle zusammenkommen", antwortete Eugene unter Tränen.

„Sollen wir zusammen hingehen?", fragte Dean nun in die Runde. „Am besten reservieren wir uns gleich die erste Reihe, damit wir auch was sehen."

„Wo kommt die Leinwand eigentlich hin?" Jonathan sah sich kurz um. „Früher war sie immer gegenüber vom Diner, aber jetzt stehen dort überall Sträucher."

„Gute Frage, Eugene, hast du was mitbekommen?", fragte Larry seinen Freund hoffnungsvoll.

„Puh, da bin ich leider überfragt. Martha hat davon nichts gesagt. Ich weiß nur, dass es um Strom und Sicherheit ging", antwortete dieser.

„Dann lassen wir uns am besten überraschen, Män-
ner. Ich muss sagen, ich war schon seit einer Ewigkeit nicht mehr im Kino!" Dean grinste nun wie ein kleiner Junge. „Hm, mein letzter Streifen müsste ‚Cast Away‘ gewesen sein."

„War das nicht der Film, in dem Tom Hanks mit einem Football spricht?", fragte Eugene ungläubig.

„Ganz genau. Dann wird es höchste Zeit, Dean. Schnapp dir deine Frau und macht euch einen schönen Abend!", forderte Jonathan ihn auf.

„Mit dem Bed & Breakfast ist es leider nicht ganz so einfach", antwortete dieser. „Wir sind quasi rund um die Uhr in Rufbereitschaft."

„Mach dir mal darüber keine Gedanken, ansonsten stellst du dir deinen Klappstuhl einfach in den Garten", schlug Eugene ihm vor, „oder du animierst die Gäste zu einem Ausflug in den Park."

„Gute Idee. Wenn ich hier und da noch ein paar Äste entferne, sollte ich sogar einen guten Ausblick von der Veranda aus haben. Vorausgesetzt, die Leinwand steht nicht gerade verkehrt herum." Dean lachte laut und bückte sich dann nach seinem Spaten.

Die anderen Männer taten es ihm gleich und luden das Werkzeug und die restlichen Säcke mit Drainage auf den Anhänger.

„Stopp, ich hab noch was Wichtiges vergessen", rief Eugene als Dean bereits auf den Traktor gestiegen war. „Wir brauchen noch ein Selfie von dieser Aktion. Sozusagen ein Foto für den nächsten Jubiläumsband!"

„Gute Idee, Eugene. Aber wie sollen wir da alle draufpassen?", fragte Larry skeptisch.

„Meine liebe Martha hat uns vorhin ihren Selfiestick im Pavillon zurückgelassen. Schlau, nicht wahr? Und ich hätte es um ein Haar vergessen!" Eugene verschwand im Pavillon und kam mit besagtem Equipment zurück. Etwas ungeschickt befestigte er sein Handy in der Halterung und winkte seine Freunde heran.

„Bitte lächeln, alle Mann."

7

Clayton

„Na, Bruderherz, bereit für deine letzte große Party?"
Clayton sah Cole amüsiert an, während Chase ihm
Handschellen anlegte und ihn aus dem Diner führte.

„Muss das sein?", maulte Cole. „Keine Sorge, ich werd
schon nicht abhauen!"

„Sicher ist sicher und so macht es doch viel mehr
Spaß", erwiderte Chase, der bereits eine der bedruckten
Käppis mit der Aufschrift „Ehe-Sklave" trug.

Cole verdrehte die Augen. „Dann schließt wenigstens
hinter uns den Diner ab!"

„Alles klar, wird gemacht", entgegnete Clayton fröhlich und schnappte sich Coles Schlüssel aus dessen Gesäßtasche. Sein Bruder war wirklich ahnungslos. Ein
Glück, dass sich niemand verplappert hatte. Er verrie-
gelte die Tür und steckte den Schlüssel sicherheitshalber in seine Jackentasche. Er konnte sich zwar kaum
vorstellen, dass sich sein Bruder heute dermaßen voll-
laufen ließ, dass sie ihn nach der Feier begleiten mussten, aber sicher war sicher.

„Wo geht es überhaupt hin?“, fragte Cole und sah sich neugierig um.

„Wir sind gleich da, nur Geduld!“, antwortete Chase mit strenger Stimme.

„Hey, du bist nicht im Dienst ... und deine Handschellen für so einen Unsinn Zweck zu entfremden, verstößt doch bestimmt gegen irgendeine Vorschrift“, maulte Cole mit hochgezogener Augenbraue.

„Ganz genau, und deswegen habe ich extra diese hier besorgt, sind aus dem Kostümladen“, klärte Chase seine Brüder mit ernster Miene auf.

„Soso, Kostümladen. Ich möchte gar nicht wissen, wen du damit schon alles ans Bett gefesselt hast“, erwiderte Clayton mit einem süffisanten Grinsen. War ja klar, dass sein Bruder, so korrekt, wie er war, nie sein „heiliges Equipment“ für derartige Experimente missbrauchen würde. Wenn es solche bei ihm überhaupt gab.

„Die sind nagelneu!“, empörte sich der jüngste der Brüder. „Außerdem geht das euch einen Scheißdreck an!“

„Komm mal wieder runter, war doch nur ein Scherz!“, mischte sich nun Cole ein, dann verzog sich sein Mund zu einem Lächeln. „Ah, das Kino, warum bin ich nicht gleich drauf gekommen.“

Claytons Blick wanderte zum Ende der Main Street, wo die Rentner bereits mit den Füßen wie Hühner im Sand scharrten und auf den Ehrengast warteten.

Sie trugen wie auch schon beim letzten Stadtfest identische T-Shirts von Coles Diner und dazu – ganz neu – die Käppis mit der Aufschrift „Ehe-Sklave“.

„Ok, wenn ihr die Senioren auch eingeladen habt, dann wird sich der Hangover in Grenzen halten." Cole atmete erleichtert auf.

Clayton verkniff sich einen Kommentar, denn er hatte für genügend Spiele, Alkohol und natürlich eine besondere Überraschung gesorgt.

Die Senioren wohl auch. Die Gruppe holte nun Rasseln und Tröten hervor, um Cole zu begrüßen. Erkannte er dort in der Ferne etwa eine aufgeblasene Gummipuppe in Reizwäsche? Die gehörte eindeutig nicht zu seinen Vorbereitungen. Wenn es bereits auf dem Gehweg so abging, konnte der Abend ja heiter werden.

Der Geräuschpegel lockte auch den Kinobesitzer Matt und die übrigen Gäste nach draußen. Dazu gehörten natürlich ihr Dad, ehemalige Schulkameraden und Freunde des Bräutigams.

„Dann lassen wir dich mal frei", bemerkte Chase, als sie das Kino erreichten und er Cole von den Handschellen erlöste. „Genieße deinen letzten Tag in Freiheit!"

„Wow, was für ne Überraschung! Hallo zusammen!", begrüßte Cole die Gäste seines Junggesellenabschieds lachend.

Wie auf Kommando setzten wieder die Tröten der Rentner ein und vermischten sich mit dem Gejohle der jüngeren Generation.

Claytons Mund verzog sich zu einem Schmunzeln. Es war seinem großen Bruder deutlich anzusehen, dass ihm diese ungeteilte Aufmerksamkeit unangenehm war. Er lief zu dem Karton, den Matt neben dem Eingang aufgestellt hatte, und schnappte sich daraus eine Mütze, die er seinem Bruder feierlich aufsetzte.

„Damit du weißt, wo künftig dein Platz ist!"

„Glaub mir, Junge. Dein Bruder hat recht. Geht mir seit vierzig Jahren nicht anders", mischte sich Jonathan lauthals ein.

„Mach ihm doch keine Angst!" Eugene schenkte Cole ein aufmunterndes Lächeln. „Schau Martha und mich an, da klappt es doch wunderbar!"

Clayton rollte mit den Augen, denn ausgerechnet die beiden waren, was das Thema „Wenn die Frau die Hosen anhat" betraf, das Paradebeispiel schlechthin. Cole schien denselben Gedanken zu haben, warum sonst schenkte er Eugene nun ein gequältes Lächeln?

„Lasst uns reingehen, bevor ihr ihn noch ganz verschreckt!" Larry legte seinem Enkelsohn den Arm um die Schulter und führte ihn ins Foyer des Kinos. Matt und er hatten hier gestern Abend ganze Arbeit geleistet. Zusätzlich zu den Loungesesseln, die sich hier immer befanden, hatten sie Tische aufgestellt und die Wände mit silbernen Luftballons und Bildern von Playmates geschmückt. An der gegenüberliegenden Wand gab es ein großes Buffett und das Wichtigste, den Ausschank.

Dean, der sich die Gummipuppe unter den Arm geklemmt hatte und nun ebenfalls das Kino betrat, pfiff durch die Zähne. „Na, so eine Galerie bietet sich einem auch nicht alle Tage!"

„Hey, Dean, willst du uns nicht deine Freundin vorstellen?" Chase zeigte auf die Puppe.

„Du meinst Lola?" Der Eigentümer des B & B lachte laut auf. „Die hat ein Gast vergessen ... Ist schon Jahre her. Und Dorothy meinte, heute sei der beste Zeitpunkt, um sie endlich loszuwerden."

Dean überreichte Cole in einer anmutigen Geste sein Mitbringsel, was die anwesenden Gäste laut aufjohlen ließ.

„Ähm, ok, vielen Dank", stammelte der künftige Bräutigam verlegen. „Von wegen Anstandswauwaus, ich glaube, ihr seid hier noch die Schlimmsten!"

Clayton, der die Übergabe bis jetzt amüsiert beobachtet hatte, riskierte einen zweiten Blick auf die Puppe. Zumindest trug die Gute keine Dessous vom Discounter. Das hellblaue Spitzenhöschen wirkte sogar ziemlich hochwertig. Nicht dass er darin Spezialist war, aber ein ähnliches Teil von Victoria Secret hatte er schon einmal in freier Wildbahn gesehen.

„Vielleicht sollte ich sie lieber meinem Bruder schenken? Ihm scheint sie zu gefallen!", drang Coles amüsierte Stimme zu ihm durch.

„Nein danke, Bruderherz, kein Bedarf!" Clayton schüttelte belustigt den Kopf, als ob er es nötig hätte.

Cole zuckte mit den Schultern und setzte die Puppe kurzerhand neben Eugene, der es sich zwischenzeitlich in der Lounge bequem gemacht hatte.

Mit den Worten „Oh, guten Abend, die Dame, freut mich sehr, ihre Bekanntschaft zu machen!" führte dieser das Spiel fort. Clayton hoffte nur, dass sich die Rentner später, wenn die Stripperin kam, etwas zurückhielten.

„So, hier kommt die erste Runde!" Matt kam mit einem großen Tablett Shots auf die Brüder zu.

„Danke, Matt", erwiderte Cole und schnappte sich ein Gläschen, anschließend wandte er sich an seine Gäste. „Auf einen schönen Abend! Ich freu mich sehr, dass ihr alle hier seid!"

Die Männer stießen ausgelassen auf Cole an, dann übernahm Clayton das Wort.

„Auf den künftigen Bräutigam! Jetzt ist es tatsächlich so weit, dass einer von uns unter die Haube kommt." Er schenkte seinem Bruder ein liebevolles Lächeln. „Besonders freut es mich, dass Jenna die Auserwählte ist … also gibt es schon mal keine bösen Überraschungen."

Clayton zwinkerte seinem Bruder kurz zu, denn hinter dem Scherz steckte auch Wahrheit. Nicht nur er, sondern auch seine gesamte Familie, wenn nicht sogar ganz Little Falls, freute sich, dass die beiden wieder vereint waren. Manchmal brauchte es eben seine Zeit.

„Heute steht einiges auf dem Programm", fuhr Clayton lächelnd fort, „aber lasst uns erst mal was essen. Matt und Chase haben sich ums Catering gekümmert, vielen Dank dafür … Die Spiele gehen auf meine Kappe."

Wenige Augenblicke später stürmten die Anwesenden das Buffett, das aus mexikanischen Spezialitäten bestand und sich perfekt für einen Junggesellenabschied eignete. Clayton schnappte sich, nachdem sich der große Ansturm gelegt hatte, eine Portion Nachos mit geschmolzenem Käse und Jalapeños.

„Tolle Idee mit dem Fingerfood", bemerkte er mit vollen Backen, als er neben Matt Platz nahm, „und so praktisch."

„Ich dachte mir, mal was anderes als Burger und Sandwiches." Der Kinobesitzer grinste schief. „Außerdem die perfekte Grundlage für Hochprozentiges!"

„Ja, du sagst es." Clayton senkte die Stimme, damit Cole am Nachbartisch ihn nicht hörte. „Die

Überraschung ist uns wirklich gelungen, bin gespannt, was mein Bruderherz später zur Stripperin sagt."

Chase nahm mit einem Burrito in der Hand neben seinem Bruder Platz. „Darauf bin ich auch gespannt. Wann kommt sie denn?"

„In etwa zwei Stunden … und sie hat die Cop-Nummer drauf!" Clayton wackelte frech mit den Augenbrauen.

„Was schaust du mich so an?" Chase schüttelte verständnislos den Kopf und konzentrierte sich dann auf seinen Burrito.

„Ich mein ja nur. Solche Kolleginnen gab es auf der Polizeischule ganz sicher nicht." Clayton grinste und wandte seinen Blick zur Lounge, wo sein Grandpa mit seinen Freunden Platz genommen hatte. Die Stimmung am Tisch der Senioren war ausgelassen und auch das mexikanische Essen schien bei den älteren Herren gut anzukommen. Ungläubig riss er die Augen auf, als er das Schüsselchen Guacamole entdeckte, das man demonstrativ vor „Lola" abgestellt hatte.

„Wie kleine Kinder, oder nicht? Da hätten wir uns die Stripperin sparen können, wenn schon etwas Gummi die Truppe so beschäftigt", bemerkte Clayton trocken.

Chase, der gerade seine Bierflasche angesetzt hatte, prustete los, sodass ihm die Flüssigkeit sogar aus der Nase trat. Mit bösem Blick sah er seinen Bruder an. „Warn mich nächstes Mal vor, wenn du so einen Spruch raushaust!"

Clayton hob entschuldigend die Arme. „Was denn, stimmt doch, oder nicht? Sie haben ihr sogar was zum Essen hingestellt!"

„O Mann, am besten bereite ich schon mal die Requisiten für unseren Test vor, dann kommen sie auf andere Gedanken." Der jüngste Cassidy-Spross erhob sich mit seinem Burrito und verschwand kurz darauf in Matts Büro.

„Es muss toll sein, Brüder zu haben", bemerkte dieser lachend.

Clayton verzog das Gesicht. „Wenn wir uns nicht gerade gegenseitig umbringen wollen, ja", spielte dieser auf Chase' Verschlucken an.

„Ich als Einzelkind kann da leider nicht mitreden, aber wenn ich euch drei so sehe, dann hab ich das Gefühl, etwas verpasst zu haben."

Über Matts Geständnis überrascht erwiderte Clayton nachdenklich. „Hm, vielleicht war es Schicksal, dass dir dein Großonkel das Kino vermacht hat. Jetzt hast du nicht nur uns drei an der Backe, sondern ne ganze Stadt."

„Darüber habe ich noch gar nicht nachgedacht. Aber jetzt, wo du es sagst: Er hat immer wieder betont, wie toll der Zusammenhalt hier ist." Matt nickte gedankenverloren, als würde nun alles Sinn machen.

Clayton lächelte. Seinem Freund war offensichtlich noch nicht klar, wie perfekt er nach Little Falls passte. Der junge Mann fühlte sich sogar im Kokon der Golden Girls pudelwohl und meldete sich jederzeit freiwillig für die unmöglichsten Dinge. Erst vor Kurzem hatte er Josephine nach New Haven begleitet, um dort die Konkurrenz auszuspionieren – einen neuen Buchladen –, und für Martha hatte er den Fotografen gemimt, damit ihr Profilbild auf der offiziellen Webseite von Little Falls auch dem aktuellen Stand entsprach.

„Oh, Chase ist fertig!", riss ihn Matt aus den Gedanken und stand eilig auf. Clayton erhob sich nun ebenfalls und hoffte, dass sein kleiner Bruder es mit der Vorbereitung nicht übertrieben hatte und der Gag direkt aufflog.

Nach einem schnellen Blick in die Kiste, in der sich Windeln, feuchte Tücher und zwei Puppenbabys befanden, lachte er unwillkürlich auf. Die Party konnte beginnen, mal sehen, ob Cole als Vater taugte.

„So, wir brauchen einen Freiwilligen, der gegen Cole antritt", rief Clayton gut gelaunt, nachdem er alle Gegenstände auf zwei Tischen drapiert hatte. „Am besten jemanden, der Erfahrung im Windelnwechseln hat."

„Ist zwar schon ne Ewigkeit her, aber gelernt ist gelernt. Mit euch drei Hosenscheißern hatten wir schließlich genug zu tun!" Logan Cassidy stand auf und grinste seinen mittleren Sohn frech an.

„Oh, gleich ein Profi, na dann kommt mal her. Die Spielregeln sind wie folgt: Ihr habt eine Minute Zeit, um die Windeln zu wechseln, mit allem drum und dran – und bitte gründlich. Auf den Verlierer wartet ein Shot. Ach ja, und Cole ist in jeder Runde dabei!"

„Nicht dein Ernst, oder? Dann kann ich die Flasche Tequila gleich in einem Zug trinken und nicht in kleinen Dosen." Cole, der mittlerweile an den Tisch getreten war, sah panisch zwischen den Windeln und dem Tablett voller Shots hin und her.

„Seid ihr bereit?", fragte nun Chase mit dem Handy in der Hand. „Die Zeit läuft!"

Eilig machten sich Cole und sein Dad daran, den Puppen die Strampler auszuziehen. O Mann, er konnte schon jetzt wetten, dass dieses Spiel nicht gut für seinen Bruder endete. Warum zog dieser Honk dem Baby auch den Body komplett aus? Es reichte völlig, diesen am Schritt nur zu öffnen, um die Windel auszutauschen. Sein Dad war da um einiges geschickter und wurde von den Gästen, die sich mittlerweile um sie versammelt hatten, kräftig angefeuert.

„Pfui, was ist denn das?" Angewidert zog Logan die Hand zurück.

„Stell dich nicht so an, lieber Schwiegersohn", lachte Larry und kam näher, um sich das Malheur anzuschauen. „Ist doch nur Nuss-Nougat-Creme!"

Die Rentnergang johlte ob des Gags laut auf. „Ich will der Nächste sein!", rief Eugene mit aufgekratzter Stimme.

Clayton schmunzelte, denn mit diesem Spiel hatte er voll ins Schwarze getroffen. Nicht nur die Senioren hatten ihren Spaß, sondern auch Coles Freunde, die den Bräutigam nun eifrig anfeuerten.

Logan schnappte sich die feuchten Tücher und entfernte die Schokolade, die Chase natürlich viel zu großzügig aufgetragen hatte. Wunderte es ihn?

„Cole, keine Scheu vor dem Kacka!", rief Eugene, der mittlerweile die Seite gewechselt hatte.

Clayton verfolgte amüsiert, wie sein Bruder nun mit spitzen Fingern nach den Tüchern griff und den Babypopo säuberte. Oje, da gab es definitiv noch Übungsbedarf. Sein Dad dagegen absolvierte den Test, als hätte er nie etwas anderes gemacht. Anerkennend verzog Clayton den Mund. „Wow, Dad, ich bin wirklich beeindruckt!"

Logan knöpfte den Body wieder zu und antwortete lässig: „Ich sagte doch, drei Hosenscheißer!", und brachte damit die Gäste zum Lachen.

„Erster!“ Er reckte das frisch gewickelte Baby in die Höhe.

Coles Blick fiel auf seinen Dad, der übers ganze Gesicht strahlte, dann schnappte er sich kopfschüttelnd den ersten Shot und kippte ihn hinunter. „Das fängt ja gut an! Na vielen Dank auch!“

„War hier jemand unartig?“

Eine rauchig laszive Stimme ließ Claytons Kopf zur Tür schnellen, dann klappte ihm die Kinnlade herunter. „Ähm, Leute, wir müssen unser Spiel später fortsetzen“, klärte er die Anwesenden auf, ohne die leicht bekleidete Frau am Eingang aus den Augen zu lassen. „Coles Überraschungsgast ist gerade eingetroffen.“

Bis auf das kurze Aufstöhnen seines Bruders war es im Foyer des Kinos mucksmäuschenstill. Kein Wunder, denn die Stripperin, die jetzt näher kam, wirkte wie aus einem billigen Hollywoodstreifen. Sie hatte zwar wie vereinbart das Böser-Cop-Kostüm an und wirkte damit ein wenig furchteinflößend, aber ganz sicher nicht sexy. Mit den tätowierten Augenbrauen und den wasserstoffblonden Haaren sah sie so gar nicht aus wie die heiße Stripperin, die man aus Filmen kannte – außerdem stand sie kurz vor der Rente. Na toll, jetzt wedelte die Gute auch noch wild mit ihrem Schlagstock, was ziemlich unprofessionell aussah.

Clayton warf einen hastigen Blick zu Chase, dessen Augen sich wie die zuvor gegessenen Taccos weiteten. Sein Dad dagegen konnte sich ein Grinsen nur mit Mühe verkneifen.

„Einen schönen guten Abend, die Dame!“, kam es nun höflich von Eugene zu seiner rechten Seite, der wie gebannt auf die ledernen Hotpants starrte. Konnte es noch schlimmer werden? Kaum hatte er den Gedanken zu Ende gedacht, fegte die Dame mit der Hand einen der Tische frei, sodass die Windeln und Feuchttücher nur so zur Seite flogen. Das Puppenbaby konnte Cole gerade noch retten. Etwas umständlich hievte sie sich auf die Tischplatte und starrte ihn mit laszivem Blick an. Gruselig. Clayton lief es eiskalt den Rücken herunter. Was hatte er seinem großen Bruder nur eingebrockt? Von wegen heiße Politesse, diese Frau wirkte wie die Aufseherin im Frauenknast.

„Na, mein Süßer", raunte sie mit verrauchter Stimme und fuhr mit dem Finger über seine Brust. Cole wich unbehaglich einen Schritt zurück und suchte Claytons Blick. Er musste nachdenken. So einen Junggesellenabschied hatte sein Bruder nicht verdient ... auch wenn er ihm auf der Bürgerversammlung in den Rücken gefallen war. Rettung kam ausgerechnet von den Rentnern, die sich immer noch neugierig um den Tisch scharrten.

„Na, Sie sind aber autoritär, das gibt es heute nicht mehr allzu sehr." Clayton fragte sich, ob Eugene bereits nach einem Bier derart verwirrt war, dass er nicht erkannte, dass es sich um eine Stripperin handelte.

Die Frau, die diese Bemerkung wohl als Kompliment für ihre schauspielerische Leistung nahm, drehte sich nach dem untersetzten Mann um.

„Wen haben wir denn hier? Ich habe gehört, Sie haben ebenfalls gegen das Gesetz verstoßen!"

Eugene hob abwehrend die Hände. „Oh, da kann es sich nur um ein Missverständnis handeln."

Für einen Moment überlegte Clayton, ob Eugene das Spiel tatsächlich nur mitspielte, dann sah er, wie sein Grandpa seinem Freund etwas ins Ohr flüsterte.

„Keine echte Polizistin?", wiederholte dieser lauter als beabsichtigt. „Ich dachte so etwas gibt es nur im Fernsehen!"

Dean klopfte seinem Freund auf die Schulter. „Ich sehe schon, du warst schon lange nicht mehr auf einer Junggesellenparty!"

Eugene, der über diese Erkenntnis mehr als verwirrt war, setzte sich mit seinen Freunden wieder in die Lounge, von wo aus er das Spektakel aus sicherer Entfernung beobachtete.

Clayton packte die Gelegenheit am Schopf und stoppte die Frau, die sich zwischenzeitlich an den Knöpfen von Coles Hemd zu schaffen machte. „Ich fürchte, das war's mit der Party. Unsere Senioren sind durch Ihren Auftritt doch ziemlich durcheinander." Er verzog entschuldigend das Gesicht, anschließend klopfte er sich auf die Brust. „So viel Erotik und nackte Haut verträgt die alte Pumpe einfach nicht mehr."

Die Stripperin warf einen besorgten Blick über die Schulter. „Der arme Opi, das tut mir aber leid. Vielleicht zieh ich mir lieber meinen Mantel über oder wir zwei machen privat im Kinosaal weiter." Sie ließ ihren Blick über Cole gleiten.

„Nichts für ungut", mischte sich Chase nun ein. „Aber auch unserem Bräutigam geht es nicht so gut. Hat schon ziemlich viel intus."

Die Dame sprang enttäuscht vom Tisch. „Wie Sie meinen. Meine Gage bekomme ich doch trotzdem?"

„Ja, natürlich!", erwiderte Clayton eilig, als er die Stripperin kurz darauf zur Tür begleitete. Von wegen viel intus, Cole hatte zwei Shots gehabt. Doch dieser Schuss war ganz klar nach hinten losgegangen.

8

Clayton

Eine Woche später

Clayton ließ seinen Blick ein letztes Mal prüfend über den Platz rund um den Pavillon schweifen, der heute festlich geschmückt war und so ganz anders wirkte als sonst. Die Leute vom Partyservice hatten hier und auch im Garten seiner Eltern ganze Arbeit geleistet. Weiße Klappstühle waren zu beiden Seiten entlang des Weges aufgestellt worden, der direkt zum improvisierten Altar unter dem Torbogen des Pavillons führte. Dieser war heute zur Feier des Tages blitzblank herausgeputzt worden und wirkte mit den frisch gepflanzten Hortensienbüschen und den hellblauen Schleifen wie aus einem Hochzeitsmagazin.

Clayton atmete erleichtert aus, denn auch auf ihm lag der Druck der Vorbereitungen. Als erster Trauzeuge hatte er das Brautpaar tatkräftig unterstützt, doch allmählich wurde es Zeit, dass sie die Hochzeit endlich hinter sich brachten. Seit einem halben Jahr gab es in ihrer Familie kein anderes Thema mehr.

Er warf einen Blick nach oben zum strahlend blauen Himmel und dankte dem Allmächtigen, dass er seine Gebete erhört hatte. Morgen konnte von ihm aus die Welt untergehen, aber heute musste das Wetter halten. Seine Hand wanderte zum gefühlt hundertsten Mal an seinen Kragen, wo er die ungewohnte Enge spürte. Diese Fliege brachte ihn noch um den Verstand, ebenso der Anzug in dem er bereits schwitzte. Männer hatten bei Hochzeiten eindeutig die Arschkarte gezogen, da hatten es die Frauen leichter.

„Clayton, hier bist du!" Chase, der ebenfalls in einem dunklen Anzug steckte, kam aufgeregt auf ihn zu. „Die ersten Gäste trudeln ein."

„Ich komm ja schon", erwiderte er lachend und folgte seinem jüngeren Bruder, der sich am Ende des Weges postiert hatte.

„Hallo, Jungs", begrüßte ihr Großvater Larry sie als Erster. „Schick seht ihr aus!"

Wie immer im Freien hatte sich dessen Brille leicht getönt und so wirkte er zusammen mit dem grauen Schnauzbart und der ledernen Herrenhandtasche wie aus einer anderen Zeit. Claytons Blick fiel auf Larrys Krawatte, die ganz offensichtlich ein Relikt aus den Siebzigern war. Aber das scheußliche Ding wirkte immerhin bequemer als die viel zu enge Fliege, mit der er sich herumschlagen musste.

„Bin ich etwa der Erste?", fragte Larry und sah sich um.

„Ja, Grandpa, Mom und Dad sind noch im B & B", antwortete Chase und fügte lachend hinzu: „Vielleicht müssen sie Cole Händchen halten."

Larry schüttelte den Kopf. „Wahrscheinlich dauert es nur etwas länger, bis er in seinen Sachen steckt. Also zu meiner Zeit reichte ein Anzug und ein Hemd völlig aus. Aber heutzutage braucht es ja noch eine Weste und die passenden Accessoires."

Clayton nickte zustimmend, wenn er an die Anproben in New Haven dachte und an die gefühlt hundert Manschettenknöpfe, die ihnen der übereifrige Verkäufer präsentiert hatte.

„Oh, da kommt die Gang!", rief Larry erfreut, als er seine Freunde entdeckte, die in ihrer Festkleidung ebenfalls etwas altbacken wirkten. Hier war von einem hellen Beige bis Grün alles dabei.

Clayton schnitt eine Grimasse. Wenn Dorothy und Dean bereits kamen, war auch Audrey nicht mehr weit. Ein Glück, dass die Gute erst gestern Abend angereist war. Auf ihre Einmischung bei seinen Vorbereitungen konnte er gut und gerne verzichten.

Clayton begrüßte die Rentner mit einem Händedruck und zeigte ihnen anschließend ihre Plätze.

„Wer ist denn diese heiße Lady dort drüben?", fragte er mit anerkennendem Blick, als er zu Chase zurückkehrte und sich neugierig den Hals verrenkte.

„Sag bloß, du erkennst sie nicht?" Chase hielt sich prustend die Hand vor den Mund.

Clayton kniff die Augen zusammen. Handelte es sich um eine von Jennas Freundinnen? Vielleicht jemand aus der Highschool? Nachdenklich glitt sein Blick über ihren Körper, der in einem luftigen Sommerkleid steckte.

„Kannst deinen Mund wieder zumachen, du Honk, das ist Audrey!"

Ehe Clayton irgendetwas erwidern konnte, wurde er von einem heranpreschenden Hund beinahe umgeworfen.

„Bailey, komm sofort hierher!" Die resolute Stimme der Blondine hallte quer über den Platz und in diesem Moment wusste er, dass sein Bruder recht hatte. Diesen Tonfall kannte er doch.

Claytons Blick fiel auf den Golden Retriever, der jetzt abrupt vor Larrys Herrenhandtasche stoppte. Mit eingezogenem Kopf drehte er sich langsam um und starrte sein Frauchen schuldbewusst an.

Als Audrey kurz darauf zwischen ihm und Chase vorbeirauschte, schenkte sie ihm keinen Blick. „Wie oft hab ich dir schon gesagt, dass du nicht einfach abhauen sollst?"

„Audrey, bist du das?" Larry, der direkt am Gang saß, stand lächelnd auf.

Selbst aus dieser Entfernung erkannte Clayton, wie Audreys Augen vor Freude leuchteten. „Larry, wie schön, dich wiederzusehen!" Sie fiel dem älteren Herren um den Hals – Baileys Aktion schien vergessen.

„Ich hab dich kaum wiedererkannt", sprach Larry nun laut aus, was Clayton dachte. Er ließ die junge Frau wieder los und wandte sich dann verschwörerisch an ihren Begleiter. „Du hast mich ertappt ... Hab mir für später einen kleinen Snack eingepackt."

Mit großen Augen verfolgte Clayton, wie sein Grandpa sein Täschchen öffnete und eine Bifi hervorzauberte.

„Ich glaube, ich spinne. Hat er wirklich ein Würstchen herausgeholt?", murmelte Chase und verließ neugierig seinen Posten.

Clayton zuckte mit den Schultern, dann folgte er seinem Bruder. Die Rolle des Platzanweisers war wohl nicht seins, denn während des Durcheinanders hatte sich der Großteil der Gäste einfach selbst platziert. Selbst der Pfarrer und Cole hatten sich unbemerkt hereingeschlichen und warteten vor dem Altar auf ihren Einsatz.

Mist. Audrey hatte ihm alles versaut. Panisch sah er zwischen dem Pavillon und dem pelzigen Störenfried hin und her. Dieser hatte es sich mittlerweile am Boden neben Larry bequem gemacht und kaute genüsslich am mitgebrachten Würstchen.

Sein Grandpa und der unerzogene Hund waren wohl innerhalb kürzester Zeit beste Freunde geworden.

„Wir müssen los! Da kommt schon die Braut!", zischte er Audrey panisch zu, als er Jenna auf einmal vor dem B & B entdeckte. Das durfte doch alles nicht wahr sein.

Schnell griff er nach Audreys Arm und zog sie kurz darauf eilig über den Mittelgang.

„Hey, du Tölpel, pass doch auf. Du reißt mir noch den Träger ab!" Ihre Worte gingen im Einsatz des Chors unter, während sie vergeblich versuchte, ihn abzuschütteln.

Kurz vor dem Pavillon ließ er sie wieder los und postierte sich mit einem aufgesetzten Lächeln neben Chase. „Ist das zu glauben?", zischte er seinem Bruder fassungslos zu.

„Hättest du mal mehr Zeit zum Begrüßen eingeplant, du Genie!", kam es jedoch von Audrey zurück, die ihm im Halbkreis gegenüberstand.

Nur unter Aufbringung größter Willenskraft gelang es Clayton schließlich, die Klugscheißerin zu ignorieren. Immerhin benahm sich zwischenzeitlich ihr Zeckentaxi vorbildlich. Ob sein Grandpa wohl weitere Snacks in seinem Täschchen hatte?

Seine Mutmaßungen wurden unterbrochen, als Jenna hinter den Büschen auftauchte und einen Augenblick später am Arm ihres Vaters den Mittelgang entlangschritt. Für einen Moment stockte ihm der Atem. Wow. Die Braut seines Bruders war wirklich wunderschön. Das schlichte, mit Pailletten verzierte Kleid war wie für Jenna gemacht. Ihr Haar trug sie in einer eleganten Hochsteckfrisur. Der Anblick ließ ihn den Ärger über Audrey schlagartig vergessen.

Er sah zu Cole, dem Tränen der Rührung in den Augen standen und auch der Nervensäge hatte es ganz offensichtlich die Sprache verschlagen.

Mit einem breiten Lächeln kam Jenna näher. Dabei entging ihm nicht, wie sie Audrey kurz zuzwinkerte, bevor sie neben Cole zum Stehen kam.

„Liebes Brautpaar, liebe Gäste", begann der Pfarrer seine Rede und sah sich dabei freudestrahlend um. „Wie schön, dass wir wieder zu einer Hochzeit am Pavillon zusammenkommen. Ein Gottesdienst unter freiem Himmel ist immer etwas ganz Besonderes. Fast als wären auch unsere Lieben dabei, die nicht mehr unter uns weilen."

Automatisch sah Clayton nach oben, gerade in dem Moment, als sich ein kleines Wölkchen zur Seite schob und die Sonne wieder ungehindert strahlen ließ. Der Pfarrer hatte recht. Es fühlte sich wirklich so an, als wäre ihre Grandma an diesem besonderen Tag bei ihnen. Er schluckte fest und nach einem schnellen Blick zu Chase, erkannte er, dass auch seinem jüngeren

Bruder Tränen in den Augen standen. Clayton blinzelte mehrmals – als erster Trauzeuge musste er einen kühlen Kopf bewahren.

„Jenna und Cole, ich kenne euch nun beinahe mein ganzes Leben lang", der Pfarrer sah die beiden mit gütigen Augen an. „Und ich kann euch sagen, dass mich eure Hochzeit nicht überrascht. Es kann nicht getrennt werden, was zusammengehört."

Cole und Jenna, die mittlerweile Platz genommen hatten, hielten sich an den Händen. Die ganze Stadt hatte das Liebesaus vor über drei Jahren mitbekommen, genauso wie die Versöhnung im letzten Herbst.

Er verfolgte, wie die beiden aufstanden und sich gegenseitig ihre Gelübde vortrugen. Beim Anblick seines Bruders, der vor Glück über beide Ohren strahlte, fragte er sich zum ersten Mal, ob auch auf ihn irgendwo die große Liebe wartete. Ehrlich gesagt glaubte er nicht mehr daran. Dazu müsste er schon die Stadt verlassen – ein denkbar schlechter Zeitpunkt, jetzt, wo er das Grundstück am Dragonfly Lake ins Auge fasste.

Auf ein Stichwort hin griff er nach dem Kästchen mit den Ringen, das er in der Tasche seines Jacketts verwahrt hatte, und öffnete es.

Als die beiden sich die Ringe ansteckten und küssten, kämpfte er erneut mit den Tränen. Mist. Genau in dem Moment, als Audrey den Kopf drehte. Für einen Augenblick hielt er ihrem Blick stand, ungeachtet dem seltsamen Kribbeln in seiner Magengrube, bis ihn ein feuchtes Etwas in die Wirklichkeit zurückholte.

Der Golden Retriever hatte sich mittlerweile vollgefressen und den Platz neben seinem Grandpa verlassen. Unmerklich schüttelte Clayton den Kopf. Nicht nur dass Audrey ihren Hund nicht im Griff hatte, jetzt sabberte er ihm auch noch auf die exquisiten Lederslipper, die ihm der übereifrige Herrenausstatter aufgequatscht hatte. Wohl der neueste Schrei und perfekt geeignet für eine Hochzeit im Mai. Na ja, was soll's, er würde die Dinger ohnehin nach der Hochzeit entsorgen. Er hoffte nur, dass der Hund wenigstens seinen Anzug verschonte, denn dieser saß wie angegossen – er könnte darin glatt als Armani-Model durchgehen.

„Bailey, aus!" zischte die Blondine, doch ihr Hund schien gänzlich unbeeindruckt, im Gegenteil, er wich Clayton erst von der Seite, als der Pfarrer die Zeremonie endlich beendete. Beinahe zeitgleich fiel Clayton ein großer Stein vom Herzen, denn der offizielle Teil der Hochzeit war überstanden. Wenn auch mit einem kleinen Zwischenfall, aber immerhin war das Wetter heute perfekt – darum hatte er sich im Vorfeld am meisten gesorgt.

Während er sich etwas die Fliege lockerte – das Scheißding brachte ihn noch um –, entdeckte er seinen Grandpa, der sich in diesem Moment mit den Gästen von außerhalb auf den Weg machte. Er dankte ihm im Stillen, auch wenn eigentlich klar war, wo es langging. Zusätzlich zur Skizze, die sie der Einladungskarte beigefügt hatten, gab es entlang der Mainstreet kleine Schilder, die direkt zur Baufirma führten.

„Du bist mir einer! Hätte ich gewusst, dass du dich hier so in den Mittelpunkt drängst, wärst du zu Hause geblieben." Audrey fischte aus ihrem Täschchen eine Leine und befestigte diese an Baileys Halsband.

„Hättest du mal früher daran gedacht. Ihn trifft keine Schuld", brummte Clayton und zeigte auf die Leine, als sie mit den letzten Gästen den Park verließen und zum Anwesen der Cassidys liefen.

„Ich weiß auch nicht, was in ihn gefahren ist. Seit wir hier sind, ist er wie verwandelt." Audrey zuckte mit den Schultern. „Und wegen vorhin, das tut mir echt leid, ich wollte deinen Ablauf nicht stören."

Für einen Moment dachte Clayton, er hätte sich verhört. Diese Worte hatte er noch nie aus ihrem Mund gehört, weswegen er seinem Bruder zuliebe einlenkte. „Ist ja nichts passiert. Aber versprich mir, dass du ihn wenigstens vom Buffet fern hältst. Scheint mir ziemlich verfressen zu sein, der Kerl."

„Da gebe ich dir ausnahmsweise recht", erwiderte Audrey schmunzelnd. „Ach ja, und schön, dich wiederzusehen. Wir konnten uns vorhin nicht mal richtig begrüßen."

Als sie nun die Main Street überquerten, blieb Clayton mitten auf der Straße stehen. „Hätte Chase mich vorhin nicht aufgeklärt, hätte ich dich wohl nicht erkannt."

Das war die Untertreibung des Jahrtausends, schoss es Clayton durch den Kopf, aber er konnte ihr ja wohl kaum sagen, was er wirklich dachte. Sie machte ihn gerade ziemlich scharf.

Audrey sah ihn aus zusammengekniffenen Augen an. „Und das soll jetzt ein Kompliment sein, oder was?"

Sie reckte stolz das Kinn in die Höhe, so wie sie es schon als kleines Mädchen getan hatte, und eilte mit Bailey im Schlepptau voraus.

Clayton schüttelte den Kopf, dann setzte er sich lachend wieder in Bewegung. *Ja, lauf nur, spätestens beim Essen hast du mich trotzdem an der Backe.*

Er erreichte nach einem kurzen Fußmarsch sein Elternhaus, wo die Feierlichkeiten fortgesetzt wurden. Schon als er durchs Gartentor lief, drangen die Klänge der Band, die jetzt zur Begrüßung spielte, über die Wiese. Die runden Tische vom Morgen waren mittlerweile eingedeckt und so fanden sich auf den weißen Damasttischdecken Sträuße aus Wildblumen und feinstes Gedeck. Zwischen den Bäumen hingen Lichterketten und hellblaue Bänder, wie auch am Pavillon.

„Ein Glas Sekt, der Herr?" Clayton drehte sich nach der Stimme der Kellnerin um, die ein Tablett in den Händen hielt.

„Oh, sehr gerne!" Er schnappte sich eine Champagnerflöte und setzte seinen Rundgang fort.

Sein Blick wanderte zum Buffett, das gerade vom Cateringservice aufgebaut wurde und unter dem reichhaltigen Angebot ächzte. Sogar von hier aus roch er das saftige Pulled Pork, das sich unter einer der silbernen Glocken befinden musste. Dazu gab es, soviel er wusste, Süßkartoffelauflauf und Gemüse. Jenna und Cole hatten sich eine einfache Hochzeit gewünscht, ohne großes Tamtam, und Clayton musste zugeben, dass ihm diese unkomplizierte Feier bis jetzt sehr gut gefiel. Die beiden begrüßten immer noch einen Teil der Gäste, die sich in einer langen Schlange aufgestellt hatten. Allmählich breitete sich nun doch etwas Nervosität in ihm aus. Denn als Trauzeuge übernahm er heute einen wichtigen Part. Sobald alle Gäste Platz genommen hätten, wurde es Zeit für seine Hochzeitsrede. Mit der Hand fuhr er kurz prüfend über die Tasche seines Jacketts, ob er den Zettel dabeihatte – nur für alle Fälle.

Auch wenn er den Text mittlerweile auswendig kannte, war da doch Aufregung.

„O nein, auch das noch!"

Clayton drehte sich nach der weinerlichen Stimme um, die ganz klar von Audrey stammte. Ein Grinsen breitete sich auf seinem Gesicht aus, als er sie dabei ertappte, wie sie mit großen Augen auf das Tischkärtchen starrte. Die Gute hatte wohl gerade ihren Platz gefunden.

Mit lässigem Gang lief er auf sie zu. „Gibt es ein Problem?"

„Sehr witzig. Konntest du mich nicht schon im Park vorwarnen?" Audrey ließ sich wenig damenhaft auf den Stuhl plumpsen.

„Warum? So ist es doch viel spannender." Er schenkte ihr ein charmantes Lächeln, das die meisten Frauenherzen zum Schmelzen brachte, doch an Audrey gänzlich abprallte.

„Tja, wärst du in Begleitung gekommen, müsstest du dich nicht mit mir abgeben", fuhr er zwinkernd fort. Verdammt, die Gute war gegen seinen Charme völlig resistent. Dabei sah er heute in seinem Smoking einfach nur umwerfend aus. Warum wurmte es ihn auf einmal, dass sie ihm keine Beachtung schenkte? Tiefenentspannt kraulte sie Baileys Kopf, während sie eingehend die Menükarte studierte. „Er ist mein Begleiter."

Ehe Clayton sich fragen konnte, ob sie überhaupt in einer Beziehung steckte oder warum sie dieses Zeckentaxi ihre Begleitung nannte, sah sie auf.

„Wo ist denn deine Freundin? Hatte sie etwa keine Zeit?" Audrey hob fragend eine Augenbraue.

„Ähm, na ja", stammelte er, während er wie hypnotisiert in ihre Augen starrte – waren die schon immer so blau gewesen? „Ich bin lieber ungebunden und frei."

Audrey verzog den Mund, als hätte sie für ihn nur Verachtung übrig. „Klar, so lässt es sich ja auch viel ungezwungener flirten."

Mit einem Schnauben nahm er neben ihr Platz. Womit hatte er das verdient, warum hatte man ihn nicht neben die heiße Kollegin von Jenna gesetzt. Die schien zumindest in Flirtlaune. Clayton schenkte ihr nur ein knappes Lächeln und wandte den Blick anschließend zum Brautpaar, das nun, nach der Begrüßungsrunde, Platz nahm. Unwillkürlich fasste sich Clayton an den Hals. Mit jeder Minute stieg die Aufregung wegen seiner Rede.

Er schnappte sich sein Glas und kippte den Rest Sekt hinunter, genau in dem Moment, als Cole ihm zunickte. Puh, dann mal los.

Clayton erhob sich und klopfte an sein Glas. Allmählich legte sich der Geräuschpegel und die Gäste sahen erwartungsvoll zu ihm hinüber.

„Liebes Brautpaar, liebe Gäste! Mir scheint, als wäre es erst gestern gewesen, dass Cole, Chase und ich Little Falls unsicher gemacht hatten." Sein Mund verzog sich zu einem Grinsen, dann wandte er den Blick zur Braut. „Und ein besonderes Mädchen war immer dabei. Ich hab mich schon oft gefragt, wie du es damals mit uns ausgehalten hast."

Als das Lachen der Gäste verebbte, fuhr Clayton lächelnd fort. „Für mich warst du immer wie eine große Schwester. Aber Cole hast du schon damals weiche Knie beschert. Ich sage nur ‚Milchshakes im Diner' –

mal unter uns, er hat sich dabei immer vorgestellt, ihr hättet ein Date."

Clayton zuckte mit den Schultern, als Cole ihm einen tadelnden Blick zuwarf und die Hochzeitsgesellschaft laut aufjohlte. Allen voran die Golden Girls, die nun übermütig an ihre Gläser klopften. „Küssen, küssen!", forderten diese im Chor.

Cole ließ sich nicht zweimal bitten, zog Jenna stürmisch an sich und küsste sie leidenschaftlich.

Bei der ausgelassenen Stimmung lockerte sich auch seine Anspannung, sodass er jetzt lässig mit seiner Rede fortfuhr.

„Cole, du hast dich sicher in den letzten Monaten gefragt, warum Dad und ich mit diesem alten Haus so beschäftigt waren." Er machte eine theatralische Pause, dann zog er einen Schlüssel aus der Tasche.

Dabei verfolgte er, wie die Augen seines Bruders immer größer wurden. „Herzlichen Glückwunsch zu eurem neuen Heim!"

Völlig erstaunt sprang Cole auf. „Ein Haus? Seid ihr verrückt geworden?", erwiderte dieser lachend und sah zu seinem Vater, der nun bis über beide Ohren strahlte. Auch Jenna sah aus, als könnte sie es gar nicht fassen, doch der Glanz in ihren Augen sprach Bände und entschädigte ihn für die vielen Überstunden.

„Wow, vielen Dank, Mom und Dad!", fuhr Cole mit gerührter Stimme fort und schenkte seinen Eltern ein dankbares Lächeln, das vom freudigen Applaus der Hochzeitsgesellschaft begleitet wurde.

Ein unangenehmes Zerren lenkte Claytons Aufmerksamkeit nach unten zu seinem Fuß. Das durfte doch nicht wahr sein. Was hatte dieser Hund nur mit seinen

Slippern? Wenn er nicht aufpasste, würde er sie ihm noch hier vom Körper schälen. Doch Audrey bekam von alldem nichts mit, sondern lauschte seiner Rede weiterhin erwartungsvoll. Ruckartig zog er seinen Fuß zurück, was ihn kurz taumeln ließ und Bailey unterm Tisch aufscheuchte.

Nach einem Blick auf seinen Schuh sah er die Bescherung. Der Slipper war nicht nur feucht, sondern wies auch ein kleines Löchlein auf.

„Bailey, aus!" Erschrocken schlug Audrey die Hand vor den Mund und sah anschließend schuldbewusst zu Clayton auf.

Obwohl er mehr als ärgerlich war, musste er innerlich schmunzeln. Hund und Frauchen hatten den Dackelblick beide perfekt drauf. Er atmete einmal durch und beendete seine Rede – die im Grunde fertig war – mit einem amüsierten Lächeln.

„So wie es aussieht, knurrt nicht nur mir der Magen ... Und da ich meine Schuhe heute noch brauche, erkläre ich das Buffett für eröffnet!" Nach diesem Schreck hatte er sich seine Portion Pulled Pork eindeutig verdient.

9

Audrey

„Guten Morgen, mein Schatz. Gut geschlafen?", begrüßte Dorothy ihre Nichte, die mit Bailey im Schlepptau die Küche betrat.

„Guten Morgen, Tante. Ja, auf dem Land schlafe ich immer wie ein Baby."

Audrey sah sich in der riesigen Küche des B & B um, deren Tresen über und über mit Köstlichkeiten bestückt war. „Wow, seit wann bist du denn schon wach?" Der Duft von frischen Pancakes ließ ihren Magen wie auf Kommando knurren.

„Bereits seit zwei Stunden!", antwortete Dorothy lachend und schnappte sich dann eine Packung Cornflakes, die ganz hinten im Regal stand und offensichtlich nicht für die Gäste gedacht war.

„Salty Pebbles in Regenbogenfarben?" Audreys Augen weiteten sich. „Wo hast du die denn gefunden? Ich dachte, die wären seit Jahren vom Markt?"

„Das bleibt mein Geheimnis", erwiderte Dorothy und senkte die Stimme. „Nur so viel: Als Besitzerin eines B & B hat man so seine Connections."

Audrey schüttelte ungläubig den Kopf. „Die habe ich nicht mehr gegessen, seit ich zwölf war!"

Mit einem zufriedenen Lächeln auf den Lippen füllte Dorothy eine Schüssel mit Milch und schüttete eine großzügige Ladung der bunten Kringel hinein. „Weiß ich doch, dann ist mir die Überraschung also gelungen?"

„Und wie!" Audrey schnappte sich mit leuchtenden Augen das Gefäß. „Mmh, und immer noch so lecker wie damals!" Beim Geschmack der leicht salzigen Cornflakes fühlte sie sich schlagartig in ihre Kindheit zurückversetzt. Genüsslich schloss sie die Augen.

„Setz dich ins Frühstückszimmer, das Buffet ist bereits gedeckt." Dorothy warf einen skeptischen Blick auf die Portion. „Davon wirst du doch nicht satt. Außerdem waren die Cornflakes eher als Gag gedacht."

„Ich mach es mir mit Bailey lieber auf der Veranda bequem ... und was das Buffet angeht, vielleicht später, aber jetzt werde ich erst mal meine Salty Pebbles genießen, ich habe schließlich Nachholbedarf."

„Wie du meinst. Ach ja, da fällt mir ein, dass dieser Handwerker jeden Moment kommen müsste."

Für einen Augenblick sah Audrey ihre Tante verständnislos an, dann fiel ihr wieder ein, dass Dorothy für die Renovierung Unterstützung angefordert hatte.

„An einem Sonntag?", fragte sie mit vollem Mund.

„Hier auf dem Land läuft es halt noch etwas anders", antwortete die ältere Frau schnell und verließ mit einer Platte Pancakes eilig die Küche.

Audrey zuckte mit den Schultern und schnappte sich Baileys Napf, den Dorothy vorbereitet hatte. „Komm,

Bailey, wir gehen nach draußen, nicht dass du noch das Buffet umschmeißt."

Audrey öffnete die Fliegengittertür zur Veranda und nahm kurz darauf auf einem Korbstuhl Platz. Während Bailey sich um seinen Napf kümmerte, sah sich sein Frauchen gedankenverloren um und löffelte nebenbei ihre Cornflakes.

Dabei schweifte ihr Blick über den See und den neu angelegten Steg, den sie bald zum Sonnenbaden ausprobieren wollte. Ein Lächeln zeichnete sich auf ihren Gesicht ab, als sie am Ende des Grundstücks Dean entdeckte. Sofort erkannte sie, dass es sich bei dem Gefährt, auf dem er saß, um einen neuen Aufsitzrasenmäher handeln musste. Schließlich hatte sie Erfahrungen, was den Fuhrpark betraf. Als Kind durfte sie vieles ausprobieren und hatte es geliebt, wenn er ihr Fahrstunden gab. Ob sie den neuen John Deere wohl auch ausprobieren durfte? Zumindest war sie outfittechnisch bestens für die Pflege des Grundstücks gewappnet. Im Gegensatz zu gestern steckte sie jetzt in einer Latzhose und Chucks, die Haare zu einem Zopf zusammengefasst. Außerdem hatte sie die Kontaktlinsen, die sie nur zu besonderen Anlässen trug, wieder gegen ihre praktische Brille eingetauscht.

Baileys Schmatzen holte sie aus ihren Gedanken. „Das schmeckt dir, nicht wahr? Hätte ich mir doch gleich denken können, dass du dich hier pudelwohl fühlst."

Ein Schatten rechts von ihr ließ sie herumfahren. Clayton. Was wollte der denn hier? Keine Ahnung, wie lange er gestern noch gefeiert hatte, aber der erste Trauzeuge wirkte, als hätte er einen mächtigen Kater. So unperfekt war er ihr eindeutig lieber, denn sie musste zugeben, dass er sie auf der Feier ziemlich nervös gemacht hatte – im Anzug sah er einfach umwerfend aus.

„Hallo, Clayton", begrüßte sie ihn amüsiert.

„Hi, Audrey. Ähm, ist Dorothy hier?" Sie bemerkte, wie sein Blick auf ihr Frühstück fiel und er daraufhin angewidert sein Gesicht verzog. Er sah aus, als müsste er sich jeden Moment übergeben. Wechselte seine Gesichtsfarbe gerade von Gelb zu Grün?

„Dorothy ist drinnen", antwortete sie, ohne ihn aus den Augen zu lassen, dann stellte sie ihre Schüssel auf dem Tisch neben ihr ab. Auch Bailey schien seinen neuen Freund erkannt zu haben und sprang nun auf, um ihn zu begrüßen.

„Na, du hast wohl einen Narren an mir gefressen."

Audrey verdrehte ob Claytons Selbstverliebtheit nur die Augen und fragte sich, was er in diesem Zustand überhaupt von ihrer Tante wollte. Also sie hätte sich so ganz bestimmt nicht unter Menschen getraut. Ihr Blick wanderte über seinen Bartschatten und seine zerschlissenen Jeans, die sogar einige ältere Flecken aufwiesen. Wenigstens hatte er, seinem frischen Duft nach zu urteilen, geduscht.

Plötzlich wurde die Fliegengittertür ruckartig aufgestoßen und Dorothy eilte heraus. „Clayton, guten Morgen!"

Ganz offensichtlich war ihrer Tante gerade ebenfalls der leicht lädierte Zustand des mittleren Cassidy-Spross aufgefallen.

„Sag mal, wie lange habt ihr denn gestern noch gefeiert?"

„Wenn mich nicht alles täuscht, bis heute morgen um vier“, erwiderte er zerknirscht.

„Oh, na, wenn ich das gewusst hätte, hätte ich dich natürlich erst morgen zu unserem Meeting bestellt.“ Dorothy sah den Mann schuldbewusst an. „Du siehst ja grauenhaft aus!“

Audrey verkniff sich nur mit Mühe ein Grinsen, denn es war so typisch für ihre Tante, dass sie ihre Gedanken laut aussprach.

„Alles, was ich brauche, ist ein Kaffee, dann bin ich bereit.“ Clayton nahm nun ebenfalls auf der Veranda Platz.

„Ja, natürlich“, erwiderte Dorothy schnell und verschwand wieder im Haus.

„Meeting?“ Audrey sah Clayton argwöhnisch an. „Sag mir nicht, du bist dieser Handwerker?“ Dann fiel es ihr wie Schuppen von den Augen. Seinem Vater gehörte der örtliche Baubetrieb.

„Was soll *das* denn heißen?“, fragte Clayton, während er das Schüsselchen mit den salzigen Cornflakes weiter von sich wegschob.

„Da bin ich wieder! Mit einer extragroßen Tasse Kaffee“, flötete Dorothy. „Wie ich sehe, habt ihr euch schon etwas ausgetauscht.“ Sie übergab Clayton die Tasse und lehnte sich an das Geländer.

„Clayton ist also der Handwerker, der uns beim Umbau helfen wird?“, fragte Audrey ihre Tante mit zusammengekniffenen Augen.

„Ja, ist er nicht perfekt?“ Dorothy strahlte übers ganze Gesicht.

„Verstehe ich dich richtig?", mischte sich nun auch Clayton nach einem Schluck Kaffee ein. „Wir beide sollen hier zusammenarbeiten?"

„Ganz genau. Audrey ist doch Innenarchitektin und ich lass ihr da völlig freie Hand."

„Hättest du mich nicht wenigstens vorwarnen können?" Kopfschüttelnd stand sie auf. Sie konnte kaum glauben, was ihre Tante da hinterrücks eingefädelt hatte. Sie wusste doch, dass sie sich immer in die Haare bekamen.

„Hey, Moment mal, ich wurde genauso getäuscht. Hieß es nicht, dass Dean beim Umbau die Fäden in der Hand hält?" Clayton schaute sehnsuchtsvoll zu diesem, der jetzt mit dem Rasenmäher näher kam.

„Papperlapapp, doch nicht Dean. Der hat von einem harmonischen Zimmer und Deko gar keine Ahnung", winkte Dorothy lachend ab. „Audrey ist der Profi. Schau dir nur das Teezimmer an."

Dieses Argument schien vorerst zu sitzen, denn anstelle von weiterem Protest rieb sich Clayton müde über die Augen und konzentrierte sich anschließend auf seinen Kaffee.

Allein der Gedanke, dass Clayton ab sofort nach ihrer Pfeife tanzen müsste, ließ sie schmunzeln. Ihre Tante hatte ihr doch eben die volle Verantwortung übertragen, oder nicht?

Genau in diesem Moment sah Clayton auf. „Was gibt es da zu grinsen?"

Bei seinem mürrischen Blick konnte sie nicht anders, sie musste ihn einfach fragen. „Darf ich dir vielleicht eine Portion von meinen sehr raren Cornflakes anbieten, jetzt, wo wir Partner sind?"

Er schüttelte vehement den Kopf. „Nein danke. Ich frag mich schon seit Jahren, wie du das eklige Zeugs runterbekommst. Hast du überhaupt Geschmacksnerven?"

Audrey wusste sofort, dass er auf ihre Essgewohnheiten anspielte. Schließlich hatte sie während ihrer Sommerferien in Little Falls sehr spezielle Wünsche gehabt, die bei ihm als kleiner Junge oft einen – wenn auch gespielten – Würgereiz ausgelöst hatten.

„Am besten dreht ihr gleich mal einen Rundgang und schaut euch die Zimmer an", schlug Dorothy fröhlich vor. „Bin schon sehr gespannt auf eure Pläne!" Mit einem Zwinkern drehte sie sich um und ließ die beiden einfach stehen.

Clayton stieß laut die Luft aus. „Versprich mir aber eins, lass nicht die Klugscheißerin raushängen. Ich bin nicht dein Angestellter."

„Hältst du mich für so unprofessionell?" Audrey fühlte sich durch seinen Kommentar gekränkt. Auch wenn sie und Clayton nicht gerade ein Dreamteam waren, würde ihre Arbeit im B & B unter gar keinen Umständen darunter leiden.

„Ich mein ja nur. Ich bin mittlerweile nicht bloß Handwerker, sondern auch Bauleiter."

„Hört, hört, ein Bauleiter. Und die tragen heutzutage zerschlissene Jeans?" Audrey warf einen skeptischen Blick auf seinen Unterkörper.

Clayton sah sie nun ebenfalls eingehend von oben bis unten an. „Ok, wo wir gerade so offen sind: Gestern hast du mir in deinem Kleidchen und den hohen Pumps eindeutig besser gefallen. Was ist passiert, dass du dich wieder zurückverwandelt hast?" Er kniff nachdenklich die Augen zusammen. „Sind das etwa Latzhosen? Ich dachte, so was tragen nur Kinder."

„Ich bleib meinem Stil eben treu", erwiderte Audrey schnippisch und warf ihren Zopf zurück. „Außerdem zählen auf einer Baustelle andere Werte. Da wirst du mich kaum in High Heels antreffen."

Um Claytons Mundwinkel zuckte es amüsiert und für einen Moment bekam sie den Eindruck, als spielte sie in seinem Kopfkino gerade die weibliche Hauptrolle. Ganz sicher würde ihm so etwas gefallen.

„Dorothy hat recht, lass uns endlich reingehen und es hinter uns bringen." Sie riss die Fliegengittertür auf und betrat von Clayton gefolgt das Bed & Breakfast.

„Also gut, soviel ich weiß, geht es um drei Zimmer", sinnierte Clayton mit professioneller Stimme, als sie die Treppe ins Obergeschoss hinaufstiegen.

„Ja, es sind die hinteren drei", klärte Audrey ihn auf. „Ich hatte mir dafür verschiedene Themen ausgedacht."

„Interessant, dann schieß mal los!"

Audrey stieß die Tür zum ersten Zimmer auf. „Dieses Zimmer mit Ausblick zum See würde ich gerne maritim gestalten. Ich habe schon ein paar ganz tolle Deko-Elemente gefunden."

„Soso." Clayton zwinkerte ihr zu. „Und anhand der Deko willst du jetzt das gesamte Zimmer ausrichten?"

„Ein Problem damit?" Sie hob fragend eine Augenbraue.

„Nein, überhaupt nicht", erwiderte dieser schnell und hob abwehrend die Hände. „Ich bin ja nur für die Böden und Wände zuständig, den Rest überlass ich dir."

Audrey nickte zufrieden. „Dann sind wir uns ja einmal einig."

Sie durchschritt dicht gefolgt von Clayton das Zimmer und öffnete die Tür, die auf den kleinen Balkon hinausführte. „Es soll aussehen wie am Meer. Ein bisschen wie in den Hamptons. Vielleicht ein dunkler Holzboden und dazu eine strukturierte Tapete mit blauen Elementen."

„Klingt toll und was hast du dir im Bad vorgestellt?", fragte er mit geschäftsmännischer Stimme.

Audrey, die seine Hitze direkt hinter sich spürte, hielt ob des unerwarteten Kribbelns kurz die Luft an. Merkte dieser Kerl denn nicht, dass er ihre persönliche Distanzzone überschritt? Sie waren schließlich keine Kinder mehr, die ausgelassen im See planschten. Schnell trat sie einen Schritt zur Seite und lief ins Badezimmer.

„Für den Boden Mosaikfliesen und die Wände werden mit Holz verkleidet", antwortete sie so gelassen wie möglich.

Clayton nickte nachdenklich, als würde er die Ausgaben bereits im Kopf überschlagen. Mittlerweile hatte sein Gesicht auch wieder etwas Farbe bekommen und er wirkte nicht mehr ganz so müde wie auf der Veranda. Aus seiner Gesäßtasche fischte er einen kleinen Block und Stift.

„Ok, nennen wir es ‚Das maritime Zimmer'." Er kritzelte einige Notizen aufs Papier, ebenso die Quadratmeterzahl und eine Skizze vom Zimmer.

Nicht schlecht, schoss es Audrey durch den Kopf.

Clayton verstand offensichtlich was von seinem Job, nicht jeder konnte so gut zeichnen, geschweige denn ohne Zollstock die Fläche eines Raumes berechnen.

„Wenn ich mir einen Kommentar erlauben darf?" Er schenkte ihr ein charmantes Lächeln. „Was hältst du davon, die Tapete vom Schlafzimmer im Bad zu übernehmen, nur für eine Wand?"

Audrey legte nachdenklich die Stirn in Falten. „Hm, gute Idee. Vielleicht hinter dem Spiegel?"

Clayton folgte ihr ins Bad und drehte sich einmal im Kreis. „Perfekt, das sieht bestimmt super aus."

Plötzlich hielt er inne und sah sie dabei unverwandt an. „Bis jetzt klappt es doch ganz gut, oder nicht? Wir haben uns zumindest noch nicht umgebracht."

Audrey lachte laut auf. „Es warten noch zwei Zimmer auf uns und außerdem habe ich den Ruf, im Job ziemlich perfektionistisch zu sein."

Clayton stützte sich mit der Hand lässig am Türrahmen ab. „Wenn du auf meine Arbeit anspielst, kann ich dich beruhigen. Ich bin ebenfalls sehr genau."

Die Wärme, die sich plötzlich unter seinem herausfordernden Blick in ihr ausbreitete, verwirrte sie viel zu sehr – vor ihr stand ein attraktiver Mann, der nach herbem Duschgel duftete, nicht mehr der zwölfjährige Bengel von damals ... Und das Badezimmer war auf einmal auch viel zu klein. Sie musste hier raus, doch Clayton lehnte immer noch im Türrahmen.

Ob er ihr mit voller Absicht den Weg versperrte? Ausgerechnet Bailey, der jetzt bellend ins Bad stürmte, rettete sie aus dieser Notlage. Innerlich atmete sie erleichtert aus.

„Hast du mich vermisst, mein Kleiner?" Audrey ging in die Hocke und knuddelte ihren treuen Begleiter stürmisch.

Claytons Mund verzog sich zu einem Lächeln. „Jetzt weiß ich, was ich vergessen habe: meine Slipper."

Irritiert schaute Audrey auf, dann klärte Clayton sie schmunzelnd auf. „Die Schuhe taugen nach seinem Angriff von gestern nur noch für die Tonne oder als Kauknochen."

„Bitte sag mir, was ich dir schulde. Das tut mir wirklich furchtbar leid." Audrey verzog zerknirscht das Gesicht und stand wieder auf. Sie hatte ihn schon gestern Abend darauf ansprechen wollen.

Er winkte ab. „Die habe ich mir nur für die Hochzeit aufschwatzen lassen. Also alles gut, mach dir keinen Kopf."

„Bist du sicher? Aber die waren doch bestimmt sehr teuer?", hakte Audrey erneut nach.

„Feinstes italienisches Büffelleder, wenn ich dem netten Verkäufer Glauben schenken darf. Dein Hund hat wirklich Geschmack." Clayton verließ mit einem Zwinkern das Badezimmer.

„Ok, also, wenn du sie nicht mehr brauchst", erwiderte Audrey erstaunt. „Bailey würde sich darüber bestimmt sehr freuen."

„Ich bring sie beim nächsten Mal einfach mit."

Für einen Moment starrte sie ihn einfach nur an, denn über Bailey hatte er sich direkt in ihr Herz geschlichen – dieses Schlitzohr.

„Am besten machen wir mit dem nächsten Zimmer weiter", schlug sie lächelnd vor.

„Klar. Ist es das gegenüber?“ Clayton trat auf den Flur hinaus.

„Ja, und das kleinste von allen. Das wird echt schwierig.“ Sie folgte ihm in den Raum und sah sich ratlos um.

„Du hast recht, das ist wirklich winzig. Aber vielleicht könnte man hier eine Wand rausnehmen. Wenn mich nicht alles täuscht, ist nebenan nur eine kleine Abstellkammer.“

„Stimmt, so weit habe ich gar nicht gedacht!“ Sie war von Clayton mehr als überrascht. Steckte hinter seinem übersteigerten Selbstbewusstsein doch mehr, als sie dachte? „Aber ich werde erst mal Tante Dorothy fragen, von Wändeeinreißen war nie die Rede.“

„Wändeeinreißen gehört zu meinem Spezialgebiet“, erwiderte Clayton mit einem breiten Lächeln. „Eins nach dem anderen, zuerst muss ich das Zimmer ausmessen.“

Da er immer noch keinen Zollstock hervorholte, machte er das gerade wohl auch im Kopf. Währenddessen überlegte Audrey angestrengt, welches Motto sie diesem Zimmer verpassen könnte. Blumen oder Farmhaus?

„Daraus machen wir das Hortensien-Zimmer“, platzte es aufgeregt aus ihr heraus. „Von hier aus hat man den perfekten Blick auf den Pavillon.“

Erstaunt sah Clayton von seinem Block auf. „Gute Idee und dazu einen floralen Teppich und hellblau gestrichene Wände?“

Aufgeregt sprang Audrey in die Luft und klatschte in die Hände. „Dorothy wird begeistert sein!“ Auch Bailey war außer Rand und Band, sodass sie ihn erst einmal beruhigen musste. Sie hätte nie im Traum gedacht, dass sie so gut harmonierten und die Ideen im Team derart übersprudeln würden. Für gewöhnlich arbeitete sie lieber allein – zumindest während der Planungsphase.

„Freut mich, dass ich helfen konnte", murmelte Clayton. „Bin ja schließlich nur ein einfacher Handwerker."

„Den Satz wirst du mir wohl nie verzeihen." Audrey verließ lachend das Zimmer und öffnete die letzte Tür. „So, jetzt noch eins und dann lass uns unsere Tour beenden. Du siehst aus, als könntest du noch ne Mütze Schlaf vertragen."

„Dabei hab ich mich heute morgen extra noch rausgeputzt." Er grinste frech. „Aber du musst schon zugeben, dass mein Kater keinen Einfluss auf meine Professionalität hat."

Da war es wieder, das übersteigerte Selbstbewusstsein. Aber weil Clayton in diesem Punkt völlig recht hatte, ließ sie ihm den Spaß.

„Ja, du bist ein Quell der Inspiration", erwiderte sie schmunzelnd, „aber ich denke, wir sollten uns trotzdem beeilen." Sie warf einen schnellen Blick auf Bailey, der langsam unruhig wurde. „Uns fehlt noch die morgendliche Runde ... vielleicht laufen wir heute mal zum Dragonfly Lake."

Sie konnte Claytons Blick nicht deuten, doch ihr schien, als hätte er für einen Moment tatsächlich überlegt, sie zu begleiten.

10

Clayton

„Toll gelöst, das Platzproblem!"

Clayton, der bereits seit dem frühen Morgen an den Plänen fürs B & B saß, schaute überrascht auf. „Guten Morgen, Dad. Danke, ja, das macht das Hortensien-Zimmer um einiges größer."

Logan, der sich über Claytons Schulter gebeugt hatte, richtete sich wieder auf und verzog dabei amüsiert den Mund. „Hortensien-Zimmer?"

„Eines der drei Zimmer, die Dorothy renovieren lassen will. Jedes Zimmer bekommt ein Motto."

Logan nahm mit der Kaffeetasse, die er in der Hand hielt am Schreibtisch gegenüber Clayton Platz. „Sehr interessant. Und du hast mit Dorothy schon alle Details besprochen?"

Clayton schüttelte den Kopf. „Sie hat Audrey die Planung übertragen und vertraut ihr da voll und ganz."

„Okay, das heißt, ihr zwei seid für die nächste Zeit Partner?" Er nahm einen Schluck von seinem Kaffee und ließ Clayton dabei nicht aus den Augen.

Dieser atmete laut aus. „Solange sie nicht die Chefin raushängen lässt und sich in meine Arbeiten einmischt, sollte es keine Probleme geben." Nicht auszudenken, wenn sie permanent hinter ihm stand. Er war für das Grobe zuständig, Wände einreißen und das Verlegen von Leitungen und Böden – und dazu brauchte er keinen Babysitter.

Um Logans Mundwinkel zuckte es verräterisch, doch er erwiderte darauf nichts. Stattdessen schnappte er sich einen der fertigen Pläne mit der Aufschrift „Hamptons-Zimmer".

„Sehr interessant. Und wie passend, mit Blick aufs Wasser. Sind die Bäder auch alle zu machen?"

„Nur im Hamptons-Zimmer", erwiderte Clayton und griff dabei nach einem Katalog aus dem unzählige Haftnotizen hervorlugten. „Audrey möchte gerne Mosaikfliesen." Er schlug die entsprechende Seite auf und zeigte sie seinem Dad. „Die hier könnten passen."

Logan warf nun ebenfalls einen Blick auf die Abbildung. „Denk dran, dass du die rechtzeitig bestellst. Die haben sie nicht auf Lager."

Clayton verzog nachdenklich den Mund. „Dann muss ich sie erst fragen, falls es zu lange dauern würde." Er machte eine kurze Pause und fuhr kopfschüttelnd fort: „Kannst du dir vorstellen, dass sie für dieses Zimmer bereits die Deko hat?"

Logan lachte laut auf. „Mir brauchst du nichts erzählen. Deine Mom ist auch nicht besser." Er nahm einen weiteren Schluck von seinem Kaffee, ehe er fragte: „Audrey plant nicht zufällig ein Zimmer im Landhausstil?"

Überrascht riss Clayton die Augen auf. „Doch, das dritte Zimmer."

„Ok, vielleicht findet sie die passende Deko bei deiner Mom. Erst heute morgen kam ne riesige Lieferung herein. Jenna hat sich bereits eingedeckt."

„Oh, sind die beiden denn schon am Umziehen?"

„Noch nicht, aber ein paar Möbelstücke bringen wir mit dem Truck heute schon rüber", erwiderte Logan.

„Sag bloß, dass Cole seine alte Couch dort aufstellen will?" Er liebte seinen Bruder, jedoch war dessen Einrichtung über der Wohnung im Diner mehr als fragwürdig. Cole besaß immer noch einige Möbel aus Teenagerzeiten, dazu ein Sammelsurium aus Erinnerungstücken und Larrys alten Schränken.

„Heute ist erst mal das Bücherregal dran", beruhigte Logan seinen mittleren Sohn. „Und was die Couch angeht, werde ich persönlich dafür sorgen, dass die auf dem Sperrmüll landet."

Beim Gedanken an die speckige Ledercouch, die, wie er zugeben musste, sehr bequem war, grinste er unwillkürlich. Er und seine Brüder hatten sie geliebt. Ob beim gemeinsamen Abhängen oder zum Schauen von Footballspielen. Sie eignete sich auch hervorragend zum Schlafen ... Nun wurde er doch etwas sentimental. Für einen kurzen Moment überlegte er, ob er das gute Stück nicht selbst weiterverwenden könnte. Zum Beispiel in seinem Haus am See.

„Ach ja, Martha hat mich heute morgen wegen des Grundstücks angerufen und mir zusätzlich eine Aufstellung per Mail geschickt", informierte er seinen Vater sichtlich zerknirscht. „Ich müsste alle Erschließungskosten selbst übernehmen."

„Das hab ich mir fast schon gedacht“, erwiderte Logan nachdenklich. „Dort gibt es praktisch nichts als Wildnis.“

Clayton schnitt eine Grimasse, denn sein Traum vom Haus rückte nach Marthas Anruf in weite Ferne, die Kosten für Strom-, Wasser- und Abwasserleitungen wären immens.

„Hm, gäbe es für dieses Areal mehrere Interessenten, könntet ihr euch diese Kosten teilen“, fuhr Logan grübelnd fort.

Clayton verzog den Mund; auf Gesellschaft – im schlimmsten Fall von außerhalb – hatte er keine Lust.

„Dann bleibt nur noch der Little Pond als Alternative“, sprach Clayton Marthas Vorschlag laut aus.

Logan nickte. „Warum eigentlich nicht? Am Nordufer hättest du auch deine Ruhe.“ Er schaute seinen Sohn abwartend an.

„Ich weiß nicht … Im Sommer ist trotzdem viel los.“

„Du meinst die betagten Stammgäste im Bed & Breakfast? Keine Sorge, die kommen schon nicht rübergepaddelt.“ Logan lachte amüsiert.

Clayton war sich da nicht ganz so sicher. Seit es bei Dorothy und Dean auch Stand-up-Paddles gab, wurden diese oft und gerne von jüngeren Gästen genutzt, die Little Falls für sich entdeckt hatten.

„Oh, bevor ich’s vergesse“, holte Logan ihn aus seinen Gedanken. „Ich hab hier ne Notiz für dich. Noch ein Auftrag … Die Kundin hat speziell nach dir gefragt!“

Clayton nahm den Zettel entgegen und überflog die Daten.

„Nach mir? Kann das nicht einer der Jungs übernehmen? Bin mit dem B & B gerade mehr als ausgelastet.“

Logan zuckte mit den Schultern. „Macht das unter euch aus, aber wie gesagt, sie will nur dich."

Clayton kniff die Augen zusammen, irgendetwas an der Nummer ließ ihn stutzen. „Okay, ich kümmere mich darum."

„Wenn du Hilfe brauchst, melde dich!" Logan stand mit seinem Kaffeebecher auf. „Ich bin in der Werkstatt, will noch den Sekretär für Jenna fertig machen. Sie würde ihn am liebsten noch heute im Haus aufstellen."

„Alles klar, Dad, bis dann." Clayton schaute seinem Vater schmunzelnd hinterher, denn dieser konnte sich vor neuen Schreinerarbeiten kaum noch retten. Seit Jenna mehrere Bilder aus der Bäckerei online gestellt hatte, meldeten sich immer mehr Interessenten für maßgeschneiderte Landhausmöbel.

Clayton stand nun ebenfalls auf und faltete die Pläne fürs B & B zusammen. Was Audrey wohl davon hielt? Er war für das Projekt zumindest bestens gerüstet. Nicht nur mit Mustern, sondern auch mit einem Mitarbeiter, der ihn bei den Abrissarbeiten unterstützen würde. Aber das meiste wollte er selbst ausführen, schließlich war der Auftrag im Bed & Breakfast auch für ihn ein Herzensprojekt.

Seine Gedanken wanderten zum Little Pond. Vielleicht war es vernünftiger, sich mit dieser Option anzufreunden, die zusätzlichen Kosten am Dragonfly Lake würden ihn definitiv erschlagen. Er warf einen Blick auf die Kostenübersicht, die er sich zwischenzeitlich ausgedruckt hatte. War die Abgeschiedenheit wirklich einen doppelt so hohen Preis wert? Zudem wäre er immer auf sein Auto angewiesen, wenn er etwas in der Stadt zu erledigen hätte. Und ob er in diesem See tatsächlich einen Fisch fangen würde, stand auf einer ganz anderen Karte.

Vielleicht war heute der perfekte Tag, um dieses Unterfangen auszuprobieren. Das Ergebnis würde auf jeden Fall in seine Entscheidung hineinfließen.

Aber erst die Arbeit. Er griff nach dem Telefon und wählte die Nummer, die auf der Notiz seines Vaters stand. Stamford. Ein gutes Stück weit weg. Wenn sich der Auftrag nicht lohnen würde ...

„Tiffany Jenkins."

Die weibliche Stimme am anderen Ende der Leitung ließ ihn aufhorchen. Tiffany, Tiffany. Wo hatte er diesen Namen in Kombination mit dieser Stimme schon einmal gehört? Dann fiel es ihm wie Schuppen von den Augen. Noch während er sich meldete, checkte er die abgewiesenen Anrufe auf seinem Handy. Mist.

„Hallo, Clayton, wie geht's dir?", säuselte die hartnäckige Verehrerin, während er mit dem Gedanken spielte, einfach aufzulegen. Seltsamer Zufall. Gab es in Stamford keine Handwerker?

„Hi, Tiffany, du hast dich wegen eines Auftrags gemeldet?", kam er gleich zur Sache.

„Ja, genau. Durch Zufall bin ich auf eure Internetseite gestoßen."

Für einen Moment überlegte er, ob ihr Anruf nicht nur ein Vorwand war, ihn wiederzusehen, dann fuhr sie ziemlich überzeugend fort: „Meinen Eltern gehört ein Strandhaus am Long Island Sound. Sie suchen für den Bau eines Poolhauses einen fähigen Mann."

Im Kopf überschlug Clayton schon seinen Gewinn, das war ganz klar ein Auftrag, den er nicht ausschlagen konnte. Stalkerin hin oder her.

„Okay, wann soll das Ganze denn stattfinden?“, fragte er geschäftsmännisch nach. „Haben deine Eltern was gesagt?“

„Na, so schnell wie möglich, damit vor dem Sommer noch alles fertig wird“, klärte sie ihn lachend auf.

Er beschrieb ein neues Blatt auf seinem Notizblock. Dafür brauchte er mindestens zwei Mann. Würde gehen, wenn sie sich aufteilten. Der Satz seines Vaters hallte in seinem Kopf nach. *Sie hat nach dir gefragt.* Pech. Da es sich um einen kurzfristigen Auftrag handelte, konnte er auf derartige Sonderwünsche keine Rücksicht nehmen. Selbst wenn er wollte, war es ihm zeitlich nicht möglich, sich nur um eine einzige Baustelle zu kümmern.

„Okay“, antwortete er in gedehntem Ton. „Im Moment sind wir ziemlich ausgelastet, aber das sollte kein Problem sein.“

„Perfekt! Freut mich, dass es geklappt hat. Mein Dad war von euren Bewertungen und Fotos ziemlich angetan.“

Das seltsame Gefühl zu Beginn des Telefonats löste sich bei ihren Worten in Luft auf, weshalb er spontan vorschlug: „Hat dein Dad heute Zeit? Dann könnte ich später zur Maßaufnahme vorbeikommen.“ Er war mit den Plänen fürs B & B schneller fertig geworden als gedacht und hatte nun genügend Luft. Außerdem brauchte er noch Köder für sein Experiment und wo könnte er sich besser eindecken als in der Stadt? Er schlug praktisch zwei Fliegen mit einer Klappe.

„Ja, klar, Daddy ist da!“ Tiffanys Stimme klang überschwänglich. „423 Fairview Drive.“

„Super, dann mach ich mich gleich auf den Weg." Erst jetzt wurde Clayton bewusst, dass er genauso überschwänglich klang. Hoffentlich bekam die Gute seinen Geschäftssinn nicht in den falschen Hals.

***

Eine Viertelstunde später saß er bereits in seinem Truck. Auf der Ladefläche neben einem Koffer, in dem sich ein Lasermessgerät befand, lag auch seine brandneue Angel. Auf dem Rückweg wollte er direkt einen Stopp beim Dragonfly Lake einlegen und sein neues Spielzeug testen. Nur für alle Fälle hatte er auch das Handbuch „Fischen für Dummies" im Gepäck. Kurz fragte er sich, welches Feedback er der guten Josephine geben sollte, falls er kläglich scheiterte.

Clayton startete den Wagen und verließ das Grundstück seiner Eltern, das sich etwas außerhalb des Stadtkerns befand. Er passierte alte Platanen, die sich entlang der Straße bis hin zur Main Street reihten. Bäume, die schon sein Leben lang zum Erscheinungsbild von Little Falls gehörten. An der Kreuzung bog er ab, dabei kam er nicht umhin, einen schnellen Bick zum Bed & Breakfast zu werfen, das sich zu seiner Linken befand. *Was Audrey heute wohl vorhat?*, schoss es ihm plötzlich durch den Kopf. Lag sie womöglich im Bikini am Steg und sonnte sich? Hm, eher unwahrscheinlich, bestimmt drehte sie mit Bailey ihre Runde und trug dabei ihre geliebten Latzhosen.

Erst jetzt bemerkte er, wie sich seine Gedanken seit einigen Minuten nur um sie drehten und die Enttäuschung, dass er keinen Blick auf sie hatte erhaschen können.

Clayton schüttelte über sich selbst den Kopf. Was hatte er auf einmal mit der Klugscheißerin? Sein Mund verzog sich zu einem Lächeln, denn vor seinem geistigen Auge tauchte sie wieder in Chucks und mit schiefsitzender Brille auf.

Das komplette Gegenteil zu Tiffany, die er aus dem Club nur perfekt gestylt kannte. Irgendwie wurde er das Gefühl nicht los, dass sie es kaum erwarten konnte.

Eine Dreiviertelstunde später erreichte er Stamford und den besagten Fairview Drive, wo sich ein Strandhaus ans andere reihte. Anerkennend pfiff Clayton durch die Zähne. Tiffanys Eltern hatten ganz offensichtlich viel Geld. Am Ende der Straße parkte er seinen roten Pick-up neben einem Porsche und stieg aus, dann schnappte er sich den Koffer mit dem Messgerät.

Noch ehe er die Haustür erreichte, wurde diese von einem grauhaarigen Mann schwungvoll geöffnet. „Mr Cassidy. Schön, dass Sie kurzfristig Zeit haben."

Clayton erwiderte den Handschlag und folgte Mr Jenkins ins Haus. Unauffällig sah er sich um, aber von Tiffany fehlte jede Spur. Vielleicht hatte er doch zu viel hineininterpretiert und sie das Interesse an ihm mittlerweile verloren. Erleichtert atmete er aus.

„Sie sind also ein Freund meiner Tochter?", griff Tiffanys Vater das Gespräch wieder auf, während sie das Erdgeschoss zur Terrasse hin durchstreiften.

„Wir kennen uns nur flüchtig." Verdammt. Was hatte sie ihrem Vater nur erzählt? Noch während er angestrengt überlegte, wurde er von einer leichtbekleideten Tiffany im Bikini stürmisch begrüßt.

„Clayton, da bist du ja!“

Sie heftete sich wie eine Klette an seinen Arm und hinterließ dabei Flecken ihrer öligen Sonnencreme. Mit zuckersüßer Stimme säuselte sie: „Hätte ich gewusst, dass du so schnell bist, hätte ich mit dem Schwimmen gewartet.“

In was war er da nur hineingeraten? Aus dem Augenwinkel bemerkte er, wie ihm ihr Dekolleté regelrecht entgegensprang. Dieses Biest, sie hatte alles geplant!

Hilfe kam von ihrem Vater. „Tiffany, Schatz. Lass dem Mann doch Luft zum Atmen.“

Clayton nutzte die Chance und schüttelte sie unbemerkt von Mr Jenkins ab. Eilig folgte er ihm über die Terrasse.

„Perfekt für ein Poolhaus“, nahm Clayton das Gespräch wieder auf, während er sich interessiert umsah.

„Ich dachte mir auf dieser Seite.“ Der ältere Herr breitete die Arme aus und sah ihn erwartungsvoll an.

„Sehr schöne Stelle, ich werd das gleich ausmessen“, erwiderte Clayton und bückte sich um den Koffer zu öffnen, dabei wich ihm Tiffany, die wieder aufgeholt hatte, nicht von der Seite. Trug die Gute etwa einen Tanga? Wo kam der denn auf einmal her? Für einen Moment starrte er sie an, er war schließlich auch nur ein Mann.

Mr Jenkins, der seine Bredouille offensichtlich erfasst hatte, bemerkte mit amüsierter Stimme: „Tiffany, sei doch so lieb und bring unserem Gast eine kalte Limo.“

Endlich rückte die Gute ab und Clayton konnte das Grundstück ohne weitere Ablenkungen ausmessen – in Rekordzeit.

Gerade als Tiffany in glitzernden High Heels und Limo zurückstöckelte, war Claytons Arbeit beendet. Dankbar griff er nach dem Longdrinkglas mit Zuckerrand und Schirmchen. Sogar eine einfache Limo hatte hier Klasse. Hätte er mit der lieben Tiffany nicht schon längst abgeschlossen, hätte er sogar an ihrem Bikinihöschen seine helle Freude gehabt.

***

Als Clayton Stamford eine halbe Stunde später verließ, hatte er nicht nur einen lukrativen Auftrag im Gepäck, sondern auch eine Kühlbox voll feinster Köder. Aufgeregt machte er sich zurück nach Little Falls. Es wäre doch gelacht, wenn er mit diesen Leckerbissen nicht wenigstens einen Blackbass aus dem Wasser fischte.

Clayton nahm die Interstate 95, die nordöstlich entlang der Küste bis hoch nach New Haven führte. Mit jeder Meile, die er sich seinem Heimatort näherte, wuchs die Vorfreude auf sein Abenteuer. Der heutige Tag war wirklich ein Erfolg gewesen. Nicht nur, dass er die Pläne fürs Bed & Breakfast fertiggestellt hatte, nein, dieser unerwartete Auftrag würde ihm auch noch ein hübsches Sümmchen in die Kasse spülen. War das göttliche Fügung? Na ja, so weit wollte er nicht ausholen, aber zumindest war das Haus am Dragonfly Lake somit wieder im Rennen.

Es war bereits Nachmittag, als er nach einer Dreiviertelstunde Fahrt die Gemarkung von Little Falls erreichte und wenige Meter dahinter auf den Feldweg abbog, der ins Naturschutzgebiet führte. Er schaltete in den ersten Gang und fuhr im Schritttempo den steilen, geschotterten Hügel hinab. Im Sommer kein Problem, doch im Herbst und Winter – bei Glatteis und Schnee – wahrscheinlich unmöglich. Ein weiterer Punkt, den auch Martha nicht bedacht hatte.

Er parkte seinen Pick-up in der Nähe des Sees, stieg aus und schnappte sich die Kühlbox samt Angelausrüstung. Während er sich dem Ufer näherte, warf er einen Blick über den See, der tiefdunkel zwischen den aufragenden Tannen ruhte. Nur hier und da hörte er ein leises Knacken, begleitet von tierischen Lauten und dem Summen von Insekten. Hier unten war wahrscheinlich das bekannte Sprichwort „Fuchs und Hase sagen sich Gute Nacht" entstanden.

Er stellte seine Ausrüstung nahe des Ufers ab und öffnete ungeduldig die Box mit dem Köder. Etwas umständlich befestigte er einen davon am Haken. Anschließend warf er die Rute mit Schwung aus. Ok, diesen Teil musste er noch etwas üben.

Angestrengt beobachtete er den Schwimmer auf dem Wasser, doch auch nach einer halben Stunde spürte er keinen Zug an seiner Rute. Verdammt, hatte er etwas falsch gemacht oder war sein Glück für heute schlicht aufgebraucht? Er musste sich wohl doch mit der Theorie im Ratgeber auseinandersetzen oder seinen Grandpa Larry um einen Crashkurs bitten.

Nach einem neuen Köder und einer weiteren Viertelstunde schmiss er die Ausrüstung frustriert auf die Ladefläche des Trucks. Von wegen großer Fischbestand … Dieser Punkt zählte für ihn ab heute nicht mehr als Kaufargument!

11

Audrey

„Claytons Pläne sind ja wirklich der Hammer!", rief Dorothy voller Begeisterung aus. Sie und Dean hatten sich über das auseinandergefaltete Papier gebeugt, das Clayton vor wenigen Minuten auf dem Buffett ausgebreitet hatte.

„Vor allem die Idee mit dem Wanddurchbruch im Hortensien-Zimmer", bemerkte Audrey und warf anschließend einen unauffälligen Blick nach draußen, wo Clayton gemeinsam mit einem Mitarbeiter schwere Gerätschaften vom Truck ablud.

„Warum ist uns das nicht selbst eingefallen?" Dean pfiff anerkennend durch die Zähne. „Die kleine Abstellkammer im Obergeschoss wurde sowieso nur als Müllhalde genutzt."

„Pfff, von wegen Müllhalde. Dort habe ich jahrelang meine Deko aufbewahrt!", rechtfertigte sich Dorothy.

Audrey verkniff sich ein Schmunzeln, denn sie hatte über die unzähligen Kisten mit Weihnachtsbeleuchtung, Christbaumschmuck und winkenden Rentieren nicht schlecht gestaunt. Unter den Dekoartikeln, die nun vorübergehend in der Garage lagerten, gab es sogar genügend Requisiten, um das Filmset eines Bram-Stoker-Klassikers professionell auszustatten. Schade, dass sie beim letzten Halloweenfest im Bed & Breakfast nicht hatte dabei sein können.

Dean winkte gelassen ab. „Ich räum dir später zwei Schränke in meiner Werkstatt frei, dort sollte alles reinpassen."

Dorothy nickte zufrieden, dann erwiderte sie nach einem Blick zur Tür lachend: „Clayton kommt schon mit dem Vorschlaghammer!"

Sofort leuchteten Deans Augen auf. „Oh, das wollte ich schon immer mal machen!"

„Klar, Dean, tu dir keinen Zwang an!", antwortete

Clayton gut gelaunt und stieg anschließend trotz des 10-Kilo-Hammers auf der Schulter leichtfüßig die Treppe hinauf.

Audrey sah ihm gedankenverloren nach. Da war auf einmal wieder dieses Kribbeln und heute konnte sie es nicht auf die Aufregung schieben, die sie bei jedem neuen Projekt empfand.

Wie peinlich, jetzt starrte sie ihm auch noch auf den Hintern. Zum Glück bekamen Dorothy und Dean nichts davon mit. Ihr Onkel war Clayton dicht auf den Fersen und ihre Tante bereits auf halbem Weg zur Küche.

„Ich mach mich dann mal wieder an die Arbeit, die Scones für den Nachmittagstee backen sich schließlich nicht von selbst."

„Alles klar!", erwiderte Audrey und schnappte sich den Katalog, den Clayton mitgebracht hatte. Es handelte sich um das Prospekt eines Baustoffherstellers nahe Little Falls. Interessiert schlug sie die markierten Seiten auf und bewunderte die handbemalten Fliesen. Anerkennend verzog sie den Mund, dieser Stil wäre auch etwas für ihre Kunden in Chicago. Beim Anblick der leuchtend roten Krabbe musste sie schmunzeln. Dieses Design wäre perfekt für ein Kinderbadezimmer. Vielleicht könnte sie dem Hersteller demnächst einen Besuch abstatten?

„Tolle Arbeiten, nicht wahr?", raunte Clayton dicht hinter ihr.

Audreys Herz schlug ihr bis zum Hals, denn er hatte sie nicht nur erschrocken, sondern wieder einmal eine angemessene Grenze überschritten. Hatte der Kerl noch nie etwas von einem persönlichen Bereich gehört? Halb über sie gebeugt warf er ebenfalls einen Blick auf die Abbildung. Dabei stützte er sich lässig an der Tischkante ab.

Um ihre Nervosität zu überspielen, fuhr sie ihn an: „Musst du dich so anschleichen?"

„Beruhig dich wieder! Oder mach ich dich etwa nervös?" Sein Mund verzog sich zu einem wissenden Lächeln und er richtete sich wieder auf. Völlig unvermittelt streckte er ihr ein Paar Lederslipper entgegen.

Beim Anblick der durchlöcherten Schuhe, die er bei Jennas und Coles Hochzeit getragen hatte, musste Audrey herzhaft lachen.

„Für deinen Bailey, dann hat er was zum Kauen!"

Sie nahm die Schuhe schmunzelnd entgegen. „Vielen Dank, da wird er sich freuen!"

„Wo ist er überhaupt?" Clayton sah sich fragend um.

„Er hat einen neuen Lieblingsplatz gefunden, auf der hinteren Veranda", klärte Audrey ihn vielsagend auf.

„Ein schattiges Plätzchen und kleine Hände, die ihm den ganzen Tag das Fell kraulen.“

„Ah, du meinst die beiden Kinder. Mir ist schon aufgefallen, dass das B & B auch bei jungen Familien immer beliebter wird.“

„Mittlerweile ja, aber zu unserer Kindheit gab es hier nur spießige Rentner!“ Audrey verzog den Mund. Als Teenager hätte sie sich über einen netten Urlaubsflirt sehr gefreut. Doch anstelle eines zweiten Justin Biebers war sie hier jeden Sommer nur auf die Cassidy-Brüder getroffen.

Ein lauter Schlag ließ beide aufhorchen und Clayton schmunzeln. Mit dem Zeigefinger zeigte er zur Decke. „Dean tobt sich schon aus. Ich konnte ihn einfach nicht davon abhalten.“ Er zuckte mit den Schultern.

Audrey schüttelte fassungslos den Kopf. „Du weißt aber schon, dass mein Onkel immer noch mit seinem Bandscheibenvorfall zu kämpfen hat? Außerdem ist das dein Job.“

Clayton hob eine Augenbraue. „Wie bitte? Mein Job?“

„Ja, schließlich wirst du dafür bezahlt, oder nicht? Und wenn ich mich recht erinnere, hast du noch groß Werbung gemacht, dass Abrissarbeiten zu deinem Spezialgebiet gehören.“

Ehe Clayton etwas erwidern konnte, fluchte Dean so laut auf, dass man ihn bis ins Erdgeschoss hörte.

„Na super, da haben wir den Salat. Hätte ich dir auch gleich sagen können!“

„Hey, pack mal die Klugscheißerin wieder ein, wird schon nichts sein.“ Clayton rannte dennoch die Treppe im Spurt nach oben und ließ Audrey im Teezimmer zurück.

Clayton

Sein erster Tag auf der Baustelle fing ja wirklich toll an. Hatte auch nicht lange gedauert und Audrey war wieder in ihre alten Muster zurückgefallen. Der Satz „Schließlich wirst du dafür bezahlt" schoss ihm in den Kopf und ließ ihn angespannt die Kiefer zusammenpressen. Bei diesem Auftrag ging es um mehr als nur Geld. Er wollte ein Teil davon sein. Außerdem war seine Familie seit Jahren eng mit Dorothy und Dean befreundet.

Als Clayton den Flur erreichte, atmete er erleichtert auf. Zumindest lag Dean nicht schwerverletzt am Boden, im Gegenteil, er holte in diesem Moment erneut mit dem Hammer aus.

„Was ist passiert?", fragte Clayton außer Atem, während er das riesige Loch in der Wand zur Abstellkammer betrachtete. Dean hatte, wie er zugeben musste, bereits gut vorgelegt. „Hast du dich verletzt?"

Deans Mund verzog sich zu einem Grinsen. „Ich nicht, aber der Kerl da drinnen ist hinüber!"

Für einen Moment hoffte er, dass Dean nicht seinen Arbeiter meinte. Er warf einen Blick in die angrenzende Kammer, dann entdeckte er die Bescherung. Dorothys Halloween-Skelett lag in hundert Einzelteilen am Boden zerstreut.

„Deine Frau wird dich umbringen!", kommentierte Clayton das Massaker.

„Das denke ich auch. Den muss ich beim Ausräumen wohl übersehen haben." Zerknirscht schaute Dean Clayton an. „Könntest du vielleicht den Kopf hinhalten?"

„Ich? O nein, mein Lieber. Da musst du jetzt durch." Nicht auszudenken, wenn er es sich auch noch mit Dorothy verscherzte. Er konnte ohne ihre Waffeln nicht leben!

Er nahm dem älteren Mann mit einem Zwinkern den Hammer ab. „Jetzt übernehme ich."

„Ok. Und ich kehre derweil die sterblichen Überreste von Mr Bones heraus." Dean schnappte sich den Besen. „Danach geh ich beichten ... oder ich bestell einfach still und heimlich ein neues im Internet."

Clayton schmunzelte. Bis zur nächsten Halloween-Party, die traditionell im B & B stattfand, musste auf jeden Fall ein neues Skelett her, sonst hätte Dean ein echtes Problem. Wenigstens war Audrey nicht in Sichtweite, um ihren Onkel zu verpetzen.

„Oh, hallo, mein Guter!" Erfreut beugte sich Clayton hinunter, als er Bailey mit einem seiner Slipper im Maul entdeckte. „Wie ich sehe, hast du mein Geschenk schon bekommen."

„Dieser Hund hat einen Narren an dir gefressen", kam es von Dean gedämpft aus der Kammer zurück. „Normalerweise hat er was gegen Männer, die Audrey zu nahe kommen."

Ok, das war die Übertreibung des Jahrtausends. Wann war er Audrey denn zu nahe gekommen? Er wuschelte Bailey durchs Fell, dann verschwand dieser ebenfalls in der Kammer. „Wird Zeit, dass ich mal anfange, sonst werd ich von deiner Nichte noch gefeuert", bemerkte Clayton lachend.

„Oh, wenn es ums Geschäft geht, hat unsere kleine Audrey Haare auf den Zähnen."

„Das glaub ich dir aufs Wort", erwiderte Clayton trocken. Es war schließlich kein Geheimnis, dass es auf dem Bau etwas ruppiger zuging. Er konnte sich geradezu bildlich vorstellen, wie sie eine ganze Mannschaft Arbeiter über die Baustelle scheuchte. Trug sie deshalb ihre praktischen Latzhosen? Vielleicht sollte sie es mal in ihrem luftigen Sommerkleid versuchen, dann würden ihr die Männer garantiert aus der Hand fressen. Diesen Tipp notierte er gedanklich für später.

Aus dem Augenwinkel sah er Bailey davonflitzen. Dean folgte ihm mit einem schwarzen Sack, dessen Inhalt verräterisch schepperte. „So, Junge, du kannst loslegen. Ich werd unseren Mr Bones erst mal entsorgen."

„Ok, Dean, bis später!" Er zwinkerte dem älteren Mann verschwörerisch zu und holte mit dem Vorschlaghammer aus, nachdem dieser in sicherer Entfernung war. Es brauchte nur wenige Schläge, bis er die dünne Zwischenwand komplett durchbrochen hatte. Sofort wirkte das Hortensien-Zimmer viel größer.

Wie sein Mitarbeiter wohl vorankam? Dieser arbeitete seit ihrer Ankunft im „Hamptons-Zimmer".

„Donny, alles klar?" Clayton legte den Hammer nieder und lief ins Zimmer gegenüber, wo der junge Mann auf dem Boden kniete, um die Fliesen im Badezimmer herauszuklopfen.

„Ja, bei mir schon, aber das Skelett hat seine besten Zeiten wohl hinter sich."

Clayton sah sich kurz um, ehe er erwiderte: „Das bleibt aber unter uns, sonst macht ihn Dorothy einen Kopf kürzer."

Donny nickte eilig. „Alles klar, Boss!" Er setzte den Meißel wieder an und hob eine ganze Bodenfliese am Stück heraus.

„Die lösen sich wirklich gut, am besten helf ich dir mit den Wandfliesen, dann sollten wir in einer halben Stunde mit Klopfen fertig sein."

Clayton wollte die Nerven der Gäste nicht unnötig strapazieren. Einige Senioren hatten es sich nach dem Frühstück auf der Veranda bequem gemacht und warteten nun aufs Mittagessen. Zwischendurch wurde etwas geturnt und gelesen. Die Stammgäste planten keine großen Ausflüge – sie hatten ja auch schon alles im Umkreis gesehen –, ihnen genügte der See und zum Tagesabschluss eine Runde Bingo. Clayton schüttelte amüsiert den Kopf, hoffentlich wurde er im Alter nicht derart träge. Schon bei seiner Ankunft hatte er die üblichen Verdächtigen getroffen, die hier bereits seit seiner Kindheit ihren Urlaub verbrachten. Das Ehepaar aus New York schätzte er vom Alter her mittlerweile auf das einer Galapagosschildkröte – allerdings einzeln.

„Huhu, die Herren!"

Clayton drehte sich überrascht nach der Bürgermeisterin um. Was hatte die denn hier verloren?

„Hab ich mir doch gedacht, dass ich dich hier treffe!" Sie winkte ihn verschwörerisch zur Seite. „Ich hab weitere Infos zum Dragonfly Lake."

Er senkte die Stimme. „Weitere Infos?"

„Ja, die Stadt würde sich gerne an einem Teil der Erschließungskosten beteiligen", erwiderte Martha mit rosigen Wangen. In ihrer typischen Geste hob sie die Hand und malte einen imaginären Schriftzug an die Wand. „„Ein Haus am See ... Dieser Traum wird in Little Falls auch für Sie Wirklichkeit!""

„Ich verstehe nicht ganz." Clayton sah Martha verständnislos an.

„Na, umso mehr Naturfreunde wir finden, desto billiger wird das Ganze für dich. Und unsere Gemeinde würde davon nur profitieren."

„Okay", erwiderte Clayton gedehnt. Er wusste nicht, ob er sich über diese Neuigkeiten wirklich freuen konnte. Die Abgeschiedenheit war es ja, die ihn reizte. Gleichzeitig war es ziemlich naiv zu glauben, auf ewig ohne Nachbarn zu sein.

Martha sah ihn mit schiefgelegtem Kopf an. „Ich dachte du freust dich darüber. Aber wenn ich dich so ansehe ..."

In diesem Moment betrat Audrey das Zimmer und sah fragend zwischen ihm und dem prominenten Besuch hin und her.

„Na, dann halt ich dich mal nicht weiter von der Arbeit ab!" Sie drückte ihm einen großen Umschlag in die Hand und schwebte mit einem fröhlichen „Tschühüs" hinaus.

„Die hat es aber eilig", verwundert schaute Audrey der stets perfekt gestylten Bürgermeisterin hinterher. „Gibt es ein Problem?"

„Ähm, nein, war ein rein privater Besuch", erwiderte Clayton und ließ die Hand mit dem Briefumschlag schnell sinken. Zu dumm nur, das Martha darauf in großen Lettern die Worte „Dragonfly Lake" gekritzelt hatte.

Fragend hob Audrey eine Augenbraue. „Was ist das? Jetzt machst du mich aber neugierig."

„Tut mir leid, ich bin beschäftigt, schließlich werde ich nicht fürs Tratschen bezahlt!" Clayton schenkte ihr einen vielsagenden Blick und schnappte sich den Flachmeißel. Aus dem Augenwinkel verfolgte er, wie Audrey nach Luft schnappte. *Tja, Schätzchen, was du kannst, kann ich schon lange.* Nur unter Aufbringung sämtlicher Willenskraft gelang es ihm, geschäftig zu schauen und nicht laut loszulachen. Doch das Grinsen in seinem Gesicht hatte Audrey dennoch entdeckt.

„Dann eben nicht", antwortete sie schnippisch. „Aber vielleicht überlegst du es dir ja noch mal, Dorothy hat euch extra eine Portion Waffeln zur Seite gelegt."

„Und damit willst du mich jetzt erpressen? Bist du etwa zwölf? Nein, darauf falle ich nicht mehr rein!"

Clayton schüttelte vehement den Kopf. Er hatte schon einmal einen ganz schlechten Deal damit gemacht. Dinkelwaffeln, wer kam denn bitte auf so einen Mist? Aber noch schlimmer waren ihre salzigen Cornflakes in Regenbogenfarben.

„Was war da vorhin eigentlich los?" Audrey warf einen Blick aus dem Hamptons-Zimmer auf die Baustelle gegenüber. „Gerade als ich nach Onkel Dean schauen wollte, stürmten die Kinder mit Bailey das Teezimmer und danach war mein Onkel so schnell abgehauen, dass ich ihn gar nicht fragen konnte."

„Tja, vielleicht verrate ich es dir ja", Clayton sah amüsiert von seiner Arbeit auf, „vorausgesetzt, du bringst mir zwei Waffeln." Natürlich würde er seinen alten

Freund nie verraten, aber da er wusste, wie neugierig Audrey war, spielte er diese Karte aus.

„Pff, ich lass mich doch nicht erpressen!" Audrey machte auf dem Absatz kehrt, dann drehte sie sich ein letztes Mal um. „Ach und, Donny, du bist natürlich jederzeit zum Nachmittagstee eingeladen."

Mit offenem Mund starrte Clayton ihr nach. Wie bitte? Hatte er eben richtig gehört? Keine Waffeln für ihn?

„Lass uns das noch rausschlagen, danach gönnen wir uns einen Happen", informierte er seinen Mitarbeiter kurze Zeit später entschlossen.

„Bist du sicher? Ich finde, sie hat sich ziemlich klar ausgedrückt."

„Die liebe Audrey hat das nicht zu entscheiden, immerhin sind Dorothy und Dean meine Auftraggeber und die Besserwisserin hier nur zu Gast."

Als sich die beiden einige Stunden später auf den Weg nach unten machten, trug Clayton nicht nur ein selbstgefälliges Grinsen auf den Lippen, sondern auch einen seiner abgenagten Slipper. Bailey hatte den Schuh wohl verloren, als er in der Abstellkammer vorbeischaute.

Es war mittlerweile Nachmittag und dem Geräuschpegel nach zu urteilen Kaffeestunde. Ein weiteres Spektakel, auf das sich die Gäste den ganzen Tag freuten. Offensichtlich richtete sich hier der gesamte Tagesablauf nur nach dem Essen.

Nach einem Blick in die Runde konnte er sich nicht vorstellen, dass sich ein Urlaub im Bed & Breakfast wirklich so gut für diese Altersgruppe eignete. Schon der Duft von frischen Scones und Waffeln ließen sein Insulin in die Höhe schnellen. Und siehe da, auf einem der Tische entdeckte er wie zum Beweis ein Blutzucker-messgerät samt Teststreifen!

„Oh, wie schön, dass ihr endlich runterkommt!“ Dorothy begrüßte die beiden herzlich und führte sie an einen der Tische.

„Audrey hat gesagt, du hättest uns Waffeln gemacht?“, fragte Clayton mit hoffnungsvoller Stimme.

„Aber sicher, hart arbeitende Männer müssen sich doch stärken. Darf ich euch dazu noch eine Etagere mit anderen Köstlichkeiten bringen?“

Die Männer sahen sich kurz an und zuckten beinahe zeitgleich mit den Schultern.

Dorothy lachte herzhaft auf. „Also ja!“

Als die ältere Frau in die Küche lief, sah sich Clayton unauffällig um, doch von Audrey fehlte jede Spur. Puh, noch mal Glück gehabt. Auch wenn er ihren ärgerlichen Blick gerne gesehen hätte.

„O mein Gott! Ein zerstückelte Leiche!“ Die weißhaarige Dame am Tisch neben ihm riss schockiert die Augen auf. „Da, schaut, Audreys Hund hat sie irgendwo ausgebuddelt. Wahrscheinlich im Wald.“

Ganz eindeutig ging die Fantasie mit der älteren Lady durch. Clayton drehte sich nach Bailey um, der gerade mit einem großen Knochen im Maul hereintrottete. *Scheiße, Mr Bones.* Jetzt war auch klar, warum der Hund das Interesse an dem Slipper verloren hatte.

Dorothy stürmte eilig aus der Küche. „Eine Leiche? Doch nicht bei uns in Little Falls. Wir hatten hier seit hundert Jahren kein tödliches Verbrechen mehr!“

Ja, diese Geschichte kannte er nur zu gut. Dabei handelte es sich nicht einmal um einen Menschen, sondern um die Katze des damaligen Bürgermeisters, der sein

Haustier angeblich aus Versehen im Rathauskeller eingesperrt hatte.

Ein geistesgegenwärtiger Rentner am Tisch gegenüber sprang auf und zückte sein überdimensionales Seniorenhandy. *Diese Tasten*, schoss es Clayton amüsiert durch den Kopf, *wären auch was für einen Bären mit riesigen Pranken.*

„Ich ruf Chase an. Und bis unser Deputy Sheriff kommt, sicherst du, Rosie, den Tatort. Erinnerst du dich noch an das Finale von Staffel drei?"

Besagte Rosie hob hilflos die Hände. „Drück dich genauer aus, Manfred. Criminal Minds oder CIS?"

Für einen Moment dachte Clayton, er sei im falschen Film. Auch wenn er seinen Bruder zu gerne in Aktion erlebt hätte, stand er nun lachend auf. „Leute, beruhigt euch wieder, es ist keine Leiche!"

Dorothy, die Bailey nun todesmutig den Knochen aus dem Mund zog, kniff die Augen zusammen. „Moment mal, da stehen ja Zahlen drauf! Gehört der Knochen etwa zu Mr Bones, meinem Halloween-Skelett?"

12

Larry

„Wunderschön, dein Stand, und mit den grauen Fensterläden macht er richtig was her. Sieht beinahe aus wie ein kleines Haus." Larry verzog anerkennend den Mund. Das handwerkliche Geschick hatte seine Tochter eindeutig von ihm geerbt. Für einen Moment verfolgte er, wie sie mit einem Pinsel graue Farbe aufs Holz auftrug und dabei hochkonzentriert den Mund verzog.

Mittlerweile war die Wurfbude, die er fürs letzte Stadtfest gezimmert hatte, kaum mehr wiederzuerkennen. Was ursprünglich als Attraktion für die Kinder gedacht gewesen war, wurde nun von Arianna als kleiner Hofladen genutzt. Sie hatte damit ihr Hobby zum Beruf gemacht, und das, wie er zugeben musste, ziemlich erfolgreich. Zu Beginn hatte er sich nicht vorstellen können, dass man mit gebundenen Magnolienkränzen, Farmhausschildern und Tabakkörben überhaupt Geld verdienen könnte. Aber was das anging, hatte er sich mächtig getäuscht. Ihre Produkte waren sogar so beliebt, dass sie mit dem Gedanken spielte, einen kleinen Shop bei Etsy zu eröffnen.

Er schüttelte schmunzelnd den Kopf. Den Geschäftssinn hatte sie wohl ebenfalls von ihm geerbt, auch wenn er als ehemaliger Eigentümer des Diners nicht derart kreativ gewesen war.

„Als Nächstes kommt die Tapete an die Wand", klärte Arianna Larry auf, dann hielt sie mit dem Pinsel in der Hand nachdenklich inne. „Da ist nur eine Sache, die mir Sorgen bereitet."

„Lass mich raten." Larry lachte herzhaft. „Es geht um den Transport zum Park?"

„Genau. Das Ding ist mittlerweile so schwer, meinst du, wir kriegen es wieder mit dem Anhänger rüber?"

Logan kam aus der angrenzenden Scheune heraus. „Zerbrich dir darüber nicht den Kopf, Liebling. Irgendwie werden wir das Ding schon zum Erdbeerfest rüberschaffen – ansonsten kommen Räder dran!"

Arianna sah ihren Mann an, als wäre er von allen guten Geistern verlassen worden. „Räder? Ich will doch daraus keinen Wohnwagen machen!"

Larry fühlte mit seiner Tochter mit. Nein, das wollte er sich auch nicht vorstellen, weshalb er gutmütig einlenkte. „Wir haben die Bude doch schonmal dahingekarrt ... das wird schon irgendwie gehen. Außerdem haben wir immer noch drei starke Jungs!"

Bei der Erwähnung ihrer Söhne verzog sich Ariannas Mund sofort zu einem Lächeln. „Ja, Dad, du triffst es auf den Punkt. Und da Martha sie dieses Mal verschont hat, können Sie mir beim Auf- und Abbau helfen."

Logan kam grinsend näher und legte seiner Frau den Arm um die Schulter. „Siehst du, deshalb hab ich dir drei Jungs gemacht."

Arianna verdrehte die Augen. „Und so ein Spruch vor meinem Dad!"

Larry hob schnell die Hände. „Keine Sorge, ich hab schon Schlimmeres gehört. Ihr wart noch nie mit der Gang unterwegs."

„Erinnere mich nur nicht an den Junggesellenabschied. Die arme Stripperin tut mir jetzt noch leid. Sie hatte noch nicht mal richtig angefangen!" Logan schüttelte bedauernd den Kopf.

Arianna schenkte ihrem Mann einen tadelnden Blick, dann fragte sie mitfühlend: „Eugene dachte doch nicht im Ernst, es handele sich um eine echte Polizistin?" Sie sah zwischen den Männern hin und her.

„O doch", erwiderte Larry, „und das hat sein Weltbild erschüttert. Dabei war er zu Beginn so angetan von ihrer Autorität."

„Wie habt ihr nur in Miami überlebt?" Logan hielt sich lachend den Bauch.

Larry erinnerte sich mit gemischten Gefühlen an den gemeinsamen Kurztrip mit seinen Freunden. Glücklicherweise hatten sie im Alligator Inn eingecheckt – einem beliebten Hotel für Senioren und völlig frei von Eskapaden. Selbst die Cocktails waren alkoholfrei gewesen, damit sie sich mit dem Inhalt der Tablettenboxen auch vertrugen.

„Frag lieber nicht, von dem Poller, den wir am Ocean Drive fast umgenietet hätten, hab ich euch noch gar nicht erzählt ... ganz zu Schweigen von dem Taschendieb!"

Arianna machte große Augen. „Und das sagst du uns erst jetzt?"

Larry winkte ab. „Ach, ist doch nichts passiert. So hatten wir wenigstens ein *bisschen* Action.“

„Vielleicht buchen wir dir für den nächsten Urlaub einfach eine Kreuzfahrt. Betreuter Urlaub, wie auf ner Klassenfahrt“, schlug Logan grinsend vor.

„Nein danke. Vorerst habe ich genug. Warum in die Ferne schweifen? Wir haben in der Nähe auch eine Küste.“

Arianna nickte. „Ja, da geb ich dir recht. Die Nähe zum Long Island Sound ist mit einer der Gründe, warum Little Falls auch bei Touristen immer beliebter wird.“

Für einen Moment hing jeder seinen Gedanken nach, dann fiel es Larry wieder ein. „Oh, fast hätte ich es vergessen. Die Post war vorhin da, als ihr beide beschäftigt wart.“

„Oh, wie toll. Das kann nur das Geschirr mit dem niedlichen Erdbeerdekor sein!“

Logans Mund verzog sich zu einem Lächeln. „Apropos Erdbeeren, machst du beim diesjährigen Wettbewerb mit?“

„Ehrlich gesagt bin ich ziemlich ausgelastet.“ Arianna hob fragend eine Augenbraue. „Aber vielleicht meldest du dich ja dafür. Schließlich bist du der Einzige, der fürs Erdbeerfest noch keine Aufgabe hat.“

Amüsiert sah Larry zwischen den beiden hin und her. Erstaunlich, dass zwischen ihnen selbst nach dreißig Ehejahren immer noch die Funken sprühten.

„Ha, und was, wenn ich gewinne?“ Logan sah seine Frau herausfordernd an.

Arianna lachte. „Mein Lieber, du kannst doch gar nicht backen. Und komm ja nicht auf die Idee, deine frischgebackene Schwiegertochter um Hilfe zu bitten.“

Mit einem verheißungsvollen Zwinkern und den Worten „Lass dich überraschen“ verschwand Logan wieder in der Scheune.

„Und du hilfst ihm auch nicht, Dad.“

Larry hob schnell die Hände. „Keine Sorge, nur weil ich fast fünfzig Jahre einen Diner geführt habe, heißt das nicht, dass ich backen kann. Darum hat sich immer deine Mom gekümmert.“

Ariannas Mund verzog sich zu einem Lächeln. „Hach, Moms Apfelkuchen aus Kompott, das waren noch Zeiten.“

„O ja, zum Dahinschmelzen.“ Larry schloss die Augen und schmatzte dabei leicht. Er hatte den Duft von eingekochten Äpfeln förmlich in der Nase.

„Dieser Kuchen war ein Klassiker“, fuhr Larry schwärmend fort.

„Warum nimmt ihn Cole nicht wieder auf die Karte? Vielleicht rede ich mal mit Jenna, die müsste Moms Spezialität doch auch noch kennen?“

„Tolle Idee, wär für sie ja ne Kleinigkeit.“ Larry sah sich um. „Wo ist eigentlich Clayton? Ich hab ihn schon den ganzen Tag nicht gesehen.“

„Er ist mit Donny im B & B. Gestern war Abrisstag und heute verlegen sie die Böden.“

„Stimmt, wie konnte ich das vergessen! Wie läuft es mit Audrey? Haben sich die Zankhähne endlich zusammengerauft?“ Um Larrys Mund zuckte es verräterisch, als er sich an den Zwischenfall auf der Hochzeit erinnerte.

„Er hat mir nur erzählt, dass ihr Hund gestern für einen Riesenschrecken gesorgt hat.“ Arianna lachte herzhaft auf.

„Es ist bereits *das* Stadtgespräch!“

„Jetzt machst du mich neugierig. Was hat Bailey denn angestellt?“ Larry sah seine Tochter erwartungsvoll an.

„Mitten im Nachmittagstee ist er mit einem riesigen Knochen angekommen“, kam es amüsiert zurück. „Sie waren kurz davor, Chase zu rufen!“

„Warum denn das?“ Larry war nun mehr als irritiert.

„Es handelte sich um einen menschlichen Knochen, aber dann hat sich alles schnell aufgeklärt ... Es war nur Dorothys Halloween-Skelett.“

„Sachen gibt's!“, erwiderte er unter Lachen. „Da werd ich später gleich Dean fragen – wir treffen uns heute Abend zum Schachspielen.“

„Wenn er kommt!“

Arianna und Larry drehten sich nach Claytons Stimme um, der in diesem Moment auf die Scheune zukam. Auf den ersten Blick erkannte Larry, dass sein Enkelsohn schlechte Laune hatte.

„Hallo, Clayton, schon Feierabend?“, fragte er überrascht nach.

„Für mich ja, wir machen erst morgen mit den Wänden weiter. Nach den letzten Stunden mit Audrey im Nacken habe ich beschlossen, früher Schluss zu machen.“

Larry wechselte einen vielsagenden Blick mit seiner Tochter. „Na, so schlimm kann sie nicht sein, das Mädchen will doch nur helfen.“

Clayton zog eine Augenbraue hoch. „Helfen? Im Gegenteil, sie gibt nur Anweisungen. Jetzt muss nämlich der arme Dean dran glauben. Als wären drei Zimmer nicht schon genug Baustellen, wünscht sich die liebe

Audrey auch noch einen neuen Anstrich für die Veranda."

„Wenn ihr schon mal dabei seid", lenkte Arianna gutmütig ein.

„War ja klar, dass ihr Frauen zusammenhaltet." Clayton schüttelte fassungslos den Kopf und wandte sich an seinen Grandpa.

„Also nichts mit Schachspielen heute."

Larry verzog nachdenklich den Mund. „Vielleicht kann ich Dean beim Streichen helfen, dann ist er schneller fertig."

Clayton klopfte seinem Grandpa auf die Schulter. „Du bist halt ein richtiger Freund. Aber halte dich bloß von Audrey fern, sie ist wirklich noch dieselbe Klugscheißerin wie früher!"

Arianna schnalzte tadelnd mit der Zunge. „Euch wird in den nächsten Wochen wohl nichts anderes übrig bleiben, als euch zusammenzuraufen."

„Nach den letzten beiden Tagen hat die Gute ihre Chance verspielt. Armer Bailey, wie hält es der Hund nur mit ihr aus? Ich würde ihn am liebsten vom Fleck weg adoptieren. Erst recht nach der Aktion mit dem Knochen." Clayton lachte herzhaft und seine schlechte Laune schien wie weggeblasen.

„Deine Mom hat es eben erzählt. Wie kam es denn dazu? Hat Dorothy ihre Deko nicht irgendwo verstaut?" Er erinnerte sich an die Abstellkammer, aus der Dean letztes Weihnachten die Lichterketten hervorgeholt hatte.

„Hatte sie, aber wir haben die Wand zur Kammer eingerissen und die war eben nicht komplett leer geräumt. Zum Glück war es Dean, der das Skelett zertrümmert hat." Clayton hielt sich vor Lachen den Bauch. „Danach wollte er es still und heimlich beseitigen."

„Na ja, es ist ja nicht so, dass Dorothy nun keine Deko mehr hätte, trotzdem ist es schade um Mr Bones."

Arianna und Clayton stimmten ihm nickend zu, schließlich war Mr Bones jedes Jahr mit von der Partie gewesen. Er gehörte quasi zum Ensemble der beliebten Halloween-Party.

„Dein Stand sieht übrigens super aus, Mom", bemerkte Clayton einen Moment später mit anerkennendem Blick.

„Vielen Dank. Ich bin so gut wie fertig", klärte Arianna ihn lächelnd auf. „Jetzt fehlt nur noch die Tapete."

Clayton verzog darüber kurz das Gesicht, hielt aber schlauerweise den Mund, was ihm Larry auch geraten hätte. Er konnte sich schon vorstellen, was sein Enkel über die Tapete dachte. „So, ihr zwei, ich mach mich dann mal auf den Weg zu Dean, vielleicht schaffen wir es ja doch zum Schachspielen."

„Alles klar, Dad, bis später!", erwiderte Arianna, die sich zwischenzeitlich wieder um den Anstrich kümmerte.

„Und ich geh mal duschen." Clayton fuhr sich mit dem Handrücken über die Stirn. „Mir sitzt der Staub vom Sägen in allen Poren."

Larry nickte den beiden zu und verließ kurz darauf den Platz vor dem Holzlager. Es wäre doch gelacht, wenn er und Dean nicht fertig würden. Mit beschwingten Schritten erreichte er in wenigen Minuten den schmalen Pfad, der abseits der Straße direkt zum Bed & Breakfast führte. Durch die dichten Bäume hindurch sah er bereits das Glitzern des Little Ponds und den

Steg, der vom Garten des B & B aufs Wasser führte. Dies war der einzige Strandabschnitt der privat war. Ansonsten konnte man an jeder beliebigen Stelle ringsum den See campieren, grillen oder in der Sonne brutzeln.

Er jedoch bevorzugte den idyllischen Bereich beim B & B. Nahe genug, um im Notfall die Toiletten zu benutzen oder sich bei Dorothy eine Tasse Kaffee zu holen.

Larry trat aus dem kleinen Wäldchen heraus und gelangte direkt auf die Liegewiese, auf der es sich einige Gäste auf Sonnenliegen gemütlich gemacht hatten. Wieder einmal wurde ihm bewusst, wie gesegnet er war. Er musste nicht extra in den Urlaub fahren, er hatte dieses Kleinod quasi direkt vor seiner Haustür. Von seinem Schlafzimmer aus hatte er sogar einen Blick auf den östlichsten Zipfel des Sees.

„Hallo, Rosie, hallo, Manfred, ihr seid ja schon hier!", begrüßte Larry das ältere Ehepaar, das jedes Jahr in Little Falls Urlaub machte.

„Oh, Larry, was für eine schöne Überraschung!" Manfred sprang behändig auf. „Ja, wir sind gestern Morgen angekommen."

„Wie schön, euch wiederzusehen." Er warf einen Blick zum Himmel. „Und ihr kommt genau richtig. Letzte Woche war es ziemlich regnerisch, aber seit dieser Woche haben wir nur noch Sonnenschein."

Rosie zupfte am Träger ihres Badeanzugs. „Wie gut, dass ich dieses schicke Teil gekauft habe. Als hätt ich's gewusst!"

Larry warf einen Blick auf den Stoff in Schweinchenrosa, zu dem Rosie das passende Sonnenhütchen trug.

„Mmh, sehr schick", antwortete er diplomatisch und wandte sich wieder an ihren Ehemann. „Ach ja,

Manfred, wenn du später Lust hast, komm doch mit zum Schachspielen."

Sofort leuchteten die Augen des glatzköpfigen Herrn auf. „Ui, da hab ich mich schon das ganze Jahr drauf gefreut." Er sah fragend zu seiner Frau. „Oder hatten wir heute noch was vor?"

Larry sah zwischen den beiden amüsiert hin und her, denn er wusste, dass die beiden so gut wie nie das B & B verließen. Aber gut, er ließ sich gerne überraschen.

„Außer Bingo nicht, nein", antwortete Rosie wie zu erwarten. „Geh nur, Manni!"

„Prima, dann ist ja alles geklärt!" Larry warf einen Blick zur Veranda, wo Dean schon mit einer Farbrolle hantierte. Neben ihm befand sich seine Nichte Audrey, die entgegen Claytons Aussage kräftig mit anpackte. Er schüttelte schmunzelnd den Kopf. „Bis später, ihr beiden, ich muss weiter", verabschiedete er sich eilig und überquerte den Rasen bis hin zur Veranda.

Kaum hatte er die Stufen erreicht wurde er stürmisch von Bailey begrüßt. „Ja, mein Lieber, ich hab dich doch auch vermisst. Aber heute gibt es leider kein Würstchen." Lachend zeigte er auf seine leeren Taschen.

„Hallo, Larry, schön dich zu sehen." Die junge Frau legte die Farbrolle nieder und kam auf ihn zu. „Clayton ist vor ner halben Stunde gegangen."

„Oh, ich komme nicht wegen Clayton. Wollte nur mal schauen, wie Dean vorankommt ... Mein Enkel hat mir erzählt, dass ihr auch die Veranda macht", antwortete er, ohne nachzudenken.

Sofort erkannte er, wie sich Audreys Gesichtsausdruck veränderte. „Aha, hat ja nicht lange gedauert.

Und jetzt schickt er dich, um zu helfen?" Sie schüttelte fassungslos den Kopf.

„Audrey, mein Schatz beruhig dich wieder. Was ist das nur zwischen euch beiden?", mischte sich Dean in das Gespräch ein.

„Clayton hat es nur gut gemeint", erwiderte Larry schnell. Mist, hätte er sich nur anders ausgedrückt. Mit seinem Enkel hatte er jedenfalls noch ein Hühnchen zu rupfen. Wie kam dieser darauf, dass Audrey nur Aufgaben verteilte? Er sah sich kurz um – das Geländer der Veranda war so gut wie gestrichen!

„Audrey wollte mir unbedingt helfen, damit ich es noch rechtzeitig zum Schach schaffe", holte Dean ihn aus seinen Gedanken.

Larry lächelte Audrey versöhnlich an. „Tut mir leid, ich wollte dich nicht verärgern, aber ich dachte mir, Dean könnte etwas Hilfe gebrauchen ... und da ich ohnehin nichts zu tun habe ..."

„Ich bin es gewohnt auf den Baustellen mit anzupacken." Sie tauchte die Rolle in den Farbeimer und streifte diese anschließend am Abstreifgitter ab. „Das ist mein Job."

Er nickte ihr eilig zu. Das glaubte er sofort. Er verfolgte fasziniert, mit welcher Perfektion und Leichtigkeit sie eines der Bretter strich. Warum ließ sich sein Enkel nichts von ihr sagen?

„Ach ja, Manfred kommt mit zum Schach", informierte er Dean, der zwischenzeitlich an der vorletzten Latte angekommen war.

„Oh, gut, dass du dran gedacht hast." Er sah kurz auf und fuhr im Flüsterton fort: „Dann bin ich mal gespannt, ob wir dort auch schlichten müssen."

Jetzt erst fiel Larry wieder ein, dass Manfred und Eugene seit letztem Sommer auf Kriegsfuß standen.

„Sag bloß, es geht immer noch um diese blöden Regeln?"

Dean nickte. „Eugene ist der festen Meinung, dass es diese europäischen Schachregeln überhaupt nicht gibt."

„Europäisch oder amerikanisch, ist doch egal, Hauptsache, wir haben unseren Spaß und kommen mal raus!", erwiderte Larry lachend.

„Da stimme ich dir vollkommen zu." Dean warf einen Blick zu Manfred, der in diesem Moment seine Rosie großzügig mit Sonnenmilch eincremte, dann schlug er sich prustend die Hand vor den Mund. „O mein Gott, für einen Augenblick dachte ich wirklich, Rosie zieht auf unserer Wiese blank!"

„Keine Sorge, Dean, sie trägt einen Badeanzug – auch wenn die Farbauswahl sehr unvorteilhaft ist. Sie hat das Ufer am B & B nicht zur FKK-Wiese erklärt."

13

Audrey

„Hach, Audrey, ich fühle mich genauso unbeschwert wie damals." Jenna schob sich die Sonnenbrille ins Haar und sah ihre Freundin strahlend an.

Audrey kicherte. „Find ich auch, nur dass wir jetzt sexy Bikinis anstelle von langweiligen Badeanzügen tragen."

„Du sagst es. Und selbst entscheiden dürfen, wie lange wir am See bleiben", beendete Jenna deren Satz.

Audrey ließ ihre Hand hinab ins Wasser gleiten. Hier auf dem Steg war es um Längen besser als auf dem Rasen. Wie vorausschauend, dass Dean auch einige Sonnenliegen aufgestellt hatte. Außerdem waren sie hier außer Hörweite der älteren Pensionsgäste, die die Liegewiese in Beschlag genommen hatten. Audrey sah für einen Moment entspannt in die Ferne, so ein fauler Nachmittag mit Jenna war einfach zu schön. Zusätzlich hatten sie nach der Hochzeit erstmalig die Gelegenheit, um ausgiebig über alles zu quatschen.

„Ist Clayton mit den Zimmern schon fertig?", holte Jenna sie aus ihren Gedanken.

Audrey verzog das Gesicht, denn an den Handwerker wollte sie lieber nicht denken. Erst am Vormittag hatte er wieder die beleidigte Leberwurst gespielt ... dabei hatte sie ihm nur ihre Technik des Tapezierens demonstrieren wollen.

„Audrey?", hakte Jenna amüsiert nach.

„Heute machen sie die Wände", antwortete Audrey und hoffte dabei im Stillen, dass er auf die passenden Übergänge der Bahnen achtete. „Fürs Hamptons-Zimmer habe ich eine strukturierte Tapete mit kleinen Seepferdchen ausgewählt. Ich hoffe nur, dass er sie richtig aufklebt." Allein der Gedanke, dass er in diesem Moment die Ränder stümperhaft zusammensetzte ... vielleicht sollte sie doch nach dem Rechten schauen.

„Clayton wird das schon machen", beruhigte sie Jenna lachend. „Er hat in unserem Haus wunderbare Arbeit geleistet. Ich kenne wirklich niemanden, der so genau ist."

„Redet ihr etwa über mich?"

Erschrocken drehte sich Audrey nach Claytons Stimme um. Auch das noch! Schnell griff sie nach ihrer Tunika und bedeckte sich. Unter Claytons interessiertem Blick, der kurz über ihren Körper wanderte, fühlte sie sich auf einmal unwohl.

„Wegen mir brauchst du dich nicht zudecken", er zwinkerte ihr frech zu, „hab schon mehr als das gesehen."

„Hi, Clayton", begrüßte Jenna ihren Schwager erfreut, der daraufhin seinen Blick von Audrey abwandte. Audrey nutzte den Moment und zog sich ihr Oberteil blitzschnell über den Kopf. Dabei entging ihr nicht, wie Clayton über sie schmunzelte.

„Hi, Jenna, schön, dich zu sehen. Wie läuft's mit eurem Umzug?"

„Das meiste haben wir schon rübergeschafft, jetzt warten wir nur noch auf das neue Bett. Ich kann's kaum erwarten, endlich einzuziehen." Sie strahlte Clayton an. „Und die begehbaren Kleiderschränke sind einfach der Hammer."

„Ich weiß halt, worauf Frauen stehen", erwiderte Clayton lässig und erntete daraufhin ein Augenrollen von Audrey. „Hast du die Schublade für den Schmuck entdeckt?"

„Ähm, ehrlich gesagt nein." Jenna sah ihren Schwager überrascht an. „Für Schmuck?"

„Ja, ein schmales, ausziehbares Fach, direkt über dem Auszug der Hosen."

Jenna kicherte. „Und ich hab mich noch gewundert, warum die Holzblende an dieser Stelle so breit ist."

Clayton nickte zufrieden. „Siehst du, gut versteckt." Er drehte sich zu Audrey, die ihm interessiert zuhörte. Ein ausziehbares Schmuckfach, davon hatte sie schon immer geträumt – auch wenn sie kein Gold und Silber besaß, sondern nur Modeschmuck. Aber vielleicht könnte sie dort ihre Brillen verstauen?

„Audrey, wir sind dann so weit. Ich will mich ja nicht selbst loben, aber deine Seepferdchen haben alle einen Kopf."

Unwillkürlich lachte Audrey auf. „Ich will's hoffen, allein der Gedanke an kopflose Tierchen ist gruselig."

Clayton zuckte mit den Schultern. „Dann benennen wir das Hamptons-Zimmer einfach um. Wie wär's mit ‚Das Unterwasser-Massaker'?"

Für einen Moment starrte Audrey den mittleren

Cassidy-Spross einfach nur an. Seit wann brachte er sie zum Lachen?

„Jetzt macht ihr mich aber neugierig. Ein Hamptons-Zimmer?“ Jenna drehte sich zum B & B.

„Es ist das Große dort mit dem Balkon“, klärte Audrey ihre Freundin auf. „Bevor du gehst, musst du es dir unbedingt anschauen.“

„Ja, auf jeden Fall.“

„Mein Favorit ist das Hortensien-Zimmer“, mischte sich Clayton lächelnd ein. „Nicht weil ich Blumen so mag, sondern weil man von dort aus den perfekten Blick auf den Pavillon hat.“

Jenna zog eine Schnute. „Wie schade, dass Cole und ich hier schon wohnen, sonst hätte ich auf der Stelle ein Zimmer gebucht.“

Clayton lachte herzhaft auf. „So wie ich Cole kenne, hätte er nicht mal was dagegen ... dann muss er nicht die Stadt verlassen. Aber in nächster Zeit sieht es ohnehin schlecht aus, Dorothy hat mir gerade verraten, dass alle neuen Zimmer bereits bis in den Herbst ausgebucht sind.“

„Was? Wann ist das denn passiert?“ Audrey konnte sich nicht vorstellen, wie das B & B in der heutigen Zeit ganz ohne Internetpräsenz lief. „Haben die etwa alle angerufen?“

„Puh, keine Ahnung, am besten fragst du deine Tante gleich selbst“, erwiderte Clayton lächelnd.

„Na ihr drei Hübschen. Wenn ich euch hier beisammen sehe, fühle ich mich gleich zwanzig Jahre jünger. Mir scheint, als wäre es erst gestern gewesen, dass ihr zusammen geplanscht habt.“ Die Eigentümerin des

B & B kam mit einem strahlenden Lächeln ebenfalls auf den Steg.

„Ich wollte euch nur rufen, der Nachmittagstee ist fertig."

„Da sag ich nicht Nein", antwortete Clayton als Erster.

Audrey verkniff sich ein Grinsen. Der Gute hatte bestimmt nur darauf spekuliert. Schließlich hatte er bis jetzt jeden einzelnen Bautag ausgenutzt, um von den Waffeln zu kosten. Es würde sie nicht weiter wundern, wenn er schon von ihnen träumte!

„Vielen Dank, Dorothy, aber ich muss leider los." Jenna verzog entschuldigend das Gesicht. „Außerdem muss ich direkt überprüfen, ob mein Kleiderschrank wirklich so ein verstecktes Schmuckfach hat."

Sie zwinkerte ihrem Schwager zu, während sie ihre Strandtasche zusammenpackte. „Aber vorher schau ich mir noch schnell die Zimmer an."

„Ja, sicher. Sie sind einfach toll!" Dorothy schenkte Clayton einen stolzen Blick. „Unser Clayton hat hervorragende Arbeit geleistet und ist sogar noch weit vor der Zeit fertig geworden. Das hätte sonst peinlich werden können, wo doch am Wochenende schon die ersten Gäste kommen."

Audrey sah ihre Tante an, als sei sie von allen guten Geistern verlassen. „An diesem Wochenende? Wir haben noch nicht mal die Möbel und Deko aufgestellt!"

„Hach, das kriegen wir schon hin – du und Clayton seid schließlich ein richtiges Dreamteam! Da ist der Rest ein Klacks." Sie hob entschuldigend die Arme. „Außerdem habe ich noch nie Kundschaft abgewiesen."

„Willst du dich nicht bei mir bedanken?" Clayton sah zu Audrey und hob dabei fragend eine Augenbraue.

„Hätten Donny und ich nicht so Gas gegeben, hättest du jetzt ein Problem."

„Ich habe euch jeden Tag beim Nachmittagstee gesehen, ein Wunder, dass ihr überhaupt fertig geworden seid", konterte Audrey.

„Wie wär's, wenn du uns heute, an unserem letzten Tag, einfach Gesellschaft leistest, sozusagen als Abschlussessen unter Geschäftspartnern?" Clayton grinste Audrey an. „Wir können uns auch eine Waffel teilen."

Für einen Moment fragte sich Audrey, ob Clayton gerade mit ihr flirtete. Er hatte schon öfters zweideutige Dinge zu ihr gesagt, sie dabei aber nie auf diese Art und Weise angesehen. Ein unerwartetes Kribbeln stieg in ihr auf, als sie seinen durchdringenden Blick erwiderte.

„Komm, Jenna, ich zeig dir die Zimmer!" Dorothys Stimme holte sie aus ihren Gedanken, dann wandte sie schnell den Blick ab.

Ihre Tante und Jenna liefen zum B & B voraus, während Audrey sich ihre Badetasche und das Handtuch schnappte. Gemeinsam mit Clayton folgte sie ihnen über den Badesteg.

„Und, leistest du uns Gesellschaft?", hakte Clayton nach.

„Hm, warum eigentlich nicht?", erwiderte Audrey nachdenklich. „Ich wollte dich sowieso noch was fragen."

Sie überlegte schon die ganze Zeit, wie sie ihn um diesen Gefallen bitten sollte. Jetzt war die perfekte Gelegenheit dazu. Mit gefülltem Magen ließ er sich bestimmt besser bearbeiten.

Fragend hob er eine Augenbraue. „Solange du mir nicht mit Motivtapeten kommst. Ich hab ja schon vieles erlebt, aber diese Seepferdchen waren echt eine Herausforderung. Für einen Moment dachte ich ernsthaft, dass du mich mit voller Absicht quälst."

„Nein, keine Tapeten." Audrey nagte an ihrer Unterlippe. „Es geht um Fliesen. Ich würde gerne mal bei diesem Baustoffhersteller vorbeischauen. Im Katalog hab ich einige Schätzchen entdeckt."

Claytons Mund verzog sich zu einem Lächeln. „Du willst, dass ich dich dorthin begleite?"

Mist, warum hatte sie ihn nur gefragt? Jetzt würde es wieder Stunden dauern, bis sich das selbstsichere Grinsen auf seinem Gesicht auflöste.

„Ach, vergiss es, ich frage Dean", erwiderte sie schnell, als sie den Steg verließen und über den Rasen liefen.

„Nein, ich begleite dich gerne … Außerdem bin ich dort Stammkunde. Das heißt, du hast den perfekten Begleiter, der dir zudem die besten Konditionen verschafft."

Audrey verdrehte ob Claytons Angeberei gespielt die Augen, dann antwortete sie lächelnd: „Vielen Dank, das hört sich toll an." Sie machte eine kurze Pause, ehe sie fortfuhr. „Ich muss zugeben, dass du einen ausgezeichneten Geschmack hast."

Auch wenn es fast unmöglich schien, wurde Claytons Grinsen bei diesem Kompliment noch breiter.

Sie erreichten die Stufen, die zur hinteren Veranda hinaufführten, kurz darauf öffnete Clayton ihr zuvorkommend die Tür.

„Dorothy und Jenna hatten es aber sehr eilig“, bemerkte Audrey als sie eintraten. Verwundert sah sie sich um. „Sag bloß, die sind schon oben?“

„Abgekartetes Spiel nenn ich das. Uns alleine lassen, damit wir miteinander sprechen.“

Audrey zwinkerte ihm zu. „Na ja, scheint ja funktioniert zu haben. Oh, da hinten sitzt schon Donny.“ Auf halbem Weg zum Tisch hielt sie inne. „Vielleicht sollte ich mich vorher umziehen.“ Sie trug immer noch ihren Bikini und darüber ihre halb transparente Tunika.

Clayton ließ seinen Blick über ihren Körper wandern. „Also mich stört dein Aufzug nicht ... und Manfred dort drüben offensichtlich auch nicht.“

Audrey sah sich nach dem älteren Stammgast um, der sie mit offenem Mund anstarrte. In trockenem Ton erwiderte sie: „Na hoffentlich verschluckt er sich nicht an seinem Törtchen.“

„Dabei hat seine Rosie doch auch ein schickes Teil an ... Wie nennt man diese Farbe noch? Ach ja, Schweinchenrosa.“

„Hör auf, das ist gemein.“ Audrey boxte ihm in die Seite und entschied sich nach einem Blick auf Rosie, die lediglich ein Tuch umgebunden hatte, gegen einen Kleidungswechsel.

Sie erreichten Claytons Mitarbeiter und nahmen am Tisch Platz.

„Hallo, ihr beiden.“ Er sah Audrey zerknirscht an. „Ich war so frei und hab schon mal angefangen.“

„Hi, Donny, lass es dir schmecken.“ Sie grinste ihn an und griff nach einem Scone mit Blaubeerfüllung. Es war seit der Hochzeit das erste Mal, dass sie mit Clayton an einem Tisch saß. Als er sich nun ebenfalls eine

Leckerei schnappte – eine belgische Waffel –, streifte er aus Versehen ihren Unterarm. Wie elektrisiert zuckte sie zurück und erntete daraufhin einen überraschten Blick von ihm. Herrgott, warum waren die Tischchen im Teezimmer auch so klein? Vorsichtshalber rückte Audrey etwas zur Seite, um den nächsten Zusammenstoß zu vermeiden. Claytons Beine waren einfach viel zu lang und kamen ihrem nackten Knie gefährlich nahe.

„Wo ist eigentlich Bailey?", fragte dieser nun mit vollen Backen.

Dankbar für die Ablenkung erwiderte Audrey schnell: „Der ist mal wieder mit Dean unterwegs. Er wollte die Hortensien am Pavillon gießen."

„Dein Begleiter hat sich hier ja schnell eingelebt! Ich glaub, ich hab ihn gestern Abend auch im Park entdeckt, als die Senioren Schach spielten", informierte Donny sie.

„Ja, er hat einen Narren an ihnen gefressen, besonders an Larry." Audrey wandte sich lächelnd an Clayton. „Dein Grandpa hat ihn mit der Bifi schon am ersten Tag gekriegt."

„Weißt du, dass ich mich immer noch frage, wie er die in seiner Herrenhandtasche auf eine Hochzeit mitschleppen konnte?"

„Er hat halt für den Notfall vorgesorgt", erwiderte Audrey lachend.

„Vielleicht war er auf zu vielen Feierlichkeiten, um zu wissen, dass sich das Essen durchaus verzögern kann", warf Donny achselzuckend ein. „Auf der Hochzeit meiner Schwester mussten wir erst mal warten, bis der

Fotograf die Torte aus jedem Blickwinkel abgelichtet hatte!"

Clayton schüttelte fassungslos den Kopf, dann griff er nach einer weiteren Waffel. „Ich muss zugeben, dass mir der Nachmittagstee fehlen wird." Er verzog traurig das Gesicht während er sich auf den nicht vorhandenen Bauchansatz klopfte.

Unwillkürlich musste Audrey lachen. „Ich denke, Dorothy wird dich nicht abweisen, wenn du ihr mit diesem Blick kommst. Ich wette, der funktioniert auch noch bei deiner Mom."

„O ja, die arme Arianna, die hat vier von der Sorte!" Donny lachte sich bei seinem Kommentar scheckig.

Clayton zog einen Schnute. „Seit Mom ihren Laden eröffnet hat, ist sie gegen unsere Sonderwünsche vollkommen resistent. Selbst Grandpa kommt mit seinem Gejammer nicht weit ... Halt, Moment mal, sie hat doch vor Kurzem Lasagne gemacht."

„Wie hat dieser Schlawiner das nur geschafft?" Donny hielt sich vor Lachen den Bauch.

„Er ist ein guter Schauspieler. Er zieht sich einfach seine alte Strickjacke an und hält sich in einer bedauernswerten Geste das Kreuz!"

Amüsiert hörte Audrey dem mittleren Cassidy-Spross zu, auch wenn sie daran zweifelte, dass Larry zu solchen Tricks griff.

„Erst letzte Woche hat er sich Eierpunsch gewünscht! Könnt ihr euch das vorstellen? Im Mai!"

„Warum nicht?", erwiderte Audrey. „Also ich trink ihn unterm Jahr auch ganz gerne."

Clayton schenkte ihr einen schockierten Blick. „Warum wundert mich das nicht? Ich glaube, du hast ohnehin keine Geschmacksnerven." Er schüttelte sich kurz. „Ich sag nur: Salty Pebbles!"

„Die gibt's doch schon lange nicht mehr", kommentierte Donny dessen Satz.

Audrey lächelte verschmitzt. „Dann kennst du meine Tante nicht. Sie hat extra für meinen Besuch mehrere Kartons besorgt."

„Das glaub ich jetzt nicht … Die wurden doch schon vor Jahren vom Markt genommen", klärte Donny mit fester Stimme auf.

„Tante Dorothy hat so ihre Connections, einen Pebbles-Dealer!" Audrey grinste wie ein Honigkuchenpferd.

„Und du bist dir sicher, dass die Dinger nicht schon seit zehn Jahren abgelaufen sind?" Um Claytons Mundwinkel zuckte es verdächtig. „Vielleicht hat sie sie aus den Untiefen ihrer Vorratskammer ausgegraben."

Darüber hatte sie noch gar nicht nachgedacht. Aber was sie mit Sicherheit wusste, war, dass ihre Tante mit ihren Vorräten ohne Probleme nach einem nuklearen Atomangriff überleben könnte.

„Zumindest schmecken sie noch genauso wie früher", erwiderte Audrey, notierte sich aber im Hinterkopf, später das Verfallsdatum auf der Packung zu überprüfen.

„Vielleicht liegt es auch an dem ganzen Salz, das konserviert doch?", trieb es Clayton weiter auf die Spitze und berührte erneut ihren Arm, als er sich die dritte Waffel schnappte.

Dieses Mal zuckte Audrey nicht zurück, sondern genoss das wohlige Flattern in ihrem Bauch. Irgendetwas hatte sich verändert … Sie sah ihn auf einmal mit anderen Augen. Lag es daran, dass er sie mit seinem handwerklichen Können so beeindruckt hatte? Sogar die Seepferdchen-Tapete hatte er mit Bravour gemeistert.

„Oder es liegt am künstlichen Farbstoff. Von irgendwoher müssen die Regenbogenfarben doch kommen!" Audrey sah zu Donny, der seine Aussage anscheinend völlig ernst meinte. „Wenn du dir die Zutatenliste mal anschaust, wirst du es wissen."

Clayton prustete laut aus und lenkte so die Blicke der umliegenden Gäste auf sich. „Mir kam da eben ein Gedanke."

Audrey legte den Kopf schief. „Hast du etwa noch weitere Theorien hinsichtlich der Haltbarkeit?"

Er schüttelte den Kopf. „Nein, aber ich stell mir gerade bildlich vor, wie es wohl wäre, wenn Dorothy deine Cornflakes ebenfalls auf dem Buffet aufstellt. Die Schüssel würde sich niemals leeren."

„Sehr witzig. Ärger mich nur weiter, dann ..."

„Was dann?", erwiderte Clayton mit einem amüsierten Grinsen und griff nach ihrer Hand.

Drehte sich gerade das ganze Zimmer oder hatte sie eben zu viel Kaffee gehabt?

Sein Griff lockerte sich nur unmerklich, als sie ihn überrascht anstarrte. Was hatte er vor? Er würde sie doch wohl nicht hier vor versammelter Mannschaft während des Nachmittagskaffees küssen.

Das Herz schlug ihr mittlerweile bis zum Hals, während er sie weiterhin angrinste. Wohlige Schauer jagten über ihren Rücken, dann schnappte sie nach Luft. Er kam ihr mit seinen Lippen tatsächlich immer näher.

Automatisch schloss sie die Augen ... Erst ein flauschiger Kopf und eine nasse Schnauze an ihrem Bein ließen ihren Verstand wieder arbeiten.

„Bailey, mein Schatz!" Der Hund hatte sich zwischen sie und Clayton gedrängt, dabei wedelte er aufgeregt mit dem Schwanz. „Ja, ich hab dich auch vermisst." Innerlich atmete sie erleichtert auf, auch wenn sie sich für einen Moment gewünscht hatte, er würde sie vor aller Augen küssen.

Aus dem Augenwinkel bemerkte Audrey wie sich Clayton wieder seinem Gebäckstück zuwandte. Wirkte er etwa enttäuscht? Was war da eben überhaupt in ihn gefahren?

Einen Augenblick später tauchte Dean hinter ihnen auf. Nach einer kurzen Begrüßungsrunde stellte er sich zu ihnen an den Tisch.

„Hallo, ihr drei ... Oh, wie schön, ihr macht einen kleine Abschiedsfeier."

„Hi, Dean", erwiderte Clayton. „Ja, wir sind heute fertig geworden."

„Prima, dann kann ich direkt mit dem Möbelaufbau starten! Übermorgen kommen bereits die ersten Gäste!"

„Was hat sich Tante Dorothy nur dabei gedacht? Was wäre gewesen, wenn irgendetwas schiefgegangen wär?"

Dean klopfte Clayton anerkennend auf die Schulter. „Sie kennt unseren Clayton, er hält sich immer an den Plan."

Dieser zuckte nur leicht die Achseln. „Wenn nicht, hätten wir eben Nachtschichten eingelegt, stimmt's, Donny? Außerdem hat uns Dorothy so gut verpflegt –

und wie heißt es so schön? Mit liebevoller Zuneigung arbeitet es sich doppelt so gut.“

Beim Gedanken an mögliche Nachtschichten wurde Audrey auf einmal nervös. Wie hätte sie ruhig schlafen können, wenn Clayton im Zimmer nebenan werkelte? Wahrscheinlich hätten er und Donny am nächsten Morgen auch gleich das Frühstücksbuffet ausgenutzt!

Mist, jetzt wurde sie die Fantasie über Clayton, der sie des Nachts um ihre Meinung bat, nicht mehr los. Sie musste sich dringend ein hübsches Nachthemd kaufen – auch wenn es nur für den unwahrscheinlichen Fall eines Feueralarms war. Die ausgeleierte Jogginghose mit Loch im Schritt, die sie als Schlafanzug nutzte, war eindeutig nicht für nächtliche Zwischenfälle oder Männerbesuche bestimmt.

14

Clayton

„Wow, schicke Gegend!" Donny pfiff anerkennend durch die Zähne. „Hier lässt es sich leben."

„Mmh, so ein Strandhaus hat schon was", erwiderte Clayton in Gedanken, als er das Tempo drosselte und in den Fairview Drive abbog. „Wäre da nur nicht die lange Fahrt."

„Komm schon, wenn es gut läuft, brauchen wir ne Dreiviertelstunde ... Außerdem ist es mal ganz nett, zur Abwechslung das Meer zu sehen."

Donnys Augen weiteten sich, als sie das Anwesen der Jenkins erreichten, vor dessen Doppelgarage ein auf Hochglanz polierter Porsche parkte. Beim Anblick des Sportwagens fielen dem jungen Mann beinahe die Augen raus.

„Nicht schlecht, oder?", holte Clayton seinen Mitarbeiter aus seiner Faszination zurück. Was dieser dann erst zur Tochter des Auftraggebers sagte? Wenn Tiffany heute wieder in ihrem String-Bikini herumstolzierte, wäre der arme Donny ganz schön abgelenkt. Die Gute hatte ihm erst gestern Abend mehrere Sprachnachrichten hinterlassen und ihm mitgeteilt, wie sehr sie sich schon auf ihn freute – natürlich bezog sich keine ihrer Nachrichten auf das Poolhaus. Ein Glück, dass er den unterschriebenen Vertrag bereits von ihrem Vater zurückbekommen hatte.

„Ob ich den Schlitten mal kurz anfassen darf?" Es brauchte nicht mehr viel, bis Donny sabberte.

Clayton lachte und parkte direkt vor dem Eingang, damit sie alles bequem abladen konnten. „Ich denke, Mr Jenkins hat bestimmt nichts dagegen ... wenn du keine Fingerabdrücke darauf hinterlässt." Er zwinkerte seinem Mitarbeiter zu und sprang aus dem Wagen. Donny stieg ebenfalls aus und gemeinsam hievten sie kurz darauf mehrere Gerätschaften vom Pick-up.

„Mr Cassidy, schön, Sie wiederzusehen", begrüßte ihn Mr Jenkins, der jetzt aus dem Haus trat. Es wunderte ihn, dass nicht Tiffany oder eine Hausangestellte öffnete. Mr Jenkins war ihm eindeutig lieber, der Mann war ihm von Anfang an sympathisch gewesen.

„Oh, ich sehe, wir haben hier noch einen Porsche-Liebhaber!", bemerkte dieser lächelnd.

Clayton folgte Mr Jenkins Blick und sah, wie Donny mit der Fingerspitze anmutig übers Heck des Porsches strich.

„Darf ich vorstellen, mein Mitarbeiter Donny."

Mr Jenkins nickte ihm freundlich zu, anschließend fischte er einen Schlüssel aus der Hosentasche. „Wollen Sie mal Probe sitzen?"

Clayton schmunzelte, denn Donny hatte es ganz eindeutig die Sprache verschlagen. Ungläubig sah dieser zwischen dem Sportwagen und seinem Auftraggeber hin und her, ehe er vorsichtig nachfragte.

„Ist das wirklich ihr Ernst, Mister? Wenn ja, würden Sie mir damit einen großen Traum erfüllen."

Der ältere Mann lachte herzhaft auf, dann klopfte er Donny auf die Schulter. „Na wenn ich Ihnen so einfach einen Traum erfüllen kann." Er überreichte Donny feierlich den Schlüssel. „Fahren Sie doch ne Runde um den Block."

Für einen Moment dachte Clayton, er hätte sich verhört, und auch Donny sah unsicher zu ihm herüber, als wollte er seine Erlaubnis. Er hoffte nur, dass der Gute den Wagen nicht gegen das nächste Strandhaus setzte. Clayton nickte ihm zu, dann spürte er eine Hand auf seiner Schulter.

„Hi, Clayton." Im selben Moment, als Donny freudestrahlend den Rückwärtsgang einlegte, spürte er Tiffanys Mund an seiner Wange. „Hach, wie süß, Daddy lässt ihn seinen Porsche fahren."

Der Spott in ihrer Stimme war nicht zu überhören. Unwillkürlich trat Clayton einen Schritt nach vorne und verschaffte sich so etwas Abstand. „Hallo, Tiffany", kam es gezwungen über seine Lippen.

Mr Jenkins drehte sich nach seiner Tochter um und verzog nach einer schnellen Musterung argwöhnisch das Gesicht.

Erst jetzt fiel Clayton auf, dass die Gute in einem Hauch von Nichts neben ihm stand. Die transparente Bluse zeigte mehr, als sie verhüllte, und erinnerte ihn schlagartig an gestern Nachmittag. Nur dass er sich am Badesteg hinterm B & B hatte zwingen müssen, Audrey nicht allzu offensichtlich anzustarren. Ihr Tête-à-Tête beim Nachmittagstee hatte es nicht besser gemacht – er konnte sich immer noch nicht erklären, was ihn im

Teezimmer geritten hatte. Herrgott, er hätte sie beinahe vor allen Gästen geküsst. Wäre Bailey nicht gewesen … Er schuldete dem Hund eindeutig einen Gefallen. Vielleicht einen Riesenkauknochen oder weitere Slipper?

Ein lautes Dröhnen lenkte seine Aufmerksamkeit zurück zur Straße, wo Donny wieder mit dem Porsche auftauchte. Erleichtert atmete Clayton auf, auf den ersten Blick erkannte er keine Dellen oder Kratzer. Nur er wusste, dass Donny noch Anfänger war. Er ließ Tiffany stehen und lief ihm eilig entgegen, dabei strahlte er wie ein stolzer Vater übers ganze Gesicht.

Donny, der sein Glück immer noch nicht fassen konnte, schwebte wie auf Wolken aus dem Auto und gab Mr Jenkins den Schlüssel zurück. „Wow, vielen Dank, das war wirklich der Hammer."

„Sehr gerne", erwiderte dieser mit einem Lächeln. Tiffany schnaufte laut auf und verschwand, vermutlich aus Mangel an Aufmerksamkeit, wieder im Haus.

Na endlich, schoss es Clayton durch den Kopf, ehe er sich an Mr Jenkins wandte. „Die Holzlieferung müsste auch jeden Moment eintreffen. Wenn alles gut läuft, sollten wir heute sogar mit der Grundkonstruktion fertig werden."

„Das hört sich toll an. Ich kann's kaum noch erwarten!", erwiderte er aufgeregt. „Meine Frau und ich hatten das schon so lange geplant!"

Clayton lächelte dem Mann zu, denn er freute sich ebenfalls auf diesen Auftrag. Es war etwas ganz anderes als seine letzten Projekte und das Poolhaus war auf jeden Fall eine interessante wie auch lukrative Abwechslung in seinem Auftragsbuch. Dank seines Holzlieferanten, der die entsprechenden Bauteile so schnell hatte fertigen können, stand dem achteckigen Gebäude in Pavillonbauweise nichts mehr im Weg.

„Lass uns mal loslegen!", wandte sich Clayton an Donny und schnappte sich daraufhin die Kiste mit Werkzeugen. Sein Mitarbeiter griff sich gleich mehrere Koffer gleichzeitig, weil er Mr Jenkins wohl zeigen wollte, wie dankbar er ihm für die Spritztour war.

„Dann wünsch ich Ihnen frohes Schaffen. Ich habe leider einen Termin in der Stadt und muss los. Wenn es etwas gibt, kann meine Tochter mich aber telefonisch erreichen!"

„Alles klar", erwiderte Clayton auf halbem Weg zur Tür und verfolgte beinahe sehnsuchtsvoll, wie sein Auftraggeber im Sportwagen verschwand. So ein Mist, jetzt hatte er Tiffany den ganzen Tag an der Backe.

Als er den weitläufigen Eingangsbereich des Strandhauses betrat, atmete er erleichtert auf, denn von der leicht bekleideten Tochter fehlte jede Spur. Voll bepackt durchstreiften Donny und er das Erdgeschoss und gelangten über das Wohnzimmer auf die Terrasse.

Er hatte sich zu früh gefreut. Tiffany lag mal wieder in einem Tanga am Pool. Wie gut, dass er gegen sie immun war. Er würde die Blondine nicht einmal mit der Kneifzange anfassen wollen. Frauen, die sich ihm derart aufdrängten, hatten ihn noch nie interessiert.

Donny dagegen pfiff anerkennend durch die Zähne. „Nanu, wer ist das denn? Mr Jenkins' Frau?"

„Sag bloß, sie ist dir vorhin nicht aufgefallen? Nein, das ist seine Tochter", murmelte Clayton, als er die schwere Kiste am Boden abstellte und anschließend einen Blick aufs Handy warf. „Oh, Clark hat mir geschrieben. Er müsste jeden Moment eintreffen."

„Alles klar, Boss", stammelte Donny geistesabwesend, die Augen auf Tiffany gerichtet.

Clayton verfolgte nun ebenfalls für einen Moment, wie sich die Blondine mit Sonnenöl einsprühte und die Träger ihres Oberteils dabei gefährlich zur Seite schob. Hm, vielleicht wäre er Tiffany bald los, wenn ihr klar wurde, dass sie von Donny die ungeteilte Aufmerksamkeit bekam.

Kopfschüttelnd wandte sich Clayton ab und lief wieder zur Auffahrt, wo in diesem Moment der Truck mit den Teilen für's Poolhaus eintraf. Ein Lächeln breitete sich auf seinem Gesicht aus, als er den Eigentümer des Holzwerkes höchstpersönlich hinterm Steuer entdeckte.

„Hi, Clark, prima, dass alles so schnell geklappt hat", begrüßte er den langjährigen Geschäftspartner seines Vaters, der jetzt aus dem Laster stieg.

Er konnte sich wirklich glücklich schätzen, denn sein Dad hatte in den letzten Jahren wichtige Kontakte geknüpft und dieser hier war ihr Mann fürs Holz.

„Ich kann dich doch nicht hängen lassen, außerdem ist es ne Supersache." Der Mann mittleren Alters warf einen Blick auf die umliegenden Häuser. „Wenn den Nachbarn unser Werk gefällt, folgen vielleicht weitere Aufträge!"

„Mit Sicherheit! Und Mr Jenkins hat sich mit diesem Modell wirklich ein wahres Schmuckstück ausgesucht", ergänzte Clayton. Sein Auftraggeber wollte kein gewöhnliches Poolhaus, sondern gleich ein achteckiges, das von der Größe her ziemlich beeindruckend war und im Notfall als Gästehaus genutzt werden konnte.

„Dann lass uns die Teile mal abladen." Clark ließ die Verladerampe herunter. „Ein Glück, dass es so viele Einzelteile sind, die können wir problemlos auch ohne Stapler verladen."

„Mannomann, ich arbeite heute wirklich im Paradies!" Donny kam mit geröteten Wangen aus dem Haus. „Erst der Porsche und dann das Model. Oh, hi, Clark!"

Dieser hob fragend eine Augenbraue. „Hab ich was verpasst?"

„Ich durfte schon Porsche fahren und jetzt noch beim Eincremen helfen!", klärte er die beiden auf.

„Dann wasch dir lieber mal die Hände", erwiderte Clayton mit strengem Blick. „Sonst hinterlässt du noch überall ölige Fingerabdrücke!"

„Schon erledigt, Boss!", antwortete dieser und hob wie zum Beweis die Hände.

Clark wechselte mit Clayton einen amüsierten Blick. „Also Porsche gefahren bin ich während meiner Arbeitszeit noch nicht."

***

Eine halbe Stunde später hatten die Männer mit vereinten Kräften die Einzelteile hinters Haus getragen, wo sie auf ihren Einbau warteten.

„Vielleicht schaffen wir es vor dem Mittag sogar, die Unterkonstruktion fertigzustellen", bemerkte Clayton mit einem Blick auf das Material. Dies wäre der schwierigste Teil am ganzen Aufbau, weil sie sich hierbei genaustens an die Winkel und Abmessungen halten mussten. Schon wenige Millimeter und das Projekt wäre zum Scheitern verurteilt.

„Und in der Mittagspause gehen wir zum Strand einen Happen essen."

„Tolle Idee, der Pier ist ja nicht weit", erwiderte Donny lächelnd, dabei warf er einen Blick zum Strand, der sich direkt hinter dem Anwesen befand. Clayton sah nun ebenfalls aufs Meer hinaus. Beim Anblick der Wellen und der frischen Brise im Gesicht war es schwer, sich aufs Arbeiten zu konzentrieren. Vielleicht könnte er mit Audrey und Bailey mal einen Ausflug zum Long Island Sound machen.

Schnell schüttelte er über seine Gedanken den Kopf. Eins nach dem anderen. Morgen würde er sie erst einmal zum Baustoffhersteller begleiten, damit sie sich einen Überblick über die Fliesen verschaffte. Das Dekor mit den kleinen Krabben hatte es ihr angetan. Ein warmes Gefühl breitete sich in seinem Körper aus, als er an sie dachte. Was war passiert, dass er auf einmal romantische Fantasien von ihr hatte?

„Ob es hier wohl Lobster Rolls gibt?", holte Donny ihn in die Wirklichkeit zurück. „Hab auf der Fahrt einige Buden am Strand entdeckt."

„Puh, da bin ich überfragt", antwortete Clayton ehrlich, „aber verhungern werden wir bestimmt nicht." Hummer im Brötchen war zwar nicht sein Fall, allerdings immer noch besser, als die Mittagspause mit Tiffany zu verbringen.

Clayton holte das Lasermessgerät aus der Kiste und stellte es so auf, dass er den gesamten Bereich neben dem Pool im Blick hatte. Im nächsten Schritt wollte er am Boden die Verstrebungen gemäß der Laserlinie ausrichten, um sie anschließend miteinander zu verschrauben.

Donny schien denselben Gedanken zu haben, denn dieser lief schon zum ersten Balken. „Warum habe ich gerade unseren Pavillon vor Augen?"

Clayton lachte. „Mir geht's genauso. Nur dass unser Pavillon keine Fenster und Türen hat und wahrscheinlich nie das Meer sehen wird."

Im Hinterkopf machte er sich eine Notiz. Vielleicht war so ein Pavillon in klein auch etwas für sein Häuschen am See. Er könnte ihn vielfältig nutzen, zum Beispiel als Angelschuppen. Da fiel ihm ein, dass er Josephine immer noch ein Feedback zum Angel-Ratgeber schuldig war. Aber bei einem einzigen Angelversuch, der kläglich scheiterte, wäre es dem Autor gegenüber doch ziemlich unfair.

Clayton nahm den ersten Balken entgegen und richtete ihn millimetergenau aus. Ein Glück, dass sich Donny mittlerweile wieder auf die Arbeit konzentrierte und Tiffany von allzu offensichtlichen Flirtereien absah. Nach einem Blick über die Schulter erkannte er, dass sie gerade einige Selfies schoss, während sie sich lasziv auf der Liege räkelte.

Erleichtert, dass sie dank Clarks Vorarbeiten so gut vorankamen – dieser hatte sogar Löcher für die Verschraubungen der Seitenteile gebohrt –, beendeten sie rechtzeitig zum Mittag ihre Arbeit. Gerne hätte er Mr Jenkins' Feedback zur Unterkonstruktion gehört und sich persönlich bei ihm abgemeldet, doch sein Auftraggeber war immer noch unterwegs. Es blieb ihm also nichts anderes übrig, als Tiffany Bescheid zu geben. Die

Blondine verzog ihren Mund zu einer schmollenden Schnute, wandte sich aber kurz darauf wieder ihrem Handy zu.

„Lass uns hier verschwinden, mein Magen hängt mir schon zwischen den Kniekehlen!" Clayton lief eilig ums Haus herum und sprang in den Pick-up.

„Mmh, mir geht's genauso. Ich hoffe, dass sie Lobster Rolls haben. Wusstest du, dass die aus Neuengland stammen?"

Während Clayton den Truck aus der Einfahrt herausrangierte, antwortete er lachend. „Nein, das höre ich zum ersten Mal. Aber mal ehrlich. Mich kannst du damit jagen."

Wenige Minuten später erreichten sie einen großen Parkplatz, unweit des Piers, der an diesem Freitagmittag noch nicht zu überfüllt war. Wie gern hätte er sich jetzt selbst eine kleine Abkühlung verschafft und anschließend ein Nickerchen in der Sonne gemacht.

„Da drüben gibt es einen Imbiss!" Aufgeregt zeigte Donny zu einer hellblauen Hütte mit der Aufschrift *Lobster Lady.*

„Na also, du kommst doch zu deinem Brötchen."

Clayton parkte den Pick-up nahe der Ausfahrt und schnappte sich sein Baseballcap, das auf der Rückbank lag. Kurz darauf liefen die Männer über den schmalen Holzsteg, der durch Sand und üppiges Seegras zum Imbiss führte. Der Duft von frittiertem Fisch und Kartoffeln wehte ihm schon aus einiger Entfernung entgegen und vermischte sich mit der salzigen Meeresluft. Er fühlte sich schlagartig wie im Urlaub und entspannte sich augenblicklich, obwohl mehrere Stunden harter

Arbeit hinter ihm lagen. Ob Audrey wohl auch Frittiertes aß? Er wusste ja von ihrem seltsamen

Geschmack, aber er hatte keine Ahnung, ob sie auch ein Fan von Fisch war.

Als sie die Schlange vor dem Imbiss erreichten, nahm er auch den Duft von Kokos und Sonnencreme wahr. Eine Portion Lobster Rolls und Fish & Chips waren schnell bestellt, somit hatten Donny und er noch genügend Zeit, ihr Mittagessen auf einer der Bänke am Pier zu genießen. In Gedanken ging er dennoch die To-do-Liste für die nächsten Stunden durch. Der Aufbau der Unterkonstruktion war erledigt, sodass sie direkt nach dem Mittagessen mit dem Verschrauben der

Seitenteile starten konnten. Die Fenster, Türen und das Dach mussten allerdings bis nächste Woche warten, da er sich den morgigen Samstag für Audreys Shoppingtour im Baumarkt freigehalten hatte und am Abend seine Familie zum Open-Air-Kino im Park begleiten wollte.

Gut gelaunt kehrten die Männer gegen ein Uhr wieder zur Baustelle zurück, wo Tiffany zwischenzeitlich eine spontane Party feierte. Dazu hatten sich drei weitere Frauen eingefunden, die allesamt aussahen wie die Engel von Victoria's Secret. Na super, nicht nur dass die Frauen den Boden ringsum den Pool vollkommen unter Wasser setzten, nein, um ein Haar hätte auch die Unterkonstruktion etwas von ihrem Geplantsche abbekommen. Clayton raufte sich panisch die Haare. Das durfte doch nicht wahr sein! Dazu kam, dass er sich gerade ernsthaft fragte, was mit ihm nicht stimmte. Noch vor einiger Zeit hätte es nicht genug nackte Haut sein können und jetzt machte er sich Sorgen um die

Bohrungen im Holz? Diese durften auf keinen Fall nass werden!

Winkend und quietschend machten die Frauen nun auf sich aufmerksam und schossen sogar Fotos von den beiden Männern – wahrscheinlich um diese mit dem Hashtag „heiße Handwerker" zu teilen.

„Das gibt's doch nicht!" Clayton schnappte sich ein Badetuch und warf es geistesgegenwärtig auf eine Pfütze, um Schlimmeres zu verhindern. „Wenn das Holz nass wird, können wir gleich alles abreißen!", rief er wütend in Tiffanys Richtung und hoffte, dass die junge Frau so naiv war, ihm zu glauben.

Die Damen plantschten nun – nach einer Runde kollektiven Schmollens – etwas gemäßigter, dafür setzte kurz darauf ein lauter Partysong ein. Innerlich atmete Clayton tief durch – Musik war weniger schlimm als Wasser – und machte Donny daraufhin ein Zeichen, damit sie mit dem ersten Seitenteil starteten.

Trotz der Ablenkungen und dem Gekreische kamen sie mit ihrer Arbeit gut voran, sodass es Clayton beinahe gelang, die leicht bekleideten Damen hinter seinem Rücken auszublenden.

Gegen Nachmittag hatten sie es tatsächlich geschafft und montierten die letzte Wand, die auch gleichzeitig als Türaufhängung fungierte. Leider hatte Clark vergessen, die Bohrung bis nach unten hin auszufräsen, sodass Clayton jetzt selbst mit einem Schraubenzieher nachhelfen musste.

Da passierte es, zwei nackte Frauenbeine links neben ihm, ließen ihn unaufmerksam werden, sodass er mit der scharfen Spitze des Werkzeugs abrutschte. Verdammt! Der Schraubenzieher fiel zu Boden und landete direkt neben dem Badetuch, das Clayton einige Stunden zuvor auf die Pfütze geschmissen hatte. Trotz des höllischen Schmerzes war er geistesgegenwärtig genug, die Hand blitzschnell vom Werkstück wegzuziehen, und sich das Handtuch zu schnappen, um nichts vollzubluten. Für einen Moment zögerte er, dann besah er fassungslos die tiefe Fleischwunde, die sich quer über seinen Daumenansatz zog.

15

„Das ist aber nett, dass Clayton dich zum Baustoffmarkt begleitet. Vielleicht könnt ihr auf dem Rückweg ja noch einen Stopp einlegen und gemeinsam Mittag essen.“

„Ich glaube nicht, dass wir sooo lange unterwegs sein werden, Tante Dorothy.“ Sie warf einen liebevollen Blick auf Bailey, der neben ihr am Boden döste und sich ganz offensichtlich nicht an der morgendlichen Betriebsamkeit im B & B störte. Anschließend sah sie auf die große Uhr über dem Empfangstresen. Viertel vor neun, Clayton müsste jeden Moment da sein.

„Lass dir Zeit! Und mach dir keine Sorgen um Bailey, dem fehlt es hier an nichts.“ Kaum hatte sie die Worte ausgesprochen, kamen die beiden Kinder um die Ecke, die mit ihren Eltern letzte Woche angereist waren.

„Hallo, Bailey, na, hast du auch schon gefrühstückt?“, fragte das Mädchen den Golden Retriever, als rechnete sie mit einer Antwort. Unbeirrt fuhr sie fort. „Ich habe gerade zwei Becher Kakao getrunken!“

Beim Anblick der Kleinen musste Audrey schmunzeln. Sie und ihr Bruder steckten in Matschhosen und hatten die Schatzkarte dabei, die Josephine im Buchladen verteilte. Neugierig warf Dorothy einen Blick darauf. „Und, habt ihr den Schatz im Park schon gefunden?

„Den suchen wir heute!", klärte der Junge die Frauen auf und hob dabei ein Bein in die Luft. „Wir haben extra unsere Stiefel angezogen ... Hat letzte Nacht etwas geregnet."

„Oh, wie vorausschauend", Dorothy zwinkerte den Kindern verschwörerisch zu. „Danach müsst ihr unbedingt einen Abstecher im Diner machen, da gibt es die besten Milchshakes in der ganzen Stadt."

„Dort gehen wir heute Abend nach dem Open-Air-Kino hin!", informierte das Mädchen sie nun mit aufgeregter Stimme.

„Eine tolle Idee!" Dorothy klatschte in die Hände. „Und ein perfekter Abschluss für euren vorletzten Abend in Little Falls."

„Das stimmt. Schade, dass wir schon heim müssen." Audrey sah auf und entdeckte die Eltern, die in diesem Moment die Treppe hinunterkamen.

„Ich weiß genau, was Sie meinen", erwiderte sie lächelnd, „ich muss auch bald wieder zurück." Allein der Gedanke, dass sie sich bald von all ihren Lieben trennen musste, machte sie traurig. Aber sie hatte ihr Leben und Job nun mal in Chicago.

„Vielleicht kommen wir im Herbst schon wieder", die junge Frau strahlte ihren Mann an, „nicht wahr, Liebling?"

Dieser hob ergeben die Hände und wandte sich dann an Dorothy. „Vorausgesetzt es gibt noch freie Zimmer?"

Die Eigentümerin verzog bedauernd das Gesicht. „Leider nein, selbst die neuen Zimmer sind bis in den Herbst hinein ausgebucht. Vielleicht vor Weihnachten?"

Audrey würde buchen, ohne zu zögern, denn sie liebte Little Falls zur Weihnachtszeit. Wie jedes Jahr dekorierte man die Laternen auf der Main Street mit Tannenkränzen und roten Schleifen und den Gehweg mit überdimensionalen Zuckerstangen, die denen in Christmas Town in nichts nachstanden. Aber am schönsten war es, wenn die Spiegelung der Weihnachtsbeleuchtung den Schnee ringsum zum Glitzern brachte.

Das junge Ehepaar sah sich nachdenklich an. „Warum eigentlich nicht? Vielleicht gemeinsam mit unseren Eltern?", schlug die Frau vor.

Der Mann wandte sich mit einem Zwinkern erneut an Dorothy. „Sie haben es gehört, wir klären das später telefonisch ab und sagen Ihnen vor unserer Abreise Bescheid."

„Wir feiern Weihnachten in Little Falls?" Das Mädchen, das sich bis eben mit Bailey am Boden gewälzt hatte, sah freudestrahlend auf.

„Aber dann können wir doch gar nicht schwimmen", warf ihr Bruder enttäuscht ein. „Und Schätze findet man im Schnee auch nicht."

„Dafür kann man auf dem See Schlittschuhlaufen und im Buchladen wird jeden Tag ein Türchen geöffnet", entgegnete Audrey geheimnisvoll.

„Wirklich? Das ist ja noch besser als Schwimmen!“ Das Mädchen sprang auf.

„Und erst die Leckereien im B & B. Kekse, Früchtepunsch, Eggnogg. Ihr dürft mir selbstverständlich in der Weihnachtsbäckerei helfen, ich suche immer fleißige Elfen“, fuhr Dorothy mit ehrfurchtsvoller Stimme fort.

„Ich glaube, da gibt es gar nicht mehr viel zu überlegen“, bemerkte die Mutter lachend.

Audreys Mund verzog sich zu einem amüsierten Lächeln, als sich plötzlich das Bild eines mehlbestäubten Claytons in ihre Gedanken schlich, der ihr in nichts weiter als einer weihnachtlichen Schürze ein wunderschönes Lebkuchen-Farmhaus buk und dabei ziemlich heiß aussah.

Oh, Clayton, sie hatte total die Zeit vergessen! Nach einem schnellen Blick aus dem Fenster erkannte sie, dass er bereits mit laufendem Motor vor dem B & B wartete.

„Ich muss los, Clayton ist da!“, informierte sie die anderen mit aufgeregter Stimme. Warum schlug ihr Herz auf einmal Purzelbäume?

„Viel Spaß euch beiden“, trällerte Dorothy fröhlich, „und kauf mir nicht zu viel ein!“

„Wir gehen in einen Baumarkt, Tante, nicht zu Macy’s!“, erwiderte Audrey lachend, winkte den Gästen kurz zu und verließ das B & B.

Als sie den Pick-up erreichte, sah Clayton, der bis eben am Handy gespielt hatte, überrascht auf, dann verzog sich sein Mund zu einem breiten Lächeln. Sofort flatterten Hunderte Schmetterlinge in ihrem Bauch, es fühlte sich auf einmal an, als hätten sie ein Date. Dabei hatte sie ihn doch ganz ohne Hintergedanken darum gebeten, sie zu begleiten – sie schätzte einfach seine Meinung als Bauleiter und seinen guten Geschmack.

Sie öffnete die Tür und kletterte auf den Beifahrersitz. „Hi, Clayton, ich hoffe, du wartest noch nicht lange?"

Er winkte lässig ab. „Bin eben erst gekommen." Für einen Moment sah er sie an, als wüsste er nicht, was er weiter sagen sollte, dann fragte er amüsiert: „Und, hast du mittlerweile das Haltbarkeitsdatum deiner Cornflakes gecheckt?"

Das er das noch wusste? „Ja, ehrlich gesagt habe ich das gleich nach unserem Gespräch überprüft. Alles gut und mittlerweile weiß ich auch woher Dorothy ihren Vorrat hat."

Clayton legte den ersten Gang ein und fuhr los. „Jetzt machst du mich aber neugierig."

„Der ehemalige Filialleiter vom hiesigen Walmart – ein guter Freund von Onkel Dean und mittlerweile im Ruhestand – hat damals, als die Produktion eingestellt wurde, den kompletten Lagerbestand aufgekauft. Mittlerweile ist er weit über siebzig und hat eingesehen, dass er all seine Vorräte niemals aufbrauchen wird, weswegen er einen Teil davon Dorothy überlassen hat."

„Sag bloß, es gibt noch einen Salty-Pebbles-Fan?"

Clayton schüttelte fassungslos den Kopf. „Warum habe ich gerade das Bild von Gollum vor Augen, der anstelle eines Rings eine Vorratskammer voll Cornflakes bewacht?"

Audrey lachte herzhaft auf. „Arthy hat tatsächlich etwas Ähnlichkeit mit ihm. Zumindest was die Glatze und die paar armseligen Strähnen angeht."

Für eine Weile fuhren sie stumm durch die Landschaft, während Audrey sich fragte, seit wann Clayton genau ihren Sinn für Humor traf. Früher hatte sie seine Witze, über die er selbst am lautesten lachte, nie besonders originell gefunden. Aus dem Augenwinkel beobachtete sie, wie er seinen Blick hochkonzentriert auf die Straße richtete und dabei leicht die Lippen verzog. Warum kam ihr dieses Bild auf einmal so vertraut vor? Sie fühlte sich, als hätte sie diese Situation schon einmal durchlebt.

Noch bevor sie etwas sagen konnte, prustete sie los. „An deinem Fahrstil hat sich in all den Jahren nichts geändert!"

Irritiert sah Clayton zu ihr. „Ich verstehe nicht ganz, du fährst heute zum ersten Mal bei mir mit ... Außerdem kann ich den Traktor vor uns wohl kaum in der Kurve überholen."

Audrey hielt sich vor Lachen den Bauch. „Ich meinte damit, dass du immer noch so gemütlich durch die Gegend tuckerst wie damals bei Mario Kart!"

„Moment mal, erstens fahre ich einen schweren Pickup-Truck, der auch ohne Vollbeladung leicht ins Schleudern kommt, und zweitens ist das hier kein Autorennen."

Um Audreys Mundwinkel zuckte es amüsiert. War ja klar, dass Clayton um keine Ausrede verlegen war. Dennoch bemerkte sie, wie er nun etwas stärker aufs Gas drückte und die Geschwindigkeitsbegrenzung um ganze fünf km/h überschritt.

Zusätzlich zur rechten Hand nahm er nun auch die linke Hand zu Hilfe, wahrscheinlich um mehr Grip zu haben. Dabei fiel ihr sofort das riesige hautfarbene Pflaster auf, das an seinem Daumen klebte und einen Großteil seines Handballens verdeckte. Als er zugriff verzog sich sein Gesicht für einen Sekundenbruchteil zu einer schmerzverzerrten Miene.

„Alles klar?", hakte Audrey besorgt nach. Die Anspielung auf Mario Kart war vergessen, besonders nachdem sie einen zweiten Blick auf seine Hand riskiert hatte. Das Pflaster wirkte gelblich, als hätte er darunter eine Iod-Salbe aufgetragen, um Keime abzutöten.

„Oh, du meinst die Hand? Ist nur ein kleiner Kratzer, den ich mir gestern auf ner Baustelle geholt habe", erwiderte Clayton im Plauderton.

Audrey hob zweifelnd eine Augenbraue, erwiderte darauf aber nichts – Clayton war schließlich erwachsen. Außerdem wollte sie heute nicht besserwisserisch klingen, wenn er schon so nett war und sie an seinem freien Tag begleitete.

Sie warf einen Blick aus dem Fenster. Zwischenzeitlich hatten sie Little Falls hinter sich gelassen und befanden sich auf der Landstraße, die nach Woodbury führte. Sie konnte es nun kaum mehr erwarten, durch den riesigen Baustoffhandel zu schlendern, um nach neuen Designs für ihre Projekte in Chicago Ausschau zu halten. Erst gestern Abend hatte sie noch einen Blick auf die Webseite geworfen und sich einen Überblick über das Sortiment verschafft, denn sie wollte ihre Tante Dorothy mit einem ganz besonderen Projekt überraschen.

Mit den Worten „Da vorne ist es schon" holte Clayton sie aus ihren Gedanken und nahm kurz darauf die nächste Ausfahrt, die direkt auf den Parkplatz führte.

„Wow, das ist ja riesig", erwiderte Audrey überrascht und klebte nun mit der Nase förmlich an der Scheibe, was ihren Begleiter schmunzeln ließ. Sie wusste ja selbst, dass sie in dieser Hinsicht etwas speziell war. Sie zog ein Baustoffmarkt einem Schuhgeschäft vor und träumte nachts regelmäßig von Zementfliesen und strukturierten Tapeten.

„Ich hoffe, deine Schuhe sind bequem. Die Gänge da drin sind unendlich ... oder wir nehmen uns zwei

Senioren-Scooter anstelle eines Einkaufswagens", schlug Clayton mit einem amüsierten Zwinkern vor.

„Du willst gehbehinderten Menschen einfach ihren fahrbaren Untersatz wegnehmen? Schäm dich, Clayton!" Audrey schüttelte in gespielter Empörung den Kopf.

„Ach komm schon, vielleicht können wir auch ein kleines Wettrennen veranstalten, dann zeig ich dir, wer hier die lahme Schnecke ist." Er sah sie für einen Moment verschmitzt an, ehe er den Rückwärtsgang einlegte und in eine Parklücke zurücksetzte. Die rechte Hand hatte er dazu an ihrer Rückenlehne abgestützt und den Oberkörper mit Blick zur Heckscheibe gedreht.

Audrey konnte nicht anders, als ihn währenddessen unverhohlen zu mustern. Es hatte etwas extrem Männliches, wie er das riesige Auto in die Parklücke setzte. Also einparken konnte er, daran bestand kein Zweifel – aber warum musste er dabei so unverschämt sexy aussehen? Ihr Blick fiel auf den Ausschnitt seines Flanellhemds, aus dem einige Brusthaare hervorlugten, dann wanderten ihre Augen nach oben zu seinem Kinn. Ganz offensichtlich hatte er heute morgen auf eine Rasur verzichtet, was ihm einen raubeinigen Look verlieh und sie zu einer sehr unanständigen Fantasie verleitete. Clayton mit freiem Oberkörper, wie er die Wand im B & B einriss.

„Hab ich was im Gesicht oder warum starrst du mich so an?" Clayton hob amüsiert eine Augenbraue und drehte sich zu Audrey. Erst jetzt bemerkte sie, dass sich das Auto längst nicht mehr bewegte und Clayton auch schon den Schlüssel in der Hand hielt.

„Ähm, nein, ich hab mich nur gefragt, wie du überhaupt was siehst", erwiderte sie hastig und hoffte, dass er ihr nicht ansah, was ihr wirklich durch den Kopf gegangen war. „Die Ladefläche ist ja größer als meine Küche in Chicago."

Er verzog wissend den Mund. „Du hast nicht meine Parkkünste bewundert, sondern mich. Gib's zu!"

Audrey konnte geradezu sehen, wie sich sein Ego bei dieser Erkenntnis noch weiter aufplusterte. Gefiel es ihm etwa, dass sie ihn eben in einem schwachen Moment ungeniert gemustert hatte?

Bei Claytons herausforderndem Blick prickelte ihr ganzer Körper. Seit wann brachte der mittlere Cassidy-Spross sie derart aus dem Konzept? Sie musste schleunigst aus dem Auto, nicht nur weil ihr das Herz mittlerweile bis zu Hals schlug, sondern es ihr in dem geräumigen Pick-up auf einmal viel zu eng wurde. Eilig öffnete sie die Tür und stieg aus.

„Hey, du schuldest mir noch eine Antwort!", bemerkte Clayton lachend, als er Audrey zum Eingang folgte. „Und renn nicht so schnell."

„Ok, dann hab ich dich eben angeguckt", antwortete sie mit einem Schnaufen. „Mir ist nur aufgefallen, dass du ziemlich viele Brusthaare bekommen hast."

„Ich hab ja schon viele Komplimente gehört, aber das hier“, er schüttelte lachend den Kopf, „ist etwas seltsam.“

Audrey zuckte mit den Schultern. „Du wolltest wissen, warum ich dich angestarrt habe, da hast du deine Antwort.“

Erleichtert, dass Clayton nicht weiterbohrte, betraten sie den Baustoffhandel, dessen Sortiment sie schlagartig die Kinnlade herunterklappen ließ. So weit das Auge reichte, befanden sich deckenhohe Regale, die Fliesen in allen erdenklichen Formen und Farben beherbergten. Sie war im Fliesenhimmel angekommen!

Als Clayton sich nun einen Einkaufwagen schnappte, fiel ihr Blick erneut auf seine linke Hand. Mittlerweile war das Pflaster durchnässt und wirkte, als würde es jeden Moment abfallen.

„Ähm, bist du sicher, dass es deiner Hand gut geht?“

„Verdammte Scheiße“, entfuhr es ihm laut, als er ebenfalls auf seine Hand sah. Vorsichtig hob er das Pflaster an und riskierte einen Blick auf die Wunde, dabei sog er scharf die Luft ein.

„Was ist?“, herrschte Audrey ihn ungeduldig an, dann erfasste sie das Ausmaß des Übels. Über Claytons Daumen zog sich eine drei Zentimeter lange Fleischwunde, die rot leuchtete und sich an den Rändern bereits entzündet hatte. Sie hatte noch nie etwas Übleres gesehen. „Das sieht überhaupt nicht gut aus“, stammelte sie, die Augen immer noch auf die Verletzung gerichtet. Clayton musste höllische Schmerzen haben. Warum hatte er ihr nicht Bescheid gesagt? Dann hätten sie ihren Ausflug verschoben.

„Heute morgen sah es nicht derart schlimm aus“, bemerkte ihr Begleiter, der nun nicht mehr ganz so selbstbewusst wirkte wie auf dem Parkplatz. „Und ehrlich gesagt wird mir gerade auch etwas komisch.“

Audrey packte Clayton am Arm, der den Eindruck machte, als würde er jeden Moment umkippen. „Hey, alles gut, ich hab dich.“ Panisch sah sie sich um und entdeckte dann eine ältere Lady auf einem Scooter, die gerade auf sie zusteuerte. „Wir haben hier einen Notfall, Ma'am!“ Mit der freien Hand machte sich Audrey bemerkbar und hinderte die Frau so am vorbeifahren.

„Ihr Freund sieht aber gar nicht gut aus“, stellte diese mit besorgter Stimme fest. „Braucht er einen Krankenwagen?“

Für einen Moment wusste Audrey selbst nicht, warum sie die Dame überhaupt aufgehalten hatte – um Clayton mit dem Scooter zum Auto zu fahren? Nein, er brauchte sofort Hilfe.

Die ältere Dame stieg von ihrem Gefährt ab und wirkte dabei ziemlich agil. Mit resoluter Stimme wies sie Audrey an: „Dort hinten ist das Büro des Managers, der war früher Captain bei der freiwilligen Feuerwehr. Wenn der Ihren Freund nicht verarzten kann, fress ich einen Besen.“

Es dauerte einen Sekundenbruchteil, bis diese Information Audreys Verstand erreichte, dann schob sie

Clayton, der mittlerweile ziemlich abgetreten wirkte, auf den Sitz. Da dieser für sie beide viel zu schmal war, setzte sie sich kurzerhand auf seinen Schoß.

„Vielen Dank, Ma'am!“, rief sie und gab nach einem weiteren besorgten Blick auf ihren Begleiter Gas.

Laut blies sie die Luft aus, während ihre Gedanken rasten. Sie hoffte nur, dass er nicht ohnmächtig wurde. Ein Glück, dass sie bereits den Baumarkt erreicht hatten und sie Hilfe holen konnte.

Angst breitete sich in ihr aus, als Clayton nun leise aufstöhnte. Sie hoffte nur, dass der Manager ihnen helfen konnte, wenigstens so lange, bis ein Notarzt da war.

Vor der verglasten Fensterfront des Büros legte sie eine Vollbremsung hin und sprang von Clayton herunter. Erleichtert atmete sie auf, als sie einen grauhaarigen Mann entdeckte, der jetzt eilig auf sie zukam und sich kurz vorstellte. „Hi, ich bin Sam, der Manager. Was ist passiert?" Besorgt legte er Clayton eine Hand auf die Schulter, der daraufhin mit gequälter Stimme stammelte.

„Meine Wunde ... hat sich entzündet."

„Zeig mal!", forderte der Mann ihn streng auf und schnalzte dann tadelnd mit der Zunge. „Ich nehme mal an, du warst damit nicht beim Arzt?"

„Nein, wieso auch?", antwortete Clayton und sog scharf die Luft ein, als Sam das Pflaster wieder zuklappte.

Audreys Besorgnis verwandelte sich allmählich in Wut. „,Wieso auch?' Du wärst mir fast aus den Schuhen gekippt! Ich rufe jetzt einen Krankenwagen."

„Wir bringen ihn ins Büro", unterbrach Sam sie lächelnd. „Ich hab alles da ... bis auf eine Tetanusspritze. Die holt er sich am besten gleich danach beim Doc in Little Falls."

Audrey nickte geistesgegenwärtig und verfolgte, wie nun zwei weitere Männer kamen und Clayton zu einer Liege im hinteren Teil des Büros führten.

„Keine Sorge, der wird wieder“, beruhigte Sam sie mit einem Zwinkern. „Aber so lerne ich wenigstens mal seine Freundin kennen.“

„Ähm, ich bin nicht seine Freundin“, protestierte Audrey, während sie den Männern folgte.

„Nicht? Das ist aber schade“, erwiderte Sam schmunzelnd, als er einen Erste-Hilfe-Koffer aus dem Schrank holte und die Wunde kurz darauf fachmännisch säuberte. Dabei sah er interessiert zwischen dem Verletzten und der jungen Frau hin und her.

„Wir kennen uns schon, seit wir Kinder sind“, kam es nun von Clayton, der mittlerweile wieder etwas Farbe im Gesicht hatte. „Sie ist Dorothys Nichte und gerade zu Besuch in Little Falls.“

„Oh, wirklich? Ich kenne Dorothy und Dean schon seit Jahren. Schön, dass wir uns auch endlich mal kennenlernen!“ Sam strahlte sie erfreut an, dann wandte er sich wieder der Wunde zu auf die er nun ein Antiseptikum auftrug.

Audrey erwiderte sein Lächeln. „Freut mich ebenfalls, auch wenn die Umstände hätten besser sein können. Sie scheinen das öfters zu machen.“

„Ich war zwanzig Jahre Captain der Feuerwache und habe zudem eine Ausbildung zum Rettungssanitäter“, bemerkte er mit Stolz in der Stimme. „Kommt mir hier ebenfalls zugute.“

„Das glaube ich sofort“, erwiderte Audrey und sah dann zu Clayton, der sie nachdenklich musterte.

Irgendetwas in seinem Blick machte sie auf einmal ziemlich nervös – gleichzeitig war sie unendlich erleichtert, dass es ihm wieder besser ging.

„Audrey wollte sich Ideen für ihre Projekte in Chicago holen“, klärte Clayton den älteren Mann auf, ohne seine Retterin aus den Augen zu lassen.

„Oh, Sie sind auch im Baugeschäft tätig?“, fragte dieser sichtlich erfreut.

„Ich bin Innenarchitektin“, erwiderte sie lächelnd, „und immer auf der Suche nach Schätzen. Die Fliesen, die wir erst im B & B verwendet haben, sind wirklich etwas Besonderes.“

„Stimmt, die hatte Clayton ja fürs B & B bestellt“, fiel es dem Mann wieder ein, ehe er sich seinem Patienten zuwandte. „So, du bist wieder zusammengeflickt. Versprich mir aber, dass du heute noch abklärst, ob du eine Auffrischungsimpfung brauchst.“

„Aye, aye, Captain, wird gemacht. Und vielen Dank … du hast mir den Arsch gerettet.“ Er zwinkerte Audrey zu. „Dann lass uns mal nach den Krabbenfliesen schauen.“

„Was? Ich glaube, du spinnst!“ Sie konnte nicht fassen, dass er nach dieser Aktion einfach zur Tagesordnung überging, wo er doch noch wenige Augenblicke zuvor mehr auf dem Scooter hing als saß.

„Die Schmerzen haben nachgelassen dank Sam“, erwiderte Clayton mit einem schiefen Grinsen.

„Audrey hat recht, du bleibst lieber noch etwas sitzen und ich kümmere mich höchstpersönlich darum, dass die junge Lady zu ihren Fliesen kommt.“ Er zwinkerte Audrey verschwörerisch zu und hob dann mahnend den Zeigefinger. „Und komm ja nicht auf die Idee, dich hier rauszuschleichen und uns zu suchen. Mein Handy ist mit sämtlichen Überwachungskameras im und ums Gebäude verbunden.“

Clayton verzog missmutig das Gesicht und erinnerte Audrey an eine Situation vor vielen Jahren, als er beim Kampf um die letzte Luftmatratze den Kürzeren gezogen hatte. Während seine Brüder, Jenna und sie ihren Spaß gehabt hatten, war er in Begleitung von Rosie schmollend am Badesteg gesessen.

„Aber bring sie mir heil wieder zurück", rief Clayton ihnen beim Hinausgehen hinterher und wirkte fast ein wenig wehmütig.

Auch wenn sich Audrey darüber freute, dass sich der Chef höchstpersönlich Zeit für sie nahm, so vermisste sie ihren Lieblingsbauleiter schon jetzt.

16

Clayton

„Nun gib schon deinen Klappstuhl her!", forderte Larry seinen Enkelsohn auf. „Ich werde schon nicht zusammenbrechen."

„Ich habe mir nur meinen linken Daumen verletzt, der Rest meines Körpers funktioniert noch einwandfrei", antwortete Clayton zum gefühlt hundertsten Mal an diesem Tag.

Seit er mit Audrey gegen Mittag aus Woodbury zurückgekehrt war, behandelten ihn alle wie einen Schwerverletzten. Seine Mom hatte extra den Doc kommen lassen, damit dieser noch einen zweiten Blick auf die Wunde warf, dabei hatte ihn Sam vorbildlich versorgt. Es war auch keine Tetanusimpfung nötig gewesen, sodass er ihm nur ein Schmerzmittel verschrieben hatte, dass er ohnehin nicht nehmen würde.

Als er mit seinem Grandpa den Park erreichte, in dem heute das Open-Air-Kino stattfinden würde, wanderten seine Gedanken wieder zu Audrey. Ein Lächeln breitete sich auf seinem Gesicht aus, als er sie vor sich sah, wie sie seinen Truck souverän nach Hause gelenkt hatte –

die Ladefläche voll mit Fliesen im Krabbendekor. Nur widerwillig hatte Clayton den Fahrersitz geräumt, nachdem sie ihm angedroht hatte, seine Mom anzurufen. Währenddessen hatte Sam die ganze Zeit neben ihnen gestanden und vor sich hin gegrinst. Er wusste zwar nicht, was sich der ältere Mann da zusammengereimt hatte, aber allein die Tatsache, dass Clayton zum ersten Mal in Begleitung einer Frau im Baumarkt aufgetaucht war, war für den Manager eine Sensation.

„Trotzdem solltest du nicht übertreiben", holte Larry ihn aus seinen Gedanken.

Nach einem Seitenblick zu seinem Grandpa erwiderte Clayton kopfschüttelnd: „Das sagt genau der Richtige. Ich frage mich, wozu du überhaupt sechs Stühle brauchst?"

„Na für deine Eltern, Chase, mich ... und zwei als Ersatz, man kann ja nie wissen", klärte er ihn auf und schob sich einen Stuhl, der verrutscht war, wieder auf die Schulter. „Außerdem müssen wir doch schon mal Plätze reservieren, auch wenn die Vorstellung erst in ner Stunde beginnt."

Clayton hob nur eine Augenbraue, da es zwecklos war, mit seinem Großvater darüber zu diskutieren. Er hätte sich ja gleich denken können, dass dieser mal wieder als Erster loswollte und sämtliche Klappstühle aus dem Haushalt mitschleppte.

„Ah, da hinten ist die Leinwand. Wow, die ist ja riesig!", bemerkte Clayton voller Erstaunen, als sie nun über den Rasen liefen.

„Wo hat er das Ding nur her? Ich habe das alles viel kleiner in Erinnerung." Larry kniff nachdenklich die Augen zusammen.

Auch Clayton konnte sich nicht erinnern, dass die Leinwand jemals so groß gewesen wäre. „Stimmt, die alte Leinwand hatte vielmehr die Größe eines Bettüberzugs", erwiderte er nachdenklich.

„Weil es einer war!" Larry lachte laut und zwinkerte seinem Enkel zu. „Siehst du, es war doch gut, dass wir uns so früh auf den Weg gemacht haben. Die Wiese ist schon jetzt überfüllt."

Clayton staunte nicht schlecht, als er den Getränke- und Popcornstand entdeckte, vor dem sich eine lange Schlange gebildet hatte.

„Huhu, herzlich Willkommen beim Kino im Park", begrüßte Martha sie höchstpersönlich. Die Dame trug an diesem Abend zu ihrer schwarzen Hose einen roten Blazer mit Schulterpolstern und goldenen Knöpfen und wirkte damit wie eine Platzanweiserin im Theater. In ihrer typischen Geste hob sie die Hand und malte einen imaginären Schriftzug in die Luft. „Sehen Sie die neusten Blockbuster in Little Falls.'"

„Hallo, Martha", begrüßte Larry die Frau mit einem Schmunzeln. „Ganz schön was los."

„Ja, ist das nicht wunderbar? Die ganze Stadt ist hier! Und seht euch die riesige Leinwand an, die Matt besorgt hat." Sie drehte sich schwungvoll um und starrte fasziniert auf die weiße Fläche am anderen Ende des Parks, die mindestens vier auf sechs Meter maß.

„Oh, die nächsten Gäste kommen, ich muss los!"

Mit diesen Worten rauschte Martha an ihnen vorbei und begrüßte die Familie, die gerade im Bed & Breakfast ihren Urlaub verbrachte.

„Hm, dann lass uns mal schauen, ob wir noch irgendwo ein freies Plätzchen finden. Vielleicht da hinten unterm Kastanienbaum", schlug Larry nachdenklich vor und setzte sich wieder in Bewegung.

Automatisch sah sich Clayton um. Ob Audrey wohl schon hier war? Er wollte sie heute Vormittag eigentlich fragen, ob sie ihn begleitete. Enttäuscht verzog er das Gesicht, weil er sie unter den Besuchern nicht ausmachen konnte. Hatte sie für heute Abend vielleicht andere Pläne? Vielleicht war eine Filmvorstellung im Park nichts Besonderes für sie? Schließlich bot sich ihr in Chicago doch ein ganz anderes Freizeitprogramm.

Gemeinsam mit seinem Grandpa arrangierte er die insgesamt sieben Stühle unter dem Blätterdach des Kastanienbaums, anschließend nahm er Platz. Für einen Moment beobachtete er das aufgeregte Treiben ringsum ihn, dann entdeckte er seinen ältesten Bruder Cole und dessen Frau Jenna, die mit ihren Klappenstühlen einige Reihen vor ihm saßen und regelrecht aneinanderklebten. Beim Anblick der Turteltauben musste er schmunzeln. Wär hätte noch vor einem Jahr gedacht, dass die beiden je wieder zusammenfinden würden?

Plötzlich ließ ihn entferntes Hundegebell aufhorchen und sein Herz aufgeregt klopfen. Als er sich umdrehte, breitete sich automatisch ein Lächeln auf seinem Gesicht aus. Zuerst erkannte er Bailey, der mit fliegenden Ohren auf ihn und Larry zugestürmt kam, und kurz darauf Audrey, die ihrem Hund mit einem Klappstuhl eilig folgte. Jetzt, wo Bailey ihn entdeckt hatte, konnte sie gar nicht anders, als sich zu ihnen zu setzen, schoss es ihm erfreut durch den Kopf.

„Na, Kumpel, alles klar?" Clayton wuschelte dem Hund mit der unverletzten Hand durchs Fell und freute sich gleichzeitig, dass er ihn in der Menschenmenge ausfindig gemacht hatte.

„Hallo, ihr beiden, hier ist ja was los", begrüßte Audrey sie einen Moment später, ehe sie sich erstaunt umsah. „Ist bei euch noch was frei?"

Am liebsten hätte er laut Ja gerufen, stattdessen antwortete er: „Klar, wenn du dir sicher bist, dass du dich mit uns blicken lassen willst?"

„Was soll das denn heißen?", mischte sich sein Grandpa in gespielter Entrüstung ein, während er einen Snack aus seiner Bauchtasche fischte. „Mit uns kann sie es nicht besser treffen. Wir haben genügend Platz, Proviant und sitzen geschützt unter einem Baum."

„Da kann ich schlecht Nein sagen", erwiderte Audrey lächelnd und klappte ihren Stuhl auf.

„Setz dich doch hierhin, direkt neben Clayton ist noch ein Platz frei. Wir haben extra mehr Stühle mitgebracht." Larry nahm ihr den Stuhl aus der Hand, klappte ihn wieder zusammen und lehnte ihn am Baumstamm an. „Kommen Dorothy und Dean auch?"

Audrey setzte sich neben Clayton dann antwortete sie. „Die beiden schauen von der vorderen Veranda aus zu. Onkel Dean ist ganz aus dem Häuschen, dass er dank der riesigen Leinwand nicht einmal das B & B verlassen muss."

Clayton drehte sich zum B & B, das auf der gegenüberliegenden Seite des Parks lag, um sich selbst zu überzeugen. Tatsächlich war die Sicht bis auf einige Bäume rechts und links des Blickfelds unverbaut, sodass sie die Vorstellung auch von dort aus verfolgen konnten. „Ich seh sie", bemerkte Clayton schmunzelnd. „Und sogar mit Snacks, wenn ich das von hier aus beurteilen kann."

Audrey lachte. „Ja, du siehst richtig. Tante Dorothy hat eben ein paar Chickenwings in die Fritteuse geschmissen!"

Larry sah zwischen seinem Kumpel Dean und dem Popcornstand hin und her. „Wenn ich das gewusst hätte, hätte ich mir einen Platz auf der Veranda gesichert und diese Bifi zu Hause gelassen."

Er zuckte mit den Schultern, öffnete aber dennoch die Verpackung, was sofort Baileys Aufmerksamkeit erregte. „Ich habe zwei dabei", informierte er den Golden Retriever in verschwörerischem Ton, woraufhin der Hund sich direkt vor Larrys Füßen niederließ.

„Okay, die beiden sind versorgt", stellte Clayton mit einem amüsierten Kopfschütteln fest. „Aber wir haben noch keine Snacks. Möchtest du auch Popcorn? Dann hol ich uns was."

„Ja, sehr gerne", erwiderte Audrey und sah auf seinen Verband. „Soll ich dir beim Tragen helfen oder geht es?"

Clayton hob tadelnd eine Augenbraue. „Mir geht es gut. Haltet ihr lieber die Stellung, nicht dass nachher alle Stühle belegt sind." Er konnte sich zwar kaum vorstellen, dass irgendjemand so dreist wäre, aber bei dem Ansturm heute war er sich nicht ganz so sicher. Außerdem wollte er nicht zu viel Mitleid von ihr oder gar bemuttert werden, denn mittlerweile weckte ihre bloße Anwesenheit ganz andere Gefühle in ihm.

Audrey verzog das Gesicht, widersprach jedoch nicht.

Mit einem aufgeregten Flattern im Bauch entfernte sich Clayton und reihte sich kurz darauf in die lange Schlange vor dem Stand ein. Verdammt. Wie sollte er die nächsten Stunden überstehen, wenn ihm sein Unterkörper gerade so deutlich signalisierte, dass er etwas ganz anderes wollte als eine schnöde Filmvorstellung? Da trug sie einmal einen knappen Bikini anstelle der Latzhosen und schon wurde in ihm dieses nicht ganz so jugendfreie Kopfkino ausgelöst.

Aber zwischen ihnen war mehr als nur körperliche Anziehung. Wenn er mit Audrey zusammen war, fühlte er sich wohl, er konnte sich völlig fallen lassen und er selbst sein. So etwas hatte er bisher noch nie erlebt! Ja, sie konnten sich sogar über sein Lieblingsthema unterhalten, ohne dass sie die Flucht ergriff. Sie wusste, dass es sich bei dem Begriff *Shiplap* um mit Holz verkleidete Wände handelte und nicht um Boote, wie Tiffany ihm weißmachen wollte.

„Hi, Clayton, was darf's sein?", holte Matt ihn in die Gegenwart zurück.

„Hi, Matt, ich nehm ne große Tüte Popcorn und ein Eiskonfekt." Lächelnd nickte er mit dem Kopf zur Leinwand. „Kann man so was denn mieten?"

Matt lachte. „Ja, in allen erdenklichen Größen. Wobei dies nur eine mittlere ist, für mehr hat der Platz nicht ausgereicht."

„Unglaublich … und toll, dass du das auf die Beine gestellt hast", erwiderte Clayton ehrlich.

Der junge Mann nickte zufrieden und geriet sogleich ins Schwärmen. „Ich habe während der Entrümpelung alte Fotos gefunden, auch von den Open-Air-Veranstaltungen … und stell dir vor, auf einem seid sogar ihr drei abgebildet! Wie konnte ich da nicht diese schöne Tradition fortführen? Sie gehört einfach zu Little Falls."

Clayton nahm das Popcorn und das Eiskonfekt entgegen und bezahlte. „Ja, das stimmt. Traditionen werden hier sehr groß geschrieben und du machst uns allen damit eine große Freude.“

Als er wenige Augenblicke später zurück zum Platz lief, fiel ihm auf, dass es mittlerweile um einiges dunkler geworden war, vor allem zwischen den Bäumen, wo die Zuschauer saßen. In der Zwischenzeit hatten auch die Lampions zwischen den Ästen zu leuchten angefangen und tauchten den gesamten Park in ein stimmungsvolles Licht. Für einen Moment ließ er das friedliche Bild auf sich wirken. Überall glückliche Menschen in freudiger Erwartung auf einen schönen Kinoabend. Gedämpftes Getuschel und das Zirpen von Grashüpfern drangen an sein Ohr, in der Nase hatte er den Duft von süßlichem Popcorn.

Unweigerlich stiegen Erinnerungen an seine Kindheit in ihm auf. Damals hatten seine Brüder und er es sich auf einer Decke unmittelbar vor der Leinwand gemütlich gemacht und sich am Boden ausgestreckt. Vorzugsweise mit einer Tüte Chips und Erdnüssen. Jenna und Audrey dagegen waren immer mit pinkfarbenen Kinderklappstühlen und einer vollgepackten Kühltasche aufgeschlagen. Da der Inhalt für zwei junge Mädchen jedoch zu viel gewesen war, waren auch die Cassidy-Brüder jedes Mal in den Genuss von frischen Muffins aus der Bäckerei oder Dorothys selbst gemachten Waffeln gekommen.

Mit einem wehmütigen Lächeln erreichte er seinen Platz, wo sich während seiner Abwesenheit auch seine Eltern eingefunden hatten. Es war ein verwirrendes, aber gleichzeitig schönes Gefühl, Audrey mit seinen Eltern zusammen zu sehen.

„Oh, hallo, Clayton“, bemerkte seine Mom, die sich bis
eben noch mit ihrer Sitznachbarin unterhalten hatte.
„Ich habe Audrey gerade gesagt, wie froh ich bin, dass
heute morgen als gut ausgegangen ist.“

„Sam hat sich wunderbar um ihn gekümmert, Ms
Cassidy“, erwiderte Audrey und ließ glücklicherweise
den Teil der Geschichte aus, als sie ihn mit dem Scooter
zum Büro des Managers chauffiert hatte. Es war ihm
immer noch peinlich, dass ihm wegen etwas Blut und
Eiter derart übel und schwindelig geworden war. Aber
der zunehmend pochende Schmerz hatte ein leichtes
Ohnmachtsgefühl in ihm ausgelöst.

Er nahm neben Audrey Platz und reichte ihr das Popcorn, dabei fiel ihm auf, dass man ihren mitgebrachten
Stuhl zwischenzeitlich auch aufgestellt hatte und sie
nun regelrecht aufeinanderhockten. Genaugenommen
konnte er sich mit ihr eine Armlehne teilen. Vielleicht
war es jedoch vernünftiger, die Hände einfach in den
Schoß zu legen, da die Armlehnen ein Witz waren.

„Danke fürs Popcorn“, erwiderte sie mit einem Lächeln, das seinen Puls rasant ansteigen ließ.

„Sehr gerne … Auch etwas Eiskonfekt?“, fragte er
förmlich und hob ihr die Schachtel unter die Nase. Er
merkte selbst, dass er jetzt, wo seine Eltern anwesend
waren, viel befangener mit ihr umging als noch heute
morgen in seinem Truck.

„Da sag ich nicht Nein“, antwortete Audrey und
schnappte sich ein Stück.

„Ich musste eben an früher denken, als Jenna und du
immer mit der großen Kühltasche ankamt.“

„Stimmt, das hatte ich fast schon vergessen! Die war randvoll mit Leckereien und fast noch wichtiger als der Film", erinnerte sich Audrey mit einem lauten Lachen.

„Mmh, und wie ihr immer so damenhaft auf euren pinkfarbenen Stühlchen gesessen seid." Um Claytons Mundwinkel zuckte es amüsiert. „Als wärt ihr etwas Besseres."

Audrey legte den Kopf schief. „Wenigstens haben wir uns nicht durchgeschnorrt", zischte sie ihm leise zu und kam ihm dabei viel zu nahe.

„Hey, wir hatten auch Snacks dabei, Männersnacks!"

Sie schüttelte sich kurz. „Erinnere mich nur nicht an die Knabberkrusten aus echten Schweineschwarten."

Schlagartig hellte sich Claytons Gesicht auf. „Die hatte *ich* fast schon vergessen, ich meinte die Chips und Erdnüsse. Aber die Krusten waren noch viel besser."

Erst jetzt fiel ihm ein, dass Audrey als Kind kein Fleisch gegessen hatte und auch jetzt noch sehr wählerisch war. Auf Coles und Jennas Hochzeit hatte er sich persönlich davon überzeugen können. Ein winziges Stück Hähnchen war alles, was sie an Fleisch zu sich genommen hatte, dafür hatte sie bei den Beilagen regelrecht zugeschlagen. Er hatte mitgezählt, es waren fünf ganze Portionen Süßkartoffelauflauf gewesen!

„Gibt es die überhaupt noch, die Krusten?" Audrey verzog nachdenklich das Gesicht. „Onkel Dean mochte die auch sehr gerne."

„Frag doch Dorothy, vielleicht hat sie sich davon auch einen lebenslangen Vorrat angelegt", bemerkte Clayton trocken. „Nein, Scherz beiseite. Ich glaube, die gibt's immer noch, allerdings in anderer Verpackung. Ich werde beim nächsten Einkauf direkt mal schauen." Er

zwinkerte ihr frech zu. „Und danke, dass du mich daran
erinnert hast, ich habe die Dinger als Kind geliebt."

„Gern geschehen", antwortete Audrey und sah dann
nach vorne zur Leinwand auf der sich in diesem Moment etwas regte. „Oh, sogar mit Werbung", bemerkte
sie schmunzelnd. „Ist das etwa Martha am Dragonfly
Lake?"

Clayton wandte den Blick ebenfalls nach vorne, dann
kniff er argwöhnisch die Augen zusammen, als er die
Bürgermeisterin erkannte. Die korpulente Dame
steckte mal wieder in ihrem roten Kostüm, doch anstelle der flachen Pumps trug sie Gummistiefel. Ihre
sonst perfekt sitzende Dauerwelle wurde durch einen
gelben Bauhelm verunstaltet, während sie mit einem
ausgezogenen Zollstock durch den Sumpf am See wa-
tete. Gleichzeitig wurde der Schriftzug „Ein Haus am
See ... Dieser Traum wird in Little Falls auch für Sie
Wirklichkeit!" eingeblendet.

Na toll, nach Marthas Überfall im B & B und ihrer Information, dass sich die Stadt an dem Projekt beteiligen
wolle, hatte er ganz vergessen, sie noch einmal auf diesen irrsinnigen Plan anzusprechen. Er wollte keine
Nachbarn. Nur leider hatte er in dieser Hinsicht nicht
viel mitzubestimmen.

Missmutig schnaufte er auf und lenkte so unbeab-
sichtigt Audreys Aufmerksamkeit zurück auf ihn. Als
er sich ihr zuwandte, konnte er beinahe sehen, wie sich
die Rädchen in ihrem Kopf bewegten.

„Es ging neulich um einen Bauplatz am Dragonfly
Lake, hab ich recht?" Die Überraschung stand ihr förmlich ins Gesicht geschrieben und auch seine Familie

wirkte ob Marthas öffentlicher Werbeaktion leicht irritiert.

„Mmh", knurrte er und wandte den Blick wieder nach vorne zur Leinwand, auf der jetzt ein gläsernes Musterhaus in 3D aufpoppte. Das verchromte Sonnendeck, das dem Wasser zugewandt war, wirkte viel zu futuristisch, erst recht für Little Falls.

Verdammt, was hatte er nur angerichtet? In so einem Glashaus würde er ganz sicher nicht leben. Er wünschte sich ein einfaches Holzhaus, gebaut mit eigenen Händen, und kein durchgestyltes Heim, in dem sich auch ein Internetmilliardär aus Malibu wohlgefühlt hätte.

Die Werbung endete so abrupt, wie sie gekommen war, im Anschluss startete direkt der Blockbuster. Na toll. Die Lust auf einen Film war ihm gehörig vergangen.

Audreys Hand, die sich nun mitfühlend um seine schloss, ließ sein Herz für einen Moment aussetzen, dann sah er sie an. In ihrem Blick erkannte er tiefstes Verständnis – ein Verständnis zwischen Bauleuten sozusagen.

„Die spinnt doch", flüsterte sie ihm zu. „So etwas passt gar nicht hier rein."

Clayton nickte nur, denn Audreys Zustimmung bedeutete ihm unendlich viel. Für einen Moment vergaß er sogar seinen Ärger über das Projekt. „Soll sie machen, was sie will. Wär ja noch schöner, wenn sie damit noch irgendwelche Snobs von außerhalb anlockt."

Audrey nickte eilig und erwiderte mit ernster Stimme. „Dieses Vorhaben weiß ich zu verhindern ...

Erinnerst du dich noch an die Unterschriftenliste von damals?"

Sofort musste Clayton lächeln als er sich an einen längst vergangenen Sommer vor 15 Jahren erinnerte. Er war damals zehn Jahre alt und zu Tode betrübt gewesen, weil man das Feld, das sie seit jeher zum Baseballspielen nutzten, in einen Parkplatz hatte umwandeln wollen. Allein Audreys Hartnäckigkeit – sie hatte weit über 500 Unterschriften gesammelt – war es zu verdanken, dass der Platz bis heute seine Daseinsberechtigung hatte und mittlerweile sogar einen Kunstrasen samt Markierung besaß.

Clayton nickte, er sah die junge Audrey mit Klemmbrett und Kugelschreiber geradezu vor sich – er hatte sie damals insgeheim für ihren Mumm bewundert. „Wie könnte ich das vergessen? Du hast es denen da oben schon als kleines Mädchen gezeigt."

Der Film war vergessen. Er konnte kaum glauben, dass sich Audrey einmal mehr für seinen Herzenswunsch einsetzen wollte. Kurz sah er sich verstohlen um. *Ach, was soll's, Publikum hin oder her.* Dann nahm er all seinen Mut zusammen und küsste sie sanft auf den Mund. Obwohl sein Puls raste und ihm sogar etwas schwindelig wurde, war dieser Kuss so unschuldig und zärtlich, wie er es noch nie zuvor erlebt hatte. Er spürte kein ungeduldiges Drängen, das allzu oft in einem schnellen Abenteuer endete – das er am nächsten Morgen bereute –, er empfand Wertschätzung und Liebe. Beinahe hatte er Angst, etwas falsch zu machen. Nur widerwillig löste er sich von ihr, dabei ließ er sie nicht aus den Augen, als suchte er in ihrem Blick nach einer Antwort, was hier gerade geschehen war.

17

Wie beflügelt schlenderte Audrey nach dem vorgestrigen Abend über die Main Street. Hatte Clayton sie tatsächlich vor aller Augen geküsst? Sie spürte seine weichen Lippen immer noch auf ihren, obwohl der Kuss nicht mehr als ein Flügelschlag gewesen war. Dafür erinnerte sie sich nur zu gut an seine Hand, die sie während der Vorstellung nicht mehr losgelassen hatte. Ihr Magen flatterte immer noch, als sie sich an die kreisenden Berührungen an ihrem Handgelenk erinnerte.

Glücklicherweise war es unter dem Kastanienbaum so dunkel gewesen, dass seine Familie nichts davon mitbekommen oder sich zumindest nichts hatte anmerken lassen. Später, als es kühler geworden war, hatte er sogar seinen Arm um sie gelegt.

Hm, waren sie jetzt ein Paar? Sie war längst aus dem Alter heraus, in dem mit Annährungsversuchen im Kino Beziehungen anfingen.

Audrey schüttelte sich. Seit Samstag Abend driftete sie immer wieder in Tagträume ab, die sich ausschließlich um Clayton drehten. Ehrlich gesagt war sie ziemlich verwirrt, sie hätte nie damit gerechnet, dass sie sich ausgerechnet in Clayton mit dem größten Ego überhaupt verlieben würde. Schnell lenkte sie ihre Aufmerksamkeit wieder auf die imaginäre To-do-Liste, die sie heute abarbeiten wollte – bei dieser Gelegenheit würde sie gleich auf Unterschriftenfang gehen. Bailey begleitete sie heute mal zur Abwechslung, denn die vielen Leckereien im B & B taten auch ihrer Fellnase nicht so gut.

Der Buchladen war ihr erster Stopp. Doch bevor sie eintrat, warf sie einen interessierten Blick auf die Auslage, die eine kleine Auswahl an Kochbüchern zeigte. Daneben hatte Josephine Einmachgläser und bunte Schürzen drapiert, die man ebenfalls passend zur Einkochzeit kaufen konnte. Erschrocken trat Audrey einen Schritt zurück, als sie die Buchhändlerin auf einmal direkt hinter der Scheibe entdeckte.

„Komm rein, meine Liebe, was stehst du da draußen rum? Und bring Bailey mit!", forderte die ältere Dame sie eilig auf, nachdem sie die Tür aufgerissen hatte.

„Hallo, Josephine." Audrey trat lächelnd ein und sah sich dann neugierig um. „Wow, dein Laden ist kaum wiederzuerkennen!"

„Nicht wahr? Aber du warst ja auch schon seit ner Ewigkeit nicht mehr hier. Wie kann ich dir helfen?"

Audrey holte die Unterschriftenliste aus ihrer Tasche und grinste Josephine an. „Zuerst einmal darfst du hier unterschreiben."

Die ältere Frau nahm ihr das Blatt aus der Hand und schmunzelte. „Du bist wieder auf Stimmenfang?"

„Genau. Es geht um das Bauprojekt am Dragonfly Lake. Tante Dorothy hat mir gesagt, dass ihr schon bei der letzten Bürgerversammlung von Claytons Plänen erfahren habt. Aber es war nie die Rede davon, das ganze so groß aufzuziehen."

Josephine nickte. „Ehrlich gesagt war ich auch ziemlich überrascht über diese Werbung. Ich habe ja nichts dagegen, wenn sich Clayton dort eine Hütte baut, ein einziges Haus wird kaum stören, aber eine ganze Siedlung?"

Sie schnappte sich einen Stift vom Verkaufstresen und setzte ihren Namen auf die Liste. „Also meine Unterschrift hast du und Jonathans auch." Mit diesen Worten unterschrieb sie für ihren Mann gleich mit, was Audrey ein Zungenschnalzen entlockte.

„Vielen Dank, euch beiden." Audrey steckte die Liste wieder zurück in die Tasche. „So, jetzt zum nächsten Punkt. Tante Dorothy fragt, wie weit Jonathan mit den beiden Holzschildern ist, die sie in Auftrag gegeben hatte."

„Die sind schon fertig und wirklich toll geworden." Josephine verschwand im Nebenzimmer und kam kurz darauf mit einem eingewickelten Bündel zurück, das sie daraufhin öffnete.

Audrey staunte nicht schlecht als sie die handgefertigten Dekoschilder sah, die Jonathan seit einiger Zeit bastelte. Angefangen hatte alles mit einem großen Aufsteller vor dem Buchladen und einem Schild für die Wurfbude, die die Schachopis am Stadtfest betrieben hatten.

„‚Dorothy's Kitchen' und ‚Porch'", las Audrey die kunstvoll verzierten Letter laut vor, dann senkte sie verschwörerisch die Stimme. „Ich habe noch einen

Spezialauftrag für Jonathan, der ist aber streng geheim, weil es eine Überraschung sein wird.“

„Ui, jetzt machst du mich aber neugierig“, antwortete Josephine mit großen Augen.

„Ich will hinterm Bed & Breakfast ebenfalls ein Schild mit der Aufschrift *Little Pond* anbringen. Allerdings in einen Fliesenspiegel eingelassen“, klärte Audrey die Buchhändlerin über ihre Pläne auf. Die kleine Mauer, die sich unweit der Liegewiese und des Badestegs befand, war wie geschaffen für ihr Vorhaben und würde mit den niedlichen Fliesen im Krabbendekor, die sie gestern im Baumarkt gekauft hatte, perfekt aussehen.

„Das hört sich toll an und ich werde Jonathan Bescheid geben, sobald er vom Schach zurück ist.“

„Danke, Josephine“, erwiderte Audrey lächelnd und drehte sich dann zum Schaufenster. „Die Einmachbücher sind toll. Davon möchte ich Tante Dorothy gerne eins mitnehmen. Sie ist ja immer auf der Suche nach neuen Kreationen um ihre Gäste zu verwöhnen.“

„Eine prima Idee. Ich steh ja total auf die Kirschmarmelade mit Schuss.“ Josephine zwinkerte Audrey verschwörerisch zu dann sah sie zu Bailey, der immer noch an der Tür stand und sehnsuchtsvoll hinausschaute. „Ich glaube, er hat die Schachopis entdeckt“, bemerkte sie schmunzelnd. „Jonathan hat mir schon erzählt, dass er in den letzten Tagen nur mit Dean auf Achse war.“

„Ja, das stimmt. Wer kann’s ihm verdenken? Larry hat ihm jeden Tag Würstchen mitgebracht, wenn sie sich im Park getroffen haben.“

„Also mir wär das auch lieber als lange Gassirunden", bemerkte Josephine und verschwand kurz darauf hinterm Tresen um abzukassieren.

„Heute kommt Bailey nicht drum herum, ich will später einen Abstecher zum Dragonfly Lake machen, wenn ich alles erledigt habe."

„Na, dann wünsch ich euch beiden viel Spaß!", erwiderte Josephine, während sie alles in eine Papiertüte packte.

„Danke, aber jetzt geht es erstmal zu Cole in den Diner", informierte Audrey die ältere Dame aufgeregt. „Ich hatte noch gar keine Zeit dazu."

Wenige Augenblicke später überquerte Audrey mit Bailey die Main Street und betrat den Diner, der sich im Gegensatz zum Buchladen kaum verändert hatte.

Cole hatte die Einrichtung komplett von seinem Großvater übernommen, selbst die gepolsterten Barhocker, die damals schon etwas abgewetzt waren, standen immer noch in Reih und Glied vor dem Tresen. Audrey fühlte sich mit einem Mal wie auf einer Zeitreise in ihre Kindheit.

„Hi, Cole!", begrüßte sie den ältesten der Cassidy-Brüder lächelnd.

„Oh, hi Audrey. Schön, dass du auch mal vorbeischaust!" Cole stützte sich mit den Händen am Tresen ab und sah sie amüsiert an. „Gab es im B & B heute kein Frühstück?"

Lachend schüttelte Audrey den Kopf. „Doch, wie könnte ich mir das entgehen lassen, aber das ist mittlerweile drei Stunden her und mir knurrt schon wieder der Magen. Außerdem gibt es bei Tante Dorothy keinen French Toast, den bekomme ich nur hier."

Cole nickte ihr erfreut zu, steckte seinen Kopf kurz in die Küche um die Bestellung an Ricky seinen Mitarbeiter weiterzugeben und drehte sich dann grinsend zu ihr. „Du und Clayton seid vorgestern zusammengesessen und ihr habt euch nicht die Köpfe eingeschlagen. Hab ich irgendwas verpasst?"

Sofort lief Audrey rot an und fragte sich, wie viel Cole am Kinoabend mitbekommen hatte. Von seinem Platz aus vermutlich nicht viel, erst recht nicht, dass sein Bruder sie geküsst hatte.

„Ähm, na ja, wir mussten uns in den letzten Tagen ja zwangsläufig zusammenraufen", wich sie aus. „Außerdem war jeder dort, oder nicht?"

Schnell zog sie die Liste aus ihrer Handtasche, schob sie über den Tresen und strahlte ihn an. „Unterschreibe lieber hier drauf, anstatt mich zu verhören."

„Gott sei Dank kümmert sich jemand darum. Ich war von Anfang an gegen dieses Projekt!" Eilig setzte Cole zwei Unterschriften auf die Liste und Audrey fragte sich für einen Moment, ob es hier normal war, dass jeder für seinen Partner mitentschied. Na, ihr konnte es recht sein, so wäre sie schneller durch.

„Du warst von Anfang an dagegen?", fragte sie neugierig.

Cole gab einen knurrenden Laut von sich. „Ich finde nur, dass man diesen Teil einfach als Naturschutzgebiet belassen sollte. Wenn sich dort jeder niederlässt, ist es mit der unberührten Natur bald vorbei. Genauso mit dem ungestörten Angeln."

„Gut, dass du das erwähnst!" Audrey kritzelte eine Notiz auf ihre Serviette. „*Gefährdeter Fischbestand.* Diese Info wird mir beim Argumentieren helfen." Sie legte nachdenklich den Kopf schief. „Hm, noch irgendwelche Tiere? Wie wär's mit Waschbären oder Stinktieren?"

„Puh, gesehen habe ich noch keine, aber da fragst du am besten meinen Grandpa, der kann dir bestimmt Auskunft geben."

„Alles klar", erwiderte Audrey lächelnd und sah dann überrascht an Cole vorbei. „Oh, mein French Toast ist schon fertig."

Cole drehte sich zu Ricky, der den Teller in diesem Moment durch die Durchreiche schob und nahm ihn entgegen. Mit einem Lächeln servierte er Audrey ihr Essen. „Guten Appetit ... und der Toast geht aufs Haus."

„Vielen Dank! Mmh, wie lecker das duftet!" Audrey schnappte sich Messer und Gabel, dann kostete sie von dem dreistöckigen French Toast mit Ahornsirup und Blaubeeren.

„Aber mich würde ja schon interessieren, warum dir so viel an dieser Sache liegt", unterbrach Cole sie nach einiger Zeit nachdenklich.

Überrascht sah Audrey auf, ehe sie mit bebender Stimme antwortete: „Es ist einfach so, dass ich Little Falls etwas zurückgeben möchte. Ich habe hier einen Großteil meiner Kindheit verbracht und ihr seid schon fast wie Familie für mich."

Sie erinnerte sich an ihre erste Unterschriftenaktion vor vielen Jahren. Es hatte ihr das Herz gebrochen, die Cassidy-Brüder so traurig zu sehen.

Cole verzog den Mund zu einem Lächeln. „Dank dir gibt es unseren Baseballacker noch heute."

Audrey grinste. „Ihr drei hattet ja alle keine Eier in der Hose und viel zu viel Respekt vor dem damaligen Bürgermeister. Irgendjemand musste was unternehmen.“

„Da hast du recht. Hoffen wir, dass es dieses Mal auch funktioniert. Gib mir mal die Liste und genieß weiter deinen French Toast. In der Zwischenzeit werde ich hier im Diner weitere Unterschriften einsammeln.“ Cole zwinkerte ihr zu und verließ kurz darauf mit der Liste in der Hand seinen Posten hinterm Tresen.

Bei dieser Aktion ging es ihr aber vielmehr um Clayton, wie sie sich zwischen zwei Bissen Toast mit Ahornsirup eingestehen musste. Sie wollte, dass er glücklich war. Beim Gedanken an ihn musste sie sofort lächeln. Ob er wohl auch immerzu an ihren Kuss denken musste? Was wäre gewesen, wenn er sie nach der Vorstellung nach Hause begleitet hätte – allein? Aber sie waren zu keinem Zeitpunkt alleine gewesen.

„Fünfzehn weitere Unterschriften“, jubelte Cole, der einige Minuten später zum Tresen zurückkehrte. „Ich verschwind mal eben im Büro und zieh mir ne Kopie, so kann jeder, der hier vorbei kommt unterschreiben.“

„Tolle Idee! Dass ich da nicht selbst draufgekommen bin.“ Audrey schmunzelte. Es war zu offensichtlich, dass auch er dieses Vorhaben mit aller Gewalt verhindern wollte. Cole stürmte die Treppen hinauf, wo sich allem Anschein nach immer noch das Büro befand. Mittlerweile musste es im Stockwerk über dem Diner ziemlich leer sein, jetzt wo Cole und Jenna ausgezogen waren.

Die Lorbeerrose!, fiel es ihr plötzlich wieder ein. Sie durfte morgen, wenn sie ihre Freundin besuchte auf gar keinen Fall den Ableger vergessen, den Onkel Dean vorbereitet hatte. Es war quasi eine Überraschung zum Einzug, eine sentimentale Erinnerung an Jennas Grandpa George, der diesen Strauch vor vielen Jahren gemeinsam mit Dean am B & B eingepflanzt hatte.

Sie fügte diesen Punkt ihrer imaginären To-do-Liste hinzu und übertrug diese sicherheitshalber auf die Serviette, die immer noch vor ihr lag. Zu den Stichworten Fischbestand, Waschbären und Stinktiere kamen noch ‚Larry zur Tierwelt befragen‘ und ‚Lorbeerrose nicht vergessen‘ hinzu.

Höchst zufrieden steckte sie die Serviette in ihre Handtasche und kratzte die letzten Reste ihres French Toasts zusammen, während Bailey sie bettelnd ansah. „Nein, mein Guter, du bist den restlichen Tag auf Diät. Ich hab doch heute morgen gesehen, wie dich Tante Dorothy wieder mit Speck gefüttert hat.“

„Was würde ich nur für so ein Hundeleben geben“, bemerkte Chase amüsiert, der gerade den Diner betreten hatte und sich jetzt ebenfalls an den Tresen setzte.

„Oh, hallo, Chase!“, begrüßte Audrey den jüngsten Cassidy-Spross, ehe sie mit einem Grinsen fragte: „Und, gab es noch irgendwelche Zwischenfälle?“

Dieser winkte mit der Hand ab. „Hör mir auf, Martha hat mal wieder maßlos übertrieben. Es gab weder Gedränge vor dem Popcornstand noch einen umgeschmissenen Klappstuhl. Ich hätte den Abend genauso gut mit euch verbringen können anstatt auf diesem peinlichen Hochsitz, den sie angeschleppt hat. Ich kam mir vor wie ein Bademeister in Polizeiuniform.“

Audrey musterte Chase, der sich seit ihrem letzten Besuch in Little Falls zu einem attraktiven jungen Mann entwickelt hatte. „Das sah tatsächlich etwas merkwürdig aus, aber so hattest du immerhin einen guten Überblick über alles."

„Pah, soll sie beim nächsten Open-Air-Kino selbst raufklettern, da nehme ich mir einfach frei", maulte Chase.

„Oh, das Huhn auf der Leiter ist hier", bemerkte Cole lachend, als er die Treppe herunterkam. „Als Staatsdiener bist du aber auch vor nichts gefeit. Besonders nicht vor Marthas verrückten Einfällen – und die nehmen in letzter Zeit Überhand."

Er legte ihm die Liste hin. „Du kommst genau richtig zum Unterschreiben."

„Nichts lieber als das", erwiderte Chase, nachdem er das Blatt kurz überflogen hatte. „Ihr Film ist mir auch sauer aufgestoßen." Er schnappte sich den Kugelschreiber vom Tresen und setzte eilig seine Unterschrift

darunter. „Nicht dass sie für ihr Schickimicki-Projekt noch eine Patrouille abbestellen will – ohne mich."

„Hm, da könntest du gar nicht mal so unrecht haben. Der See liegt fernab vom Schuss ... Nicht zu vergessen die vielen wilden Tiere", bemerkte Audrey nachdenklich.

„Ziemlich viel Natur im Gegensatz zu Chicago", stellte Cole lächelnd fest und nickte dann zum Fenster. „Auch Bailey scheint sich hier wohlzufühlen."

Audrey drehte sich um und entdeckte Bailey an der Fensterfront, wo er gerade vom Pfarrer mit Rührei gefüttert wurde. Ungläubig schüttelte sie den Kopf und drehte sich wieder zu den Brüdern. „Ich glaube, es wird schwierig, ihn hier wieder wegzubekommen."

„Und was ist mit dir? Hast du nicht mal mit dem Gedanken gespielt nach Little Falls zu ziehen?", fragte Chase nun mit wackelnden Augenbrauen.

Hatte er von seinem Hochsitz etwa mitbekommen, wie Clayton und sie sich geküsst hatten?

Audrey verzog kurz den Mund, dann antwortete sie: „Als Kind habe ich davon geträumt hier zu leben, wahrscheinlich habe ich deswegen so viel Zeit bei Tante Dorothy verbracht. Aber jetzt?" Sie musste zugeben, dass sie sich die Frage als Erwachsene noch nie wirklich gestellt hatte. Schließlich war es ein Unterschied, hier Urlaub zu machen oder hier zu arbeiten. „Ich habe mir in Chicago einen großen Kundenstamm aufgebaut", fuhr sie daher fort. „Hier müsste ich wieder bei null anfangen."

„Ja, das stimmt, allerdings gibt es auch ein Privatleben", bohrte Chase weiter. „Hast du in Chicago einen Freund?"

„Hallo, wird das hier etwa ein Verhör?", fragte sie, um Zeit zu schinden, denn der jüngste Cassidy-Spross machte sie mit diesem unnachgiebigen Cop-Blick auf einmal sehr nervös.

„Was denn, ich bin nur neugierig", erwiderte Chase achselzuckend.

Für einen Moment fragte sich Audrey, ob er sie vielleicht für Clayton ausspionierte. Es war schon damals vorgekommen, dass Clayton lieber seinen kleinen Bruder vorgeschickt hatte. Nur war es damals nicht um ihren Beziehungsstatus sondern um die Leckereien in Tante Dorothys Speisekammer gegangen.

„Nein, ich habe im Moment keinen Freund. Genau genommen habe ich mit der Männerwelt abgeschlossen."

Unbehaglich wand sich Audrey auf ihrem Stuhl, dann rief sie Bailey zu sich, der glücklicherweise sofort kam. Sie schnappte sich die Unterschriftenliste vom Tresen, stopfte sie eilig in die Tasche und griff nach der Papiertüte vom Buchladen. „Danke fürs Essen, Cole!“

„Sehr gerne, Audrey“, erwiderte dieser und sah dann unsicher zu seinem Bruder, der nur hilflos die Hände hob.

Mit den Worten „Tschüss, ihr beiden“ sprang sie vom Barhocker und verließ eilig den Diner. Auch wenn ihr Abgang mehr als merkwürdig aussehen musste, lief sie weiter und wagte es nicht, sich umzudrehen. Niemand musste wissen, welch dramatisches Ende ihre Beziehung genommen hatte, nachdem sie den Umstyling-Gutschein in tausend Stücke zerfetzt hatte – ihr Ex hatte sie kurzerhand gegen ein Möchtegernmodel ausgetauscht.

18

Larry

„Oh, schaut mal, dort drüben sind Audrey und Bailey!", bemerkte Larry schmunzelnd, als er sie vor dem Buchladen entdeckte.

„Ja, Audrey wollte heute ein paar Kleinigkeiten erledigen und anschließend einen langen Spaziergang mit Bailey unternehmen." Auf Deans Gesicht breitete sich ein liebevolles Lächeln aus, als er über seine Nichte sprach. „Sie findet, dass wir ihn im B & B und während unserer Schachpartien zu sehr verwöhnen und man es schon auf seinen Rippen sieht."

„Das hat sie gesagt?", fragte Eugene und verzog dabei mitfühlend das Gesicht. „Armer Bailey, dann habe ich den Kauknochen hier wohl umsonst mitgebracht." Er klopfte auf ein eingepacktes Bündel, das neben ihm auf der Bank lag und über dessen Inhalt sich Larry schon die ganze Zeit gewundert hatte.

Sein Blick fiel auf seine Herrenhandtasche, die ebenfalls eine kleine Ration Leckerlis bereithielt. Audrey hatte recht. Vielleicht hatten sie es mit den Snacks in den letzten Tagen wirklich etwas übertrieben.

„Daheim in Chicago unternehmen sie täglich lange Strandspaziergänge und er bekommt rationiertes Essen. Nicht so wie hier, wo ihm an jeder Ecke jemand was zusteckt", informierte Dean seine Freunde. „Sie wird am besten wissen, was ihm guttut."

Eugene nickte zustimmend. „Aber ich vermisse den kleinen Strolch schon jetzt! Vielleicht kommt er ja morgen wieder mit ... Dann kann ich ihm den Knochen geben. Da ist auch kein getrockneter Bacon dran, also alles sehr figurfreundlich."

„Apropos Knochen", mischte sich Jonathan lachend ein. „Habt ihr mittlerweile ein neues Halloweenskelett besorgt, Dean?"

„Gut, dass du mich erinnerst, ehrlich gesagt hatten wir noch gar keine Zeit dazu."

„Dann legt bei eurem nächsten Besuch in New Haven einfach einen Stopp in diesem Superstore ein. Dort gibt es alles, was man an Deko braucht." Jonathan zwinkerte Dean zu, anschließend stellte er seine Schachfiguren auf dem Brett auf.

Dean lachte laut. „Danke für den Tipp, aber ob das so eine gute Idee ist? Unser B & B sieht zu den Festtagen selbst aus wie ein Deko-Superstore, besonders zu Weihnachten."

Das konnte Larry ohne Zweifel bestätigen. Kein Gebäude in Little Falls erstrahlte zur Weihnachtszeit prachtvoller als das Bed & Breakfast, in dem auch das alljährliche Weihnachtsfest der Senioren stattfand. Beim Gedanken an ihre letzte Feier musste Larry schmunzeln, denn Eugene und Martha waren zu diesem Event im Partnerlook erschienen – grellgrüne Strickpullis mit blinkenden Alligatoren darauf, die

Eugene von ihrem Floridatrip mitgebracht hatte. Natürlich hatten die beiden mit ihren geschmacklosen Pullis den ersten Platz des Ugly-Christmas-Sweater-Contests gemacht.

„Huhu, ihr Lieben!", holte ihn Martha, die gerade hinter dem Pavillon auftauchte und eilig auf sie zukam, mit fröhlicher Stimme aus den Gedanken. Kein gutes Zeichen, Martha störte sie für gewöhnlich nie während einer Partie. Ihm schwante Böses.

Argwöhnisch kniff er die Augen zusammen, denn dieser Auftritt erinnerte ihn so sehr an letzten Herbst, als Martha sie mit einer Spezialaufgabe fürs Jubiläumsfest überfallen hatte. Die Blicke der anderen Männer sagten ihm, dass ihnen in diesem Moment wohl dasselbe durch den Kopf ging.

„Hach, wie schön ihr hier immer zusammensitzt. Einfach herrlich." Sie drehte sich einmal um die eigene Achse, dann fragte sie überrascht: „Ist Bailey heute nicht dabei?" Ohne eine Antwort abzuwarten, hob sie in ihrer typischen Geste die Hand. „Das neue Maskottchen des Schachclubs.'"

„Leider nein, mein Hönigtöpfchen, du kannst den Knochen also gleich mitnehmen.'"

Martha klappte für einen Moment der Mund auf, was ihr Doppelkinn zum Beben brachte, dann erwiderte sie beinahe verlegen: „Also deswegen bin ich nicht hier, mein Lieber.'"

„Lass mich raten, wegen des Erdbeerfests?" Jonathan hob eine Augenbraue und sah die Bürgermeisterin abwartend an.

„Ist das so offensichtlich?" Die Dame im roten Hosenanzug legte sich peinlich berührt eine Hand auf die

Brust und schaute Hilfe suchend zu ihrem Ehemann Eugene, der davon jedoch nichts mitbekam. Der ältere Herr hatte den Kauknochen zwischenzeitlich aus dem Papier gewickelt und besah sich diesen interessiert.

„Geht es wieder um eine Spielestation für Kinder?", fragte Larry und spielte damit auf das letzte Stadtfest an.

„So ähnlich." Martha kicherte. „Vielleicht können wir dieses Jahr zum ersten Mal ein Kuchenwettessen organisieren. Ich würde dazu kleine Erdbeertartes in der Bäckerei bestellen und ihr müsstet das Ganze lediglich beaufsichtigen – damit auch alles mit rechten Dingen zugeht."

Erleichtert atmete Larry auf. Ok, damit konnte er leben. Doch er hatte sich zu früh gefreut, denn Martha war mit ihrem Vortrag noch nicht fertig.

„Vielleicht könnt ihr für diesen Spaß eine lange Tafel bauen. Hm, sagen wir zehn Meter? Dann können sich die Teilnehmer nebeneinander aufreihen wenn sie ihre Törtchen – selbstverständlich freihändig – verschlingen." Erwartungsvoll schaute sie in die Runde.

Es war Dean, der sich als Erster dazu äußerte. „Das wird aber eine ganz schön lange Tafel. Oder wir stellen einfach mehrere Klapptische nebeneinander, geht doch genauso gut."

Martha verzog zweifelnd das Gesicht. „Hm, ich weiß nicht und klingt auch irgendwie langweilig."

In diesem Punkt musste Larry der Bürgermeisterin recht geben. Er ließ sie noch für einen Moment zappeln, ehe er mit seiner Idee herausrückte. „Wie wär's mit einem Tisch, den wir fest im Park installieren?

Diesen könnte man auch unterjährig für andere Veranstaltungen nutzen."

Nachdenklich verzog Martha den Mund, dann leuchteten ihr Augen auf. „Eine wundervolle Idee!" Sie hob die Hand als sähe sie das Bild bereits vor sich. „Oder als Festtafel für ein großes Familienpicknick im Park."

„Das klingt so aufregend und dekadent. Also, ich melde mich freiwillig für den Nudelsalat!" Eugene sah erwartungsvoll in die Runde, doch die Begeisterung seiner Freunde hielt sich sichtlich in Grenzen. „Oder wir veranstalten dort im Sommer ein Grillfest!"

Larry schmunzelte, mittlerweile konnte er nicht mehr mitzählen, wie viele solcher Veranstaltungen es in Little Falls gab – und es wurden von Jahr zu Jahr mehr. Das Stadtfest im Herbst, das seit dem Gründungsjahr 1771 jährlich gefeiert wurde, die Halloween-Party und das Waffelfest im B & B, die Seniorenweihnachtsfeier, das Erdbeerfest und seit Kurzem wieder das Open-Air-Kino im Park – nicht zu vergessen die Veranstaltungen, die regelmäßig im Buchladen stattfanden. Fehlte nur noch, dass sie irgendeine seltene Blume prämierten oder dem lautesten Gockel der Stadt einen eigenen Feiertag widmeten.

„Man könnte diese Tafel zuerst für das Wettessen nutzen und im Anschluss für den Kuchenwettbewerb", bemerkte Jonathan. „So muss nicht jeder seinen eigenen Klapptisch mitbringen."

„Ja, du hast recht, und die Kuchen sind alle auf einer Höhe. Nach dem Debakel im letzten Jahr wird das wohl das Vernünftigste sein." Martha legte sich die Hand auf die Brust und verzog zerknirscht das Gesicht.

Jetzt fiel es auch Larry wieder ein. Zwischen zwei Teilnehmerinnen war ein hitziger Streit entbrannt, weil einer der beiden Tische kleiner gewesen war. Genaugenommen um zwanzig Zentimeter, wie Chase nach seiner ersten Bestandsaufnahme hatte feststellen müssen. Die schlechte Verliererin hatte dies als plausiblen Grund für ihre Niederlage gesehen und keinen Moment daran gezweifelt, dass der letzte Platz eventuell etwas mit ihren mangelnden Backkünsten zutun haben könnte.

„Ich rede später mal mit Logan, der hat das Lager wie immer voll mit Holz", informierte Larry sie mit einem Lächeln.

„Du bist ein Schatz, Larry! Hach, ich bin schon so aufgeregt und die Idee mit dem Grillfest kommt auf die Liste für die nächste Bürgerversammlung. Ich sehe das Bild schon vor mir. Ein gemütliches Barbecue, Picknickdecken auf dem Rasen, der Duft von saftigen Spare-ribs liegt in der Luft und die Kinder knabbern an Maiskolben."

Ok, Martha war wirklich gut darin, selbst ihm ein klares Bild zu zeichnen. Fehlten nur noch ein paar Urenkel, die ihn auf Trab hielten. Wer weiß, vielleicht planten Cole und Jenna auch schon Nachwuchs?

„Na komm, gib den Knochen schon her", forderte Martha ihren Mann auf. „Ich geh jetzt nach Hause. Oder du gibst ihn später Dean mit."

„Nein, dann weiß Bailey doch nicht, dass er von mir ist!", protestierte Eugene, während er den Kauknochen wieder in das Papier wickelte.

Amüsiert sah Larry zwischen den beiden hin und her, denn Eugene hatte erst vor Kurzem seine Angst vor

Hunden verloren – dank Bailey. Nun wollte er mit dem Kauknochen weiter Vertrauen aufbauen und dem Vierbeiner signalisieren, dass er harmlos war.

Martha rollte mit den Augen. „Ich höre nur noch Bailey hier, Bailey da. Tinky wird schon ganz eifersüchtig."

„Tinky ist die Rathauskatze und gehört zu dir", entgegnete Eugene beleidigt. „Außerdem kann sie mich nicht ausstehen." Er überreichte seiner Frau das eingewickelte Bündel, das an die dreißig Zentimeter maß.

„Papperlapapp, Tinky ist handzahm, sie verteidigt nur ihr Revier", erwiderte Martha lachend.

„Dean kann es bezeugen! Sie hat mich angesprungen, als ich die Rathaustreppe hochkam, mitten ins Gesicht, und das macht sie nur wenn du nicht dabei bist. Sehr heimtückisch von ihr."

„Da muss ich Eugene recht geben", mischte sich Dean ein. „Mich kann sie auch nicht leiden."

„Was vielmehr daran liegt, dass du sie von den Hortensienbüschen weggejagt hast", erwiderte Jonathan trocken.

Dean hob abwehrend die Hände. „Die Hortensien am Pavillon sind tabu. Soll sie ihr Geschäft sonst wo machen und buddeln, aber nicht dort."

„Huch, na dann werde ich wohl ein ernstes Wörtchen mit Tinky sprechen müssen." Martha verzog den Mund.

Dessen war sich Larry sicher, denn der Pavillon mit seiner neuen Bepflanzung war das Aushängeschild von Little Falls und Marthas ganzer Stolz.

„Am besten erledige ich das sofort. Tschühüs, die Männer!" Martha machte auf dem Absatz kehrt und eilte über den Rasen in südliche Richtung, wo sich das Rathaus befand.

„Lasst uns endlich anfangen." Larry klappte seinen alten Schachkasten aus Mahagoniholz auf und positionierte die Figuren auf dem Brett. Das Spiel war ein Geschenk seiner lieben Emilia gewesen und weckte sogleich bittersüße Erinnerungen an seine verstorbene Frau. Früher hatte er oft mit ihr eine Partie Schach gespielt, auch wenn sie überhaupt kein Talent dafür besessen hatte. Was hätte er dafür gegeben, sie noch einmal gewinnen zu lassen oder mit ihr auf eines der bevorstehenden Feste in Little Falls zu gehen. So ein Grillfest hätte ihr sicher gefallen. Bestimmt hätte sie dafür eigens ihren berühmt berüchtigten Krautsalat beigesteuert, den es immer noch im Diner zu bestellen gab. Schwermut breitete sich in ihm aus, denn ihr Verlust schmerzte ihn noch so sehr wie am ersten Tag. Besonders seine Abstecher in den Diner erinnerten ihn immerzu an ihre schöne Zeit, als sie das Restaurant damals gemeinsam geführt hatten.

„Larry, alles klar?" Dean holte ihn aus seinen Erinnerungen.

„Mmh, musste nur eben an Emilia denken", antwortete Larry mit verklärtem Blick. „Den Schachkasten hat sie mir zur Silberhochzeit geschenkt."

„Oh, das wusste ich nicht." Eugene legte ihm betrübt die Hand auf den Rücken.

Larry nickte nur, denn er wusste, dass auch seine Freunde sie vermissten. Sie waren allesamt eine eingeschworene Gruppe gewesen.

„Und ich habe mich all die Jahre gefragt, woher du das schmucke Teil hast ... Jetzt weiß ich, warum du beim

Schachspiel immer so viel Glück hast." Jonathan zwinkerte ihm frech zu.

„Glück? Das ist vielmehr jahrelanges Training", erwiderte Larry mit einem Lachen, in das die Männer miteinfielen.

„Könnt ihr euch noch erinnern, als Emilia den ersten Platz beim Kuchenwettbewerb gemacht hat?", wechselte Dean das Thema.

„O ja, wie könnte ich das vergessen! Sie war so stolz auf ihren Pokal. Wenn ich mich recht erinnere, waren damals noch alle Kuchen beim Wettbewerb zugelassen – nicht nur Erdbeersorten. Sie hat ihren berüchtigten Apfelkuchen gemacht, den wir später auch im Diner aufgenommen haben."

„Der war himmlisch. Hast du davon vielleicht ein Rezept?", hakte Eugene nach, der damals jeden Sonntag auf ein Stück Kuchen vorbeigekommen war.

„Bestimmt in ihrem alten Rezeptbuch. Ich werde heute Abend direkt auf die Suche gehen." Larry verzog nachdenklich die Stirn. Es war schon ein seltsamer Zufall, dass Emilias Kuchen innerhalb kürzester Zeit gleich zweimal zum Gesprächsthema geworden war. Vielleicht wurde es höchste Zeit für ihn, sich selbst an einem Kuchen zu versuchen. Er hatte mehrere Jahre einen Diner geführt, also konnte er sich in der Küche doch gar nicht so schlecht anstellen.

***

Als Larry zwei Stunden später nach Hause zurückkehrte, führte ihn sein erster Weg in sein eigenes Zimmer, das er im Haus seiner Tochter bewohnte. Es war ein geräumiger, lichtdurchfluteter Raum im hinteren Teil des weitläufigen Farmhauses mit Blick auf den Garten. Er musste nicht lange suchen, bis er das Kochbuch zwischen seinen Krimis ausgemacht hatte. Nach Emilias Tod hatte er nur einen Teil der Bücher mit in sein neues Zuhause genommen und den Rest der örtlichen Bücherei überlassen. Seitdem hatte er ehrlich gesagt nicht mehr an das Kochbuch gedacht und es war in Vergessenheit geraten. Mit einem sentimentalen Lächeln zog er es heraus. Beim Anblick des alten Einbandes, der schon ziemlich mitgenommen aussah und ihm so vertraut war, stiegen heiße Tränen in ihm auf. All die Jahre hatte dieses Buch hinter dem Tresen im Diner seinen Platz gehabt, damit Emilia ihre Kuchenrezepte stets griffbereit zur Hand hatte. Vorsichtig strich er mit der flachen Hand über den Buchdeckel, als handelte es sich dabei um etwas sehr Wertvolles. Erst jetzt fiel ihm auf, dass auf der Hülle Hortensien abgedruckt waren. Schmunzelnd schüttelte er den Kopf. Was hatten die Frauen von Little Falls nur alle mit diesen Pflanzen?

Larry lief mit dem Buch hinüber zum Fenster, vor dem sich ein gepolsterter Ohrensessel befand. Nachdem er es sich gemütlich gemacht hatte, schlug er das Buch auf. Bei dem ersten Rezept ging es um einfache Brownies, die bei seinen Enkelsöhnen sehr beliebt gewesen waren. Damals hatten sie die kleinen Gebäckstücke noch selbst produziert und nicht bei der Bäckerei bestellt.

Eilig blätterte Larry weiter, bis er den Apfelkuchen gefunden hatte. Bingo. Doch die lange Zutatenliste und die Beschreibung, die über zwei Seiten ging, ließ seinen Mut kurz sinken. Diese Torte bestand aus mehreren

Schichten, darunter zwei Böden, der obere mit einer Baiserhaube obenauf, und dazwischen die Füllung, die aus einer Schicht Sahne und einer Schicht selbst gemachtem Apfelkompott bestand. Kein Wunder, dass

Emilia damit den ersten Platz gemacht hatte. Diese Torte war etwas Besonderes und war auch nur einmal die Woche – sonntags – im Diner angeboten worden, da sie von der Herstellung zu aufwändig war.

Larry verzog nachdenklich den Mund, dann nickte er. Mehr als schiefgehen konnte es nicht … Seine Familie würde aus allen Wolken fallen, wenn er sie damit überraschte. Vielleicht konnte er so auch Cole überzeugen, den Kuchen wieder sonntags im Diner anzubieten … oder, noch besser, Jenna fragen, ob vielleicht die Bäckerei Interesse daran hätte, ihn zu verkaufen. Francis, davon war er überzeugt, hätte er auf jeden Fall auf seiner Seite.

Höchst zufrieden legte er das Buch auf dem Tischchen neben dem Sessel ab und sah hinaus in den Garten, dabei überschlug er grob, wie viele Stückchen der Kuchen hergeben musste, damit es auch für die Gang reichte. Seine Freunde würden es ihm sicher übelnehmen, wenn er ihnen nicht wenigstens eine kleine Kostprobe abzwackte. Larry kicherte verhalten, nun war er also auch so einer geworden, der alte Traditionen der Nostalgie wegen wieder aufleben ließ.

19

Clayton

Clayton konnte nicht behaupten, dass es ihn groß gestört hätte, das Poolhaus-Projekt nicht selbst fertigstellen zu können. Ehrlich gesagt war er sogar ziemlich erleichtert, dass er nicht noch einmal nach Stamford hinausfahren und vor allem Tiffany gegenübertreten musste. Schließlich war sie allein schuld daran, dass er sich verletzt hatte und nun für einige Tage ausfiel.

„Ich war schon seit ner Ewigkeit nicht mehr in Stamford und Donny hat mir schon von dem Imbiss am Strand erzählt", bemerkte sein Dad mit einem Lächeln und schien sich tatsächlich über die Abwechslung zu freuen. Seit er mit der Herstellung von maßgefertigten Möbeln angefangen hatte, verbrachte er seinen Arbeitstag fast nur noch in der Werkstatt.

Clayton grinste seinen Dad an. „Ja, am besten verbringt ihr die Mittagspause am Strand, Tiffany ist unmöglich."

„Du hattest was mit ihr, hab ich recht?" Sein Dad sah ihn mit hochgezogener Augenbraue an.

„Was? Nein!" Nach einem kurzen Zögern klärte er ihn auf. „Es war nur ein harmloser Flirt in einem Club und seitdem stalkt sie mich." Dass sie auf der Tanzfläche auch ein wenig geknutscht hatten, musste sein alter Herr ja nicht wissen. Wie auf Kommando vibrierte sein Handy, das vor ihm auf dem Schreibtisch lag. „Da, ich sag's doch. Stalkerin."

Logan schüttelte amüsiert den Kopf. „Vielleicht solltest du den Damen keine Hoffnungen machen, wenn du kein ernsthaftes Interesse an ihnen hast ... Ja, ich weiß, dein Charme."

Clayton schnitt eine Grimasse. War ja klar, dass sein Dad ihn deswegen aufzog.

„Aber danke, dass du mich aufgeklärt hast, nur für den Fall, dass ihr Dad mich auf irgendwas anspricht. Bis später, Clayton!" Logan verließ gut gelaunt das Büro und Clayton verfolgte durch die Fensterscheibe, wie sein Dad Donny begrüßte, der mittlerweile eingetroffen war und neben dem Pick-up wartete. Er hob zum Gruß kurz die Hand und wandte sich dann wieder den Plänen und Marthas Schreiben zu.

Zwischenzeitlich hatte er mitbekommen, dass Audrey eine Unterschriftenaktion gestartet hatte, um den Bau zu verhindern. Er war aus allen Wolken gefallen und hatte sich mehr als einmal gefragt, ob sie das alles nur für ihn tat oder für die Allgemeinheit. Die erste Version ließ sein Herz aufgeregt hüpfen. Er konnte sich nicht erinnern, dass eine Frau jemals etwas Schöneres für ihn getan hätte.

Automatisch wanderten seine Gedanken zum Wochenende und dem Kinobesuch. Nie hätte er gedacht, dass ausgerechnet Audrey die Frau sein würde, mit der er vor seinen Eltern Händchen halten würde. Erst recht nicht nach ihren kindischen Streitereien.

„Was sich liebt, das neckt sich", hatte seine Grandma immer mit verheißungsvoller Stimme gesagt. Vielleicht war an diesem Spruch doch etwas Wahres dran. Sie hatten sich nicht nur geneckt, sondern auch genervt, reingelegt, gestritten ... Ein Schmunzeln breitete sich auf seinem Gesicht aus, denn Audrey hatte ihm immer die Stirn geboten, im Gegensatz zu den anderen Mädchen, die ihn stets gelangweilt hatten.

Sein Blick fiel auf den Gemarkungsplan von Little Falls, auf dem der Dragonfly Lake mit seiner Größe auffällig hervorstach. Laut Marthas Werbefilm wäre hier ausreichend Platz für zwanzig Häuser. Clayton schnaufte laut auf. Zwei Häuser wären schon zu viel, erst recht in diesem futuristischen Design. Was um Himmels willen hatte Martha nur geritten? Da er wusste, dass sie ihrer Stadt nie wissentlich Schaden zufügen würde, konnte es sich nur um eine ihrer verrückten Ideen handeln.

Clayton schnappte sich die Rolle mit den Plänen fürs Haus, die er gestern Abend fertiggestellt hatte. Unabhängig davon, ob er tatsächlich am Dragonfly Lake bauen würde oder anderswo, hatte er schon seine genauen Vorstellungen.

Wie gerne hätte er Audrey um ihren Rat gefragt. Er konnte sich einfach nicht entscheiden, ob er nur eine rückwärtige Veranda wollte oder auch eine vor dem Haus. Den ersten Kaffee am Morgen würde er auf jeden Fall mit Blick auf den See genießen. Ob Audrey ihren Kaffee heute auch auf der Veranda im B & B getrunken und anschließend eine Runde mit Bailey gedreht hatte?

Er konnte sich heute einfach auf nichts konzentrieren, genau genommen konnte er sich seit drei Tagen auf nichts anderes mehr als Audrey konzentrieren. Allein der Gedanke an ihre Lippen löste ein angenehmes Ziehen in sein Lenden aus, dabei war es nicht einmal ein richtiger Kuss gewesen. Es war vielmehr ein Kuss gewesen, wie ihn Zwölfjährige heimlich auf dem Schulhof austauschten – das konnte er eindeutig besser.

***

Ein zaghaftes Klopfen an der Bürotür kurz vor seiner Mittagspause ließ ihn überrascht herumfahren und sein Gesicht freudig aufleuchten. Vielleicht war es Audrey, die auf einen Sprung vorbeikam, weil sie ihn ebenfalls vermisste.

Clayton stand auf und öffnete die Tür, dann entgleisten ihm die Gesichtszüge.

„Hi, Clayton, lass dich ansehen. Ich hatte ja keine Ahnung, dass du dich ernsthaft verletzt hast. Dein Dad meinte, dass du mehrere Tage ausfallen wirst." Mit besorgter Miene rauschte Tiffany ins Büro und nahm wie selbstverständlich am Schreibtisch Platz.

Für einen Moment starrte Clayton ihr hilflos hinterher, ehe er antwortete. „Genau, und du bist extra hergefahren um nach mir zu schauen?"

„Aber natürlich. Ich habe so ein schlechtes Gewissen. Wir hätten euch nicht beim Arbeiten stören sollen." Tiffany klimperte schuldbewusst mit den Wimpern und stand wieder auf, um kurz darauf seine Schultern zu massieren. „Wie kann ich das nur wiedergutmachen?"

Clayton verkrampfte sich unter ihrer Berührung. Am liebsten hätte er geantwortet: „Indem du mich einfach in Ruhe lässt“, wahrscheinlich war Klartext die einzige Sprache, die sie verstand.

„Tiffany, ich denke, es ist besser, wenn du jetzt gehst.“

Auf ihrem Gesicht breitete sich ein wissendes Lächeln aus. „Warum, macht dich das scharf?“ Ihre manikürten Hände glitten weiter hinauf zu seinem Nacken.

„Hör auf damit“, herrschte er sie an und sorgte blitzschnell für einen ausreichenden Sicherheitsabstand, ehe er mit versöhnlicher Stimme fortfuhr. „Tiffany, es tut mir leid, wenn du da etwas falsch verstanden hast, aber ich habe kein Interesse an einer Beziehung.“

Tiffany zog einen Schmollmund. „Hm, wirklich schade, vielleicht können wir trotzdem etwas Spaß miteinander haben ... dazu braucht es keine Beziehung.“ Sie hob fragend eine Augenbraue.

Clayton war mit seinem Latein am Ende. Die Frau kapierte einfach gar nichts, am besten war es wohl, sie hochkant aus dem Büro zu werfen. Doch er wollte nicht riskieren, dass sie in ihrer Wut ihren Daddy informierte und dieser irgendwelche falschen Schlüsse zog. Es fehlte noch, dass zu seinem lädierten Daumen ein geplatztes Geschäft kam.

„Ich stehe auf Männer“, murmelte Clayton, ohne groß nachzudenken.

„Ha, ein guter Versuch“, erwiderte Tiffany amüsiert. „Warum hast du mich dann auf der Tanzfläche abgeknutscht, als gäbe es kein Morgen?“

Ähm, ja, das konnte er sich heute auch nicht mehr erklären. Wahrscheinlich hatte es am Tequila gelegen oder daran, dass er noch vor drei Wochen ein Mann mit anderen Ansprüchen gewesen war.

Als er nichts darauf erwiderte, lief Tiffany endlich zur Tür und öffnete diese, was ihn erleichtert aufatmen ließ. Schnell folgte er ihr, um die Tür direkt hinter ihr abzuschließen – sicher war sicher. Doch ehe er sich's versah, zog Tiffany ihn stürmisch an sich und küsste ihn leidenschaftlich. Gleichzeitig spürte er, wie sie sich an seinem Hemdkragen zu schaffen machte und kurz darauf ihre manikürten Fingernägel auf seiner nackten Haut.

20

Audrey

„Wow, euer Haus ist einfach unglaublich!" Audrey, die mit Jenna wenige Augenblicke zuvor aus dem Auto gestiegen war, ließ ihren Blick bewundernd über die Front des kleinen Farmhauses wandern. Sie freute sich schon seit Tagen darauf, endlich Jennas und Coles Zuhause zu sehen und ihrer Freundin den Ableger der Lorbeerrose zu überreichen. Obwohl die vordere Veranda mit den beiden Schaukelstühlen so klischeehaft für diese Kleinstadt war, konnte Audrey nicht genug davon bekommen. Sie liebte es einfach!

Erst jetzt fiel ihr auf, dass es neben den Bewohnern auch die Häuser in Little Falls waren, die ihr mit ihrem Charme ans Herz gewachsen waren. Jedes Heim hatte irgendeine Geschichte zu erzählen, besonders dieses Haus hier, das schon ziemlich alt war und vor der Renovierung wohl nicht mehr als eine verwahrloste Bretterbude gewesen war.

Sie folgte Jenna auf die Veranda, dann ließ sie die Überraschung wortwörtlich aus dem Sack. „Ich habe ein Geschenk von Tante Dorothy und Onkel Dean zum Einzug dabei."

„Ist das etwa ein Ableger der Lorbeerrose?", fragte Jenna mit großen Augen, als sie erkannte, was Audrey aus dem Jutesack holte.

„Mmh, jetzt, wo du einen Garten hast, solltest du deinen eigenen Strauch haben, sagt Onkel Dean." Als Audrey wieder aufsah, erkannte sie einen verräterischen Glanz in Jennas Augen. „Na, was sagst du?"

„Ich bin ehrlich gesagt sprachlos! Daran hatte ich gar nicht mehr gedacht. Als Dean mir den Strauch letzten Herbst gezeigt hat, habe ich noch in Boston in einer kleinen Mietwohnung gelebt."

„Ich weiß", erwiderte Audrey lächelnd und stellte den Ableger samt Jutesack neben dem Schaukelstuhl ab.

„Cole und ich werden ihn später gemeinsam einpflanzen, wenn wir eine würdige Stelle gefunden haben", fuhr Jenna nachdenklich fort. „Sozusagen unseren ersten Baum."

„Macht das, hach, das ist so romantisch und ich freu mich riesig für euch. Euer Haus ist wirklich wunderschön!"

„Und dabei hast du es noch nicht mal von innen gesehen. Komm, lass uns reingehen", erwiderte Jenna fröhlich, als sie die Tür öffnete.

„Ich habe uns extra Limonade gemacht ... Du weißt schon, die von früher." Sie zwinkerte Audrey zu und durchschritt anschließend das offene Erdgeschoss, in dem sich das Wohnzimmer, ein Essbereich und eine einladende Küche im Farmhausstil befanden.

„Oh, lecker, aber zuerst werde ich mich umschauen. So etwas sieht man in Chicago nicht alle Tage." Ihr

Blick fiel auf den alten Holzboden, der neu abgeschliffen und lasiert worden war, sodass man die Maserung durch den hellen Goldton hindurchschimmern sah. Sie konnte sich nicht erinnern, je etwas Schöneres gesehen zu haben. Dazu passten die Wände im weißen Shiplap-Design, eine Wandverkleidung, die aus horizontal verlegten Latten bestand. Das i-Tüpfelchen bildeten die maßgefertigte Küche und die Möbel, die perfekt auf dieses Konzept abgestimmt war. Joanna Gaines wäre sicher stolz auf Jenna. Ok, Clayton hatte auch einen großen Teil zu diesem Projekt beigetragen. Wie viele Stunden hatte er hier wohl verbracht? Und dann noch ganz unbemerkt von seinem Bruder, damit die Hochzeitsüberraschung auch ganz sicher glückte. Beim Gedanken an Clayton und sein handwerkliches Geschick wurde ihr auf einmal sehr warm. Ob er seinem Haus am See auch diesen Stil verpassen würde?

Audrey lief zum Küchentresen, auf dem Jenna mittlerweile eine große Kanne mit Eistee und zwei Gläser abgestellt hatte und auf sie wartete.

„Und, was sagst du?" Jenna sah sie lächelnd an. „Ein Traum, oder?"

„Also, wenn du mich fragst, ich würde sofort hier einziehen. Und es ist so schön ruhig. Keine Nachbarn weit und breit", erwiderte Audrey und freute sich riesig für ihre Freundin, die zudem noch mit einem echten Traummann hier lebte. Cole und Jenna waren einfach füreinander bestimmt.

„Du musst dir unbedingt das Ankleidezimmer anschauen", schlug Jenna mit einem Zwinkern vor.

„Ah, hast du den versteckten Auszug für den Schmuck mittlerweile gefunden?", fragte sie neugierig, das musste sie sich unbedingt ansehen.

Jenna nickte geheimnisvoll und winkte sie zu sich. „Komm mit, dann kannst du dir gleich das Obergeschoss anschauen."

Da ließ sich Audrey nicht zweimal bitten. Wenn das Obergeschoss nur halb so schön war wie dieser Bereich, durfte sie sich das nicht entgehen lassen.

Sie folgte Jenna die schmale Treppe hinauf, die den ursprünglichen Charme des Hauses offenbarte. Sie knarzte und knirschte und Audrey liebte es.

„Wow, ein schwarzes Eisenbett! Hach, Jenna, das sieht so ländlich aus und dazu die Strohhüte an der Wand!" Sie schmunzelte über ihren Ausdruck, denn hier in Little Falls wirkte so ziemlich alles ländlich, ob gewollt oder nicht.

„Tadaa, darf ich vorstellen, mein Ankleidezimmer!" Jenna betrat den angrenzenden Raum, der sich direkt neben dem Badezimmer befand und von beiden Zimmern zugänglich war.

Wie zum Beweis zog sie das Schmuckfach heraus, das im begehbaren Kleiderschrank verbaut worden war. „Clayton ist ein Genie, nicht wahr?"

„Ja, das ist er wirklich", stammelte Audrey und starrte auf die Schublade, die versteckt so unscheinbar war, dass man sie auf den ersten Blick nicht einmal erkannte. Jetzt wollte sie auch so ein Teil in ihrem Schrank.

Jenna führte noch einige Male vor, wie geschmeidig sich das Fach herausziehen ließ, dann setzte sie sich auf den kleinen gepolsterten Hocker, der sich inmitten des

Raums befand. „An manchen Tagen fühlt es sich immer noch wie im Traum an.“

Audrey nickte, sie wusste genau, was Jenna meinte. Auch sie war sehr überrascht gewesen, als sie letzten Herbst erfahren hatte, dass Jenna und Cole wieder ein Paar waren und sogar heiraten wollten.

„Kannst du dir vorstellen, dass wir die drei Jungs schon seit unserer Kindheit kennen?“, fragte Audrey gespielt fassungslos. „Damals haben sie echt tierisch genervt.“

Jenna verzog amüsiert den Mund. „Ich war so froh, als du immer zu Besuch kamst, stell dir vor, ich hätte mich die ganzen Sommerferien allein mit ihnen herumschlagen müssen.“

„Na, du hättest ja immer noch mit den Mädchen aus deiner Klasse abhängen können.“

„Pah, die hatten ab der fünften Klasse ja nur noch ein Thema im Kopf, Schminke und Klamotten“, erwiderte Jenna schnaubend.

Audrey konnte ihre beste Freundin sehr gut verstehen, sie selbst hatte sich auch nie um Lipgloss oder Trends geschert. Sie hatte ihrer Tante lieber im B & B geholfen, mit Jenna und den Cassidy-Brüdern Streiche ausgeheckt oder mit Clayton über irgendetwas diskutiert. Ihr Mund verzog sich zu einem Lächeln.

„Lass mich raten, du denkst gerade an Clayton.“ Jenna legte lächelnd den Kopf schief.

Audrey schnitt eine Grimasse. „Was hat mich verraten?“

„Dein verträumtes Lächeln? Nein, im Ernst, da läuft doch mehr zwischen euch ... Ihr wart zusammen im Baumarkt, im Kino ...“

„Im Baumarkt waren wir rein geschäftlich, weil ich seine Meinung sehr schätze", erwiderte Audrey und sah dabei wie Jenna eine Augenbraue hochzog. „Was, glaubst du mir nicht?"

„Doch, doch, Clayton ist genau der Richtige für diesen Job", Jenna kicherte leise, „aber diese Worte aus deinem Mund? Früher hättest du dir lieber die Zunge abgebissen, als ihn zu loben."

„Ehrlich gesagt hatte ich das Schlimmste befürchtet, als wir mit den Arbeiten im B & B begonnen hatten – er war so überzeugt von sich." Audrey knurrte kurz. „Ich kann immer noch nicht glauben, dass mich Tante Dorothy so ins kalte Wasser geschmissen hat."

„Nun ja, Clayton wurde ja genauso reingelegt", bemerkte Jenna mit amüsierter Stimme.

„Er war an diesem Morgen von der Hochzeit völlig verkatert", erinnerte sich Audrey an die Begegnung auf der Veranda zurück, dann hielt sie abrupt inne. Nein, der Gedanke, der ihr gerade gekommen war, war zu absurd. Oder doch nicht? Hatte ihre Tante das alles nur eingefädelt, um sie und Clayton zu verkuppeln?

„Alles klar?", hakte Jenna nach, dann prustete sie laut los. „Denkst du gerade dasselbe wie ich? Dass ein Plan dahintersteckt?"

„Könnte sein. Auf der anderen Seite hatte meine Tante schon länger vor, die Zimmer zu machen ... Aber dass sie mir ausgerechnet Clayton zur Seite stellt?", führte Audrey ihren Gedanken aus.

„Okay, die Kapazitäten sind auch sehr begrenzt. Seiner Familie gehört die einzige Baufirma weit und breit und Dorothy wird kaum eine Firma von außerhalb dafür beauftragen."

Audrey dachte über Jennas Satz nach, der durchaus Sinn machte. Vielleicht interpretierte sie einfach nur zu viel hinein und ihre Tante hatte die Gelegenheit lediglich am Schopf gepackt, schließlich kam sie nicht mehr allzu oft zu Besuch.

„Ok, aber dann wäre da immer noch der Kinobesuch", hakte Jenna lächelnd nach. „Oder war das auch nur Zufall?"

„Das hat Bailey eingefädelt, er ist einfach auf Clayton und Larry zugerannt, ehe ich dich finden konnte", erwiderte sie lachend. „Wahrscheinlich hat er schon von Weitem gerochen, dass Larry wieder ein Würstchen dabeihatte. An neuen Lederslippern lag es zumindest nicht."

„Oh, stimmt, Claytons Hochzeitsschuhe! Ich hab schon gehört, dass er sie Bailey geschenkt hat." Es entstand eine kurze Pause, dann fuhr Jenna fort. „Aber ihr zwei gebt wirklich ein schönes Paar ab, nicht nur als Trauzeugen auf unserer Hochzeit."

„Mmh, Clayton ist ok", antwortete Audrey so neutral wie möglich. Mittlerweile waren seit dem Kinoabend drei Tage vergangen und sie hatte nichts mehr von ihm gehört.

Wahrscheinlich hatte sie in den Abend einfach zu viel hineininterpretiert. Vielleicht war sie auch nur eine nette Abwechslung gewesen, denn wäre er tatsächlich an ihr interessiert, hätte er sie auch vorher fragen können, ob sie ihn zum Kino begleitete.

Sie musste zugeben, dass sich seit dem Wochenende so ziemlich alles zwischen ihnen verändert hatte. Sie hatte sich in ihn verliebt. Es war irgendwann zwischen seinem Ohnmachtsanfall und dem Kuss passiert.

„Audrey?", hakte Jenna lächelnd nach.

Sie sah ihre Freundin zerknirscht an, dann rückte sie mit der Sprache raus. Sie musste endlich mit jemandem über ihre widersprüchlichen Gefühle reden. „Ich glaube, ich habe mich in Clayton verliebt."

Jennas Gesicht hellte sich schlagartig auf. „Das ist doch wunderbar!" Als von Audrey keine Antwort kam, hakte Jenna nach. „Oder etwa nicht?"

Nach ihrem letzten Beziehungsdesaster hatte sie nicht vorgehabt, sich so schnell wieder zu verlieben. Schon gar nicht in jemanden, der ein übersteigertes Ego hatte und derart gut aussah. Für einen kurzen Moment fragte sie sich, was Clayton wohl an ihr fand. Schätzte er sie nur, weil sie im B & B so gut zusammengearbeitet hatten? Am Aussehen konnte es sicher nicht liegen, denn sie gehörte zweifelsohne nicht dem Typ Frauen an, mit dem er sich sonst traf, und er hatte auch keinen Zweifel daran gelassen, was er wirklich von ihrem Kleidungsstil hielt. Auf der Hochzeit hatte er zwar Stilaugen gehabt, kein Wunder bei diesem Kleid, aber am Tag danach hatte er ob ihren Latzhosen enttäuscht das Gesicht verzogen.

Auch sah sie mit ihrer viel zu großen Brille und dem praktischen Zopf nicht unbedingt wie der wahrgewordene Männertraum aus. Ihr Ex hatte es ihr mit seinem blöden Gutschein auch indirekt unter die Nase gerieben. Vielen Dank für nichts.

Sie hob hilflos die Arme. „Ach, ich kann ihn einfach nicht richtig einschätzen. Irgendwie konnte ich das noch nie."

„Ich weiß, was du meinst. Clayton kommt halt ziemlich", Jenna hielt kurz inne, als suchte sie nach der passenden Bezeichnung, „selbstbewusst rüber. Aber glaub mir, er ist nicht annähernd so cool, wie er immer tut. Und leider lockt er mit seinem guten Aussehen und seinen Sprüchen immer nur die falschen Frauen an.“

Audrey dachte über Jennas Satz nach. Vielleicht war genau das der Grund, dass sie aus ihm nicht schlau wurde. Sie hatte beide Seiten an ihm erlebt und wusste nicht, welche nun echt war.

Sie zuckte mit den Schultern. „Ist ja auch egal, ich fahre bald wieder nach Hause und hake das zwischen uns als Urlaubsflirt ab.“

Jenna schnaufte wenig damenhaft auf. „Dein Ernst? Ich hätte nicht gedacht, dass du dich so leicht verunsichern lässt. Wo ist die kämpferische Audrey, die sich als junges Mädchen mit dem Bürgermeister angelegt hat?“

Audrey schnitt eine Grimasse, denn von dieser Audrey war nicht mehr viel übrig geblieben. Zwei missglückte Beziehungen hatten ihren Anteil daran geleistet. Sie würde sich ab sofort nur noch auf Bailey und ihren Job konzentrieren.

„Ich renne keinem Mann mehr hinterher“, stellte sie mit fester Stimme klar, die keinen Widerspruch zuließ.

„Ich weiß, meine Liebe. Aber du bist da an zwei gewaltige Arschlöcher geraten, die dich nie wirklich zu schätzen wussten. Der eine hat sich durch deine Intelligenz bedroht gefühlt und der andere wollte aus dir ein Püppchen machen – so ist unser Clayton nicht ... glaub mir.“

Jenna stand vom Hocker auf und zwinkerte ihrer Freundin zu. „Lass uns auf die Veranda gehen und Limonade trinken, so wie früher ... Der Tag ist zu schön, um Trübsal zu blasen.“

„Du hast recht, die beiden sind es nicht wert, dass ich noch einen einzigen Gedanken an sie verschwende."

„Mmh, ich habe bis vor Kurzem auch nicht mehr an Eric gedacht", bemerkte Jenna in amüsiertem Ton und spielte auf ihren Ex an. „Bis mir eine ehemalige Kollegin erzählt hat, dass man ihn hochkant aus der Anwaltskanzlei geworfen hat."

„Na endlich! Wurde aber auch Zeit. Dann hat er ja jetzt genügend Zeit, um sich mit seinen Verbindungsbrüdern zum Segeln zu treffen."

Audrey hakte sich lachend bei Jenna unter, dann stiegen sie ins Erdgeschoss hinab.

„Ich hab aus der Bäckerei ein paar Zimtschnecken mitgebracht", informierte Jenna sie verschwörerisch, als sie die Küche erreichten.

„Wirklich?" Allein das Bild der süßen Stückchen ließ ihr das Wasser im Mund zusammenlaufen. „Hast du sie gebacken?"

Jenna nickte. „Nach dem ursprünglichen Rezept meines Grandpas ... Dad hat sie ja immer ein wenig anders gemacht."

Bei der Erinnerung an Jennas Grandpa George wurde ihr schwer ums Herz. Sie hatte den lebenslustigen Mann sehr gemocht und sein Tod hatte auch sie schwer getroffen. In diesem Jahr war alles anders gewesen, ein dunkler Schatten lag über ihren Sommerferien und Little Falls. Die ganze Stadt war am Boden zerstört und stand unter Schock. Audrey schluckte fest. Sie konnte sich noch genau an die Beerdigung erinnern, zu der sie Jenna begleitet hatte – ihre erste überhaupt. Sie war damals erst zwölf gewesen.

„Ich war schon ewig nicht mehr in der Backstube, habt ihr immer noch die Knetmaschine?“, erinnerte sich Audrey an ihre Zeit mit George.

„Ja, ist das zu fassen?“ Jenna grinste. „Und sie funktioniert wie am ersten Tag.“

Audrey kicherte. „Das heißt, du hast keine Angst mehr vor ihr?“

„Ich gebe zu, sie ist furchtbar laut und monströs, aber sie schlägt unsere neue Maschine um Längen. Das hat mein Grandpa schon damals prophezeit.“

„Ich erinnere mich daran“, erwiderte Audrey den Blick sentimental in die Vergangenheit gerichtet. „Vielleicht hat er sie deshalb so liebevoll gepflegt.“

Sie folgte Jenna, die mittlerweile ein Tablett mit Tellern, Zimtschnecken und Eistee voll beladen hatte, auf die vordere Veranda.

„Ich darf nur nicht zu viel naschen“, bemerkte Jenna mit einem Kichern, als sie auf den Schaukelstühlen Platz nahmen. „Cole und ich treffen uns heute Mittag im Diner zum Essen.“

„Oh, wie schön. Ich stell mir das gar nicht so einfach vor mit euren Arbeitszeiten. Hast du überhaupt schon geschlafen nach deiner Nachtschicht in der Backstube?“ Erst jetzt fiel Audrey ein, dass Jenna einen ganz anderen Tagesablauf hatte als der Rest der Stadt.

„Nein, ich schlafe nicht direkt nach der Arbeit, sondern davor. Ich gehe spätestens um acht Uhr abends ins Bett“, klärte Jenna ihre Freundin auf.

„Okay, das heißt, ihr beide verbringt nie einen gemütlichen Fernsehabend miteinander?“, fragte Audrey mit großen Augen.

„Um diese Zeit ist Cole ohnehin noch im Diner, da macht es keinen Unterschied, ob ich schlafe oder nicht", erwiderte Jenna lachend. „Dafür können wir jeden Morgen in Ruhe zusammen frühstücken, gleich nach meiner Schicht und bevor der große Ansturm im Diner losbricht."

„Puh, dann bin ich aber beruhigt. Aber du hast meinen größten Respekt. Ehrlich gesagt habe ich mir darüber noch nie Gedanken gemacht." Audrey warf einen verstohlenen Blick auf die Uhr. Sie wollte auf keinen Fall schuld daran sein, wenn Jenna zu spät kam. Außerdem musste sie vor dem Mittagessen noch schnell bei Arianna im Laden vorbeischauen, um die bestellten Tischdecken für Tante Dorothy abzuholen. Ob Clayton auch da war? Immerhin befand sich Ariannas Stand auf dem Gelände der Baufirma.

***

Als Audrey eine halbe Stunde später kurz vor Mittag das Anwesen der Cassidys erreichte, staunte sie nicht schlecht. Sie war früher selten hier gewesen, konnte sich aber an die riesige Scheune erinnern, in der sich offensichtlich das Holzlager und die Werkstatt befanden. Mit den zusätzlichen Anbauten wirkte alles ziemlich beeindruckend.

Neugierig betrat sie den Hof und entdeckte schließlich den weißgestrichenen Verkaufsstand, der mit seinen grauen Rollladen und den Blumenkästen einfach entzückend aussah, von Arianna fehlte allerdings jede Spur. Auch der Stand wirkte, als wäre er geschlossen. *Vielleicht macht Arianna gerade Mittagspause,* schoss

255

es ihr durch den Kopf. Dennoch lief sie auf den Stand zu um ihn zu bewundern, als eine Bewegung rechts von ihr ihre Aufmerksamkeit erregte.

Vor einem Nebengebäude, das allem Anschein nach als Büro genutzt wurde, entdeckte sie auf einmal zwei Personen in inniger Umarmung, die sich leidenschaftlich küssten. Kurz musste sie schmunzeln, weil sie für einen Moment dachte, dass es sich hierbei um Arianna und Logan handelte. Doch als sich die Frau entfernte und mit einem breiten Grinsen in ihren Porsche stieg, erkannte Audrey, dass es sich bei dem Mann im karierten Hemd um keinen anderen handelte als Clayton.

Intuitiv versteckte sie sich hinter der Scheune und hielt abwartend die Luft an, während sie gegen die Übelkeit ankämpfte, die sich auf einmal in ihr ausbreitete. In was war sie da gerade hineingeplatzt? Natürlich war ihr sofort das aufgeknöpfte Hemd und sein leicht entrückter Gesichtsausdruck aufgefallen. Waren die beiden etwa im Büro übereinander hergefallen?

Heiße Tränen der Enttäuschung stiegen in ihr auf, als ihr klar wurde, dass sie einmal mehr von einem Mann betrogen wurde. Dass es ausgerechnet Clayton war, der sie so getäuscht hatte und ihr das Herz brach, schmerzte besonders. Sie kannten sich schließlich ein Leben lang.

21

Clayton

Völlig durch den Wind lief Clayton kurze Zeit später zum Haus, er fühlte sich benutzt. Er wollte gefälligst vorher gefragt werden, wenn man ihm die Zunge in den Hals steckte. Er brauchte dringend was zu trinken, damit er Tiffanys Kaugummigeschmack so schnell wie möglich loswurde. Ein Glück, dass seine Eltern beide aus dem Haus waren – sie hätten ihm auf den ersten Blick angesehen, dass etwas nicht stimmte.

Doch als er das Haus betrat, hörte er lautes Geklapper aus der Küche und vernahm einen leichten Duft von Äpfeln und Zimt. War seine Mom schon vom Einkaufen zurück?

Verwundert lief er in die Küche und entdeckte dort zu seiner großen Überraschung seinen Grandpa, der hochkonzentriert die Zutaten für einen Kuchen abmaß. Clayton schmunzelte, denn die Küche, vor allem die Insel, sah aus wie ein Schlachtfeld. Nachdenklich verzog er den Mund. Er konnte sich nicht erinnern, dass dieser jemals etwas gebacken hätte. Hin und wieder zauberte Larry eine seiner Spezialitäten aus dem

Diner, aber in Backschürze und Rührgerät hatte er seinen Grandpa noch nie gesehen. Kurz überlegte er, ob jemand Geburtstag hatte. Nein, zumindest niemand aus ihrer Familie. Vielleicht gab es bei den Schachopis etwas zu feiern oder übte sein Grandpa etwa für den Kuchenwettbewerb? Nein, es roch ganz eindeutig nach Apfelkompott und nicht nach Erdbeeren.

„Hi, Grandpa!" Clayton trat an den Tresen und besah sich das Chaos.

„Oh, Clayton. Du bist es." Erleichtert atmete der ältere Herr auf. „Ich dachte schon deine Mom ist zurück."

„Nein, ich bin's nur ... Aber wenn sie die Küche in diesem Zustand vorfindet ..." Er entdeckte am Boden ein Häufchen Mehl und auf der Arbeitsplatte einen Berg Apfelschalen.

„Keine Sorge, das räume ich auf, sobald der Kuchen im Backofen ist. Ich frage mich gerade nur, wie lange der Boden abkühlen muss, damit die Sahne nach dem Füllen nicht schmilzt. Davon steht hier nichts."

Jetzt erst entdeckte Clayton ein Kochbuch, das halb versteckt unter dem Eierkarton lag. Neugierig warf er einen Blick auf die aufgeschlagene Seite, dann hellte sich sein Gesicht schlagartig auf. „Du backst Grandmas Apfel-Baiser-Torte?"

„Ganz genau, zum allerersten Mal. Es soll eine Überraschung werden, bis alle wieder zurück sind", klärte ihn Larry mit einem breiten Lächeln auf.

„Na wenn das so ist, dann helf ich dir natürlich." Der Ärger über Tiffany war vergessen. Clayton sammelte schnell die Apfelschalen und die restlichen Abfälle ein, darunter ein aufgeschlagenes Ei, das unglücklich gelandet war und auf der Arbeitsplatte vor sich hin suppte.

„Oh, vielen Dank, Clayton. Wir haben gestern beim Schach erst darüber gesprochen und wie beliebt die Torte immer war. Ein Glück, dass Emilia das Rezept aufgeschrieben hat.“

„Ja, das stimmt. Ich glaube, Mom hat diesen Kuchen nie gemacht“, Clayton lachte kurz, „er war ihr immer zu aufwändig.“

„Ja, und jetzt weiß ich auch, warum!“ Larry lief zum Herd und rührte das köchelnde Apfelkompott um, der vor sich hin blubberte und nach Weihnachten duftete.

„Als Nächstes gebe ich den Teig in die Form und obenauf kommt die Eiweiß-Zucker-Masse mit ein paar Mandelblättchen“, informierte Larry seinen Enkelsohn, während er die nächsten Schritte ohne größere Zwischenfälle ausführte.

„Ok, dann wäre das Geheimnis um die Baiser-Haube auch gelüftet“, erwiderte Clayton lächelnd. „Ich habe mich schon immer gefragt, wie man die macht.“

„Dann schau nur zu, mein Lieber ... Ein wenig Küchengeschick würde auch dir nicht schaden.“

Clayton verzog das Gesicht, da sein Grandpa recht hatte. Er hatte bisher nie kochen müssen, ein paar Nudeln mit Fertigpesto war alles, was er zustande brachte. Spätestens wenn er seinen Traum vom Haus am See wahrmachte, wurde es höchste Zeit, selbst den Kochlöffel zu schwingen. Ob auf seiner Speisekarte aber frischer Fisch stand, wagte er zu bezweifeln, denn seit seinem missglückten ersten Angelversuch hatte er keinen zweiten Anlauf gestartet. Sein Mund verzog sich zu einem Grinsen. Vielleicht fand er ja eine Frau, die sich beim Angeln geschickter anstellte als er.

„Musst du heute nicht arbeiten?" Larry, der mittlerweile den Kuchen in den Backofen geschoben hatte, sah seinen Enkel fragend an.

„Dad und Donny sind heute nach Stamford rausgefahren, um das Projekt abzuschließen", klärte er seinen Grandpa auf. „Mit meiner Hand kann ich leider noch nicht richtig anpacken."

Larry verzog mitfühlend das Gesicht. „Ist aber auch zu doof, ein Glück, dass dir nichts Schlimmeres passiert ist."

Clayton nickte, sein Grandpa hatte recht. Auch der Doc hatte ihm das schon gesagt, denn der Schnitt hatte nur knapp die Sehne verfehlt. „Zum Glück sind wir beim letzten Mal dank der Fertigteile so gut vorangekommen, sodass sie heute nur noch die Fenster und Türen einsetzen müssen ... und morgen das Dach. Und ich habe mich gerade schon um den Bürokram gekümmert."

„Ja, leider ein lästiges Übel. Wobei es heute mit dem PC ja einfacher sein sollte. Deine Grandma und ich haben damals im Diner noch richtig Buch geführt." Larry schüttelte ob der Erinnerung amüsiert den Kopf. „So richtig mit zwei Spalten, Einnahmen und Ausgaben. Und am Monatsende hat sie alles fein säuberlich mit der Schreibmaschine abgetippt, für die Steuer."

„Puh, na dann bin ich wirklich froh, dass wir nicht mehr in den Siebzigern leben." Clayton zwinkerte Larry zu und warf einen Blick in den Backofen. „Das Baiser ist schon aufgegangen. Mom wird begeistert sein, wenn sie heimkommt."

„Ich hoffe es! Sonst war der ganze Aufwand umsonst.“ Larry zog das köchelnde Apfelkompott von der Herdplatte, anschließend warf er einen prüfenden Blick in den Backofen.

„Ach, wie geht es denn mit deinem Projekt am See weiter?“

Clayton, der sich zwischenzeitlich den Handfeger geschnappt hatte, um am Boden das Häufchen Mehl aufzukehren, sah auf.

„Ich hoffe wirklich, dass es nicht so weit kommt. Mittlerweile wäre ich sogar bereit, mich ganz zurückzuziehen, nur damit man den See in Ruhe lässt. Dann bau ich mein Haus eben woanders.“ Er erhob sich wieder und schaute seinen Grandpa nachdenklich an. „Vielleicht haben wir ja Glück mit der Unterschriftenliste.“ Bei der Erwähnung der Liste musste er automatisch an Audrey denken. Er fühlte sich mies, beinahe als hätte er sie betrogen, dabei war zwischen ihm und Tiffany, außer dem Kuss, nichts weiter passiert. Ja, für einen Sekundenbruchteil hatte sein Verstand ausgesetzt, aber dann hatte er es entschieden beendet.

„Ich glaube, mittlerweile hat die ganze Stadt unterschrieben“, holte ihn Larry aus seinen Gedanken. „Bei Cole im Diner liegt eine aus, im Buchladen, in der Bäckerei, im B & B. Das Ding ist ein Selbstläufer geworden.“

Augenblicklich zeichnete sich ein erleichtertes Lächeln auf Claytons Gesicht ab. „Ich würde es mir nie verzeihen, schließlich habe ich diesen Stein ins Rollen gebracht.“

Larry tätschelte ihm die Schulter. „Du konntest ja nicht wissen, dass Martha auf so eine Idee kommt!

Außerdem hat die Gute wohl ganz vergessen, dass sie sich damit auch ins eigene Bein schießt.“

„Inwiefern?“ Clayton legte fragend den Kopf schief.

„Na, unsere Martha ist eine Koryphäe im Angeln, weißt du das denn nicht?“, fragte Larry überrascht.

Ihm klappte der Mund auf. „Ähm, nein, ehrlich gesagt höre ich davon zum ersten Mal.“

„Und nicht nur das“, erwiderte Larry mit Stolz in der Stimme, „sie ist auch sehr fachkundig auf diesem Gebiet, hat sogar einen netten Ratgeber über den heimischen Barsch geschrieben – du bekommst ihn bei Josephine im Laden.“

Larry verzog bedauernd das Gesicht. „Aber seit sie Bürgermeisterin ist, ist das Ganze tatsächlich etwas eingeschlafen. Sie hat halt viel um die Ohren.“

Überrascht hob Clayton die Augenbrauen. Okay, er hatte mit Martha ja schon einiges erlebt, aber diese Neuigkeiten machten ihn sprachlos und hoffnungsvoll zugleich. Falls es mit der Unterschriftenliste nicht klappen sollte, würde er die Gute demnächst zu einem Angelausflug entführen und den hilflosen Anfänger mimen. Sie hatte seinem Charme schließlich noch nie widerstehen können. Aber viel wichtiger war im Moment, dass er Audrey endlich seine Gefühle gestand – heute Abend wäre der perfekte Zeitpunkt dafür.

***

„Oh, Clayton, ich habe gehört, dass du im B & B vorbeigehst. Könntest du den Teller mit Kuchen auch mitnehmen?“

Clayton, der gerade das Haus verlassen wollte, blieb schmunzelnd stehen. Er hätte seiner Mom nicht verraten sollen, dass er Audrey besuchen wollte, denn sie hatte die Gelegenheit natürlich gleich genutzt, um ihn als Lieferanten für ihren Laden einzuspannen, und ihm zwei Packungen mit Tischdecken für Dorothy in die Hand gedrückt.

„Klar, Grandpa, gib her. Ich dachte, wir hätten die Torte heute Mittag komplett aufgegessen?", fragte er mit Blick auf den Teller.

„Drei Stücke habe ich noch gerettet und jetzt bin ich gerade dabei, noch mal eine zu backen. Sonst machen mich Eugene und Jonathan einen Kopf kürzer, wenn sie hören, dass sie nichts abbekommen haben."

„Ok, dann halte ich dich nicht länger auf", erwiderte Clayton lachend und nahm den Teller entgegen. „Der ist aber auch perfekt gelungen, du scheinst ein Talent fürs Backen zu haben."

Larry senkte die Stimme. „Sag das nicht zu laut, sonst muss ich hier ab sofort immer den Schneebesen schwingen ... Wobei ich zugeben muss, dass es mir einen Riesenspaß macht."

„Mmh, für ein neues Hobby ist man nie zu alt", erwiderte Clayton mit einem Zwinkern.

„Pah, du mit deinen frechen Sprüchen. Schade nur, dass dieser Kuchen nicht zum Wettbewerb zugelassen ist, sonst würde ich damit garantiert den ersten Platz machen." Larry verzog enttäuscht das Gesicht.

„Oder du tauschst die Äpfel einfach gegen Erdbeeren aus?", Clayton hob fragend eine Augenbraue.

„Du bringst mich auf eine Idee, Junge. Obwohl ich mir diese Kreation nicht wirklich vorstellen kann. Hm, ich weiß nicht, da muss ich erst noch einen Probelauf starten. Vielleicht morgen."

Clayton schüttelte amüsiert den Kopf. „Pass nur auf, dass du der Bäckerei keine Konkurrenz machst, Francis könnte dir das übel nehmen.

„Ach, Francis, die hat gerade andere Sorgen." Larry kam näher und fuhr mit verschwörerischer Stimme fort. „Sie schmollt immer noch, weil sie selbst nicht antreten darf."

„Aber sie wollte doch stattdessen Cupcakes machen?", hakte Clayton nach, als er sich an die Bürgerversammlung erinnerte.

„Das hat sie doch nur gesagt, um sich selbst ins Gespräch zu bringen. Nun muss sie die Dinger wohl oder übel machen", klärte Larry seinen Enkel auf. „Aber jetzt muss ich schnell wieder in die Küche zurück, bevor mir das Apfelkompott überkocht. Und vielen Dank fürs Mitnehmen!"

„Keine Ursache, bis später, Grandpa!" Clayton öffnete die Tür und machte sich, voll bepackt mit Tischdecken und Kuchen, auf den Weg zum B & B. Eigentlich hatte er sich nach dem Abendessen still und heimlich davonschleichen wollen, aber gut. So kam er wenigstens nicht mit leeren Händen und sein Besuch wirkte nicht zu offensichtlich. Er hatte ja selbst einige Tage gebraucht, um sich einzugestehen, was am letzten Wochenende passiert war. Er hatte sich Hals über Kopf in Audrey verliebt – in Audrey!

Kurz schüttelte er über sich selbst den Kopf, weil er so feige gewesen war, sie nicht direkt am Tag nach dem Kino zu besuchen. Er hatte sich lieber in Büroarbeit gestürzt, anstatt sich mit seinen Gefühlen auseinanderzusetzen. Aber er konnte es nicht länger leugnen, es hatte ihn eiskalt erwischt. Dabei passte sie überhaupt nicht in sein übliches Beuteschema. Sie war klug, hübsch und eine Frau, mit der man Pferde stehlen und über Bauplänen brüten konnte. Sie sah auch seine inneren Qualitäten und nicht nur sein Äußeres, das, wie er zugeben musste, bisher nur die falschen Frauen angelockt hatte.

Sie wusste wie er wirklich tickte. Erst jetzt wurde ihm klar, dass er sich noch keiner anderen Frau so geöffnet hatte. Audrey wusste praktisch alles über ihn, auch dass er sich mit zehn einmal den Schniedel im Reißverschluss seiner Bermudashorts eingeklemmt hatte – wie peinlich. An diesen Badetag am See wollte er sich lieber nicht zurückerinnern. Er hatte sich zu Tode geschämt, vor allem weil Audrey mit ihrer altklugen Art in der ersten Reihe gestanden und Tipps zur Rettung abgegeben hatte. Ein Glück, dass sein gutes Stück keinen Schaden davon getragen hatte.

Als Clayton wenige Minuten später den Vorgarten des Bed & Breakfast erreichte, kam ihm Bailey entgegengestürmt und das Missgeschick von damals war schlagartig vergessen. „Na du", begrüßte Clayton den Retriever. „Ja, ich habe dich auch vermisst."

„Oh, Clayton, du bist es!" Dorothy kam aus dem B & B. „Bailey ist mir einfach entwischt, er muss dich schon von Weitem erkannt haben."

„Hi, Dorothy!", begrüßte er die Eigentümerin des B & B, konnte Audrey jedoch nirgends entdecken. „Ähm, ich habe hier die Tischdecken, die du bei Mom bestellt hast."

„Oh, danke, dass du sie extra vorbeibringst. Audrey war heute Mittag bereits am Laden, hat aber niemanden erwischt." Sie nahm Clayton die Bestellung ab und betrat dann das B & B. „Komm doch rein."

Für einen Moment versetzte es ihm einen Stich, dass Audrey nicht einfach geklingelt hatte und stattdessen wieder gegangen war. Er hätte ihr die Tischdecken ebenso gut herausgeben können. Dann blieb er abrupt stehen. Moment mal, hatte Dorothy heute Mittag gesagt? Verdammt. Wie hoch war die Wahrscheinlichkeit, dass Audrey etwas von Tiffanys Überfall mitbekommen hatte? Allein bei dieser Vorstellung schlug ihm das Herz bis zum Hals und auch sein Körper begann unangenehm zu kribbeln, als ihm klar wurde, welche Konsequenzen dies hätte.

Als Clayton hinter Dorothy das B & B betrat und in Audreys versteinertes Gesicht sah, wusste er wie viel sie mitbekommen hatte – vermutlich alles!

Ehe er den Mund öffnen konnte, machte sie auf dem Absatz kehrt und verschwand auf die hintere Veranda. Mist. Er musste so schnell wie möglich den Teller mit den Apfel-Baiser-Stückchen loswerden und mit ihr reden.

„Ähm. Dorothy, Grandpa hat für euch Kuchen gebacken."

Mit diesen Worten stellte er den Teller auf dem Empfangstresen ab und folgte Audrey eilig nach draußen.

„Hör zu, ich weiß, wie es aussah, aber glaub mir, da läuft nichts."

Audrey, die sich zwischenzeitlich auf die Stufen der Veranda gesetzt hatte, ignorierte ihn.

„Ich kenne sie noch nicht mal richtig", fuhr er mit verzweifelter Stimme fort.

„Ach so, es ist also ganz normal, dass heiße Blondinen einfach bei dir auftauchen, um dich gegen deinen Willen zu küssen?"

„Ja, genau so war es! Sie ist einfach bei mir aufgetaucht", erwiderte Clayton eilig, im selben Moment wurde ihm klar, dass diese Antwort mehr als dämlich war.

Endlich sah Audrey auf. „Du kannst dich treffen, mit wem du willst, schließlich sind wir nicht zusammen."

Audreys gefühllose Antwort versetzte ihm einen Stich, denn er wünschte sich nichts lieber, als mit ihr zusammen zu sein – auch wenn er diesen Aspekt noch nicht angesprochen hatte. Aber nach diesem Debakel war er sich gar nicht mehr sicher, ob Audrey ihn überhaupt noch leiden konnte.

„Hör zu, Audrey." Er nahm neben ihr auf der Treppe Platz. „Ich kenne Tiffany aus einem Club, wir haben uns nur ein einziges Mal gesehen – okay, danach noch zweimal auf der Baustelle – und jetzt werde ich sie nicht mehr los."

Audrey hob eine Augenbraue. „Oh, du bist ja wirklich zu bedauern, dass sich Frauen so sehr um dich reißen. Und ich wette, sie sind alle bildhübsch, etwas naiv und stinkreich."

Am besten sagte er gar nichts mehr, irgendwie machte er alles nur schlimmer. Gleichzeitig war es beängstigt, wie gut sie die Liste seiner Eroberungen traf.

„Es tut mir leid, dass du das mitansehen musstest. Nichts liegt mir ferner, als dich zu verletzen", erwiderte er mit Nachdruck in der Stimme.

Der Schmerz in ihren Augen, den er ungeachtet ihrer Worte erkannte, ließ ihn Mut schöpfen. So egal konnte er ihr nicht sein, dazu war sie viel zu aufgewühlt. Er schluckte fest, ehe er heiser fortfuhr. „Audrey, ich habe mich in dich verliebt."

Audreys überraschter Gesichtsausdruck wich einem gequälten Lächeln. „Clayton, du musst das nicht sagen. Du schuldest mir gar nichts ... Außerdem hat das zwischen uns doch ohnehin keinen Sinn, ich fahre nach dem Wochenende wieder nach Hause."

Für einen Moment dachte er, er hätte sich verhört. Er schuldete ihr gar nichts? Entweder hatte Audrey ihm nicht richtig zugehört oder sie wollte den Sinn hinter seinen Worten nicht verstehen. Warum wurde er das Gefühl nicht los, dass sein Geständnis wie eine abgedroschene Floskel für sie klang. Ehe er weitergrübeln konnte, stand Audrey auf und lief ins B & B zurück. Die Unterhaltung war für sie allem Anschein nach beendet.

***

„Welche Laus ist dir denn über die Leber gelaufen?" Cole stützte sich mit den Händen am Tresen ab und sah seinen Bruder fragend an.

„Bring mir lieber ein Bier, anstatt mich zu löchern", brummte Clayton und nahm auf dem Barhocker Platz. Er fühlte sich als hätte Audrey ihm das Herz herausgerissen. Vielleicht hatte auch das Karma zugeschlagen, denn tatsächlich spürte er in diesem Moment zum ersten Mal, wie sich Zurückweisung anfühlte. Er hatte ihr sein Herz ausgeschüttet und sie hatte ihn nicht einmal ernst genommen. Herrgott, er sagte so einen Satz nicht

268

einmal zum Spaß, im Grunde hatte er bisher noch keiner Frau etwas in der Art gesagt.

„Hier, dein Bier." Cole stellte ihm das Glas vor die Nase und sah ihn mit schiefgelegtem Kopf an. „Lass mich raten, es geht entweder um dein Bauprojekt oder um Audrey."

Als Clayton nicht antwortete fuhr Cole fort. „Okay, es geht um Audrey. Was hast du angestellt?"

„Ich? Wie kommst du darauf, dass ich etwas angestellt hätte?"

„Der war gut. Hm, wie soll ich es ausdrücken. Was ernsthafte Beziehungen angeht, bist du leider total unerfahren und deine Häschen aus den Clubs zählen nicht. Also?" Cole hob abwartend eine Augenbraue.

„Tiffany kam heute Mittag auf einen Krankenbesuch vorbei, nachdem Dad ihr erzählt hat, dass ich verletzt bin und auf der Baustelle ausfalle", klärte Clayton seinen großen Bruder auf. „Genau zur selben Zeit, als Audrey auf dem Hof war."

„Aha, ich nehme mal an, dass es kein jugendfreier Krankenbesuch war?"

„Sie ist einfach über mich hergefallen, gerade in dem Moment, als ich sie vor die Tür setzen wollte!"

„Scheiße, das nenn ich mal Timing", erwiderte Cole mitfühlend und schenkte seinem Bruder einen bedauernden Blick.

„Jetzt denkt sie natürlich, ich hätte ihr die ganze Zeit über nur was vorgemacht. Aber so war es nicht. Ich war gerne mit ihr zusammen und der Kinoabend war ..." Clayton biss sich im letzten Moment auf die Zunge. Es war ihm unangenehm, mit seinem Bruder über Gefühle zu sprechen. Auf der anderen Seite konnte er vielleicht am besten nachvollziehen, wie sich Ablehnung anfühlte.

„Hör zu, wenn du einen Rat von mir haben willst, dann rede mit ihr. Es handelt sich dabei doch um ein großes Missverständnis."

Clayton zuckte mit den Schultern. „Hab ich doch schon, aber sie meinte, ich schulde ihr keine Erklärung. Irgendwie werde ich das Gefühl nicht los, dass man sie erst davon überzeugen muss, wie liebenswert sie ist."

„Hm, oder der Anblick von Tiffany und dir hat irgendetwas aufgewühlt", erwiderte Cole nachdenklich. „Moment mal, jetzt, wo du's sagst. Sie war gestern hier und als Chase sie auf einen möglichen Freund in Chicago angesprochen hatte, sagte sie, dass sie mit der Männerwelt abgeschlossen habe. Kurz darauf hat sie die Flucht ergriffen."

„Na toll. Sie muss mich für das größte Arschloch halten", entfuhr es Clayton.

„So wie früher auch, das mit dem größten Ego", bemerkte Cole trocken. „Ein Wunder, dass sie dich in den letzten Tagen überhaupt so nah an sich rangelassen hat."

Clayton fuhr sich mit den Händen übers Gesicht. „Ich hab's voll verbockt. Zum ersten Mal treffe ich eine Frau, mit der ich mir was Ernstes vorstellen kann, und dann das." Er erschrak selbst, wie hilflos er klang.

„Komm schon, das wird wieder." Cole, der zwischenzeitlich um den Tresen herumgekommen war, klopfte ihm aufmunternd auf die Schulter. „Dann musst du dir eben was Besonderes einfallen lassen."

Clayton schnitt eine Grimasse. Er wusste ganz genau, dass Audrey nicht einfach zu beeindrucken war. Schon gar nicht von seinem Charme. Für einen Moment dachte er an ein romantisches Candle-Light-Dinner, das er sogleich verwarf. Er konnte sich Audrey beim besten Willen nicht in einem schicken Restaurant vorstellen und Bailey schon gar nicht. Der Golden Retriever hätte innerhalb kürzester Zeit die gestärkten Damasttischdecken heruntergerissen oder sogar aufgefressen – wenn sie ihm nicht schon vorher eine Abfuhr erteilte. Außerdem müsste sich Audrey zu diesem Anlass extra in Schale werfen und er wusste mittlerweile, dass sie dies nur in Ausnahmefällen wie etwa einer Hochzeit tat. Seitdem hatte er sie ausschließlich in Chucks und Latzhosen gesehen.

Kurz musste er ob seiner Voraussicht schmunzeln. Seit wann nahm er darauf Rücksicht, ob sich sein Date während einer Verabredung in ihren Klamotten wohlfühlte? Bis jetzt hatte er sich nie an einem offenherzigen Ausschnitt, einem Minirock oder Pumps gestört.

„Ok, dein Gesichtsausdruck verrät mir, dass du schon einen Plan schmiedest." Cole klopfte ihm auf die Schulter und verschwand mit einem zufriedenen Grinsen wieder hinterm Tresen.

„Vielleicht könntest du mir ein kleines Picknick vorbereiten", sprach Clayton seine Gedanken laut aus, denn eben war ihm die perfekte Location für ein erstes offizielles Date gekommen.

„Ich denke, es käme noch besser, wenn du das Picknick selbst vorbereitest." Cole zwinkerte ihm zu. „Ich verrate dir auch, was ihr im Diner und in der Bäckerei am besten schmeckt."

Clayton nickte. „Du hast recht. O Mann, seit wann bist du zum Frauenversteher mutiert?"

Um Coles Mundwinkel zuckte es. „Tja, seit Jenna und ich zusammenwohnen, kann ich sogar Gedankenlesen."

„Was ja auch keine Kunst ist, ihr hängt ja schon seit Kindestagen miteinander ab. Ich sag nur, eure *Dates* am Sonntagnachmittag. Dass euch die Milchshakes nicht aus den Ohren herausgekommen sind, ist ein Wunder." Clayton lachte bei dieser Erinnerung laut auf, denn er hatte sich dabei immer wie das fünfte Rad am Wagen gefühlt und musste zudem noch Chase bespaßen, der natürlich auch immer bei den Großen dabei sein wollte.

„Grandma hat schon dafür gesorgt, dass wir es mit den Shakes nicht übertreiben", erwiderte Cole grinsend. „Sie hatte von der Küche aus immer ein Auge auf uns. Und wenn du und Chase zu unerträglich wurdet, kam sie und hat euch mitgenommen. Das rechne ich ihr bis heute hoch an."

„Nur damit ihr ungestört Händchen halten konntet", bemerkte Clayton schmunzelnd. „Ich habe euch aus der Durchreiche heraus beobachtet."

„Ok, ich wusste doch immer, dass ich von irgendwoher leichte Würgegeräusche vernommen habe." Cole schüttelte tadelnd den Kopf. „Warum hast du Audrey nie eingeladen? Dann hätten wir uns zu viert treffen können."

„Was? Warum hätte ich sie einladen sollen? Wir sind uns damals an die Gurgel gegangen", antwortete Clayton verständnislos. „Sie hätte mir wahrscheinlich noch Vorschriften gemacht, welchen Shake ich trinken darf und wie viel davon."

„Mmh, wie ein altes Ehepaar. Selbst Grandma hat immer gesagt: ‚Was sich liebt, das neckt sich.‘ Sie wäre höchst erfreut, wenn sie das noch sehen könnte“, fuhr Cole mit einem sentimentalen Lächeln fort.

Claytons Mund verzog sich ebenfalls zu einem Lächeln, denn auf einmal wünschte er sich sogar, dass Audrey ihm wieder Vorschriften machte und ihm die Stirn bot. Die Audrey von vorhin dagegen war leidenschaftslos und nachgiebig gewesen. Was in Gottes Namen war in Chicago nur passiert, dass sie ihr Temperament und Feuer verloren hatte, wenn es um etwas anderes ging als um Bauprojekte.

22

Audrey

Audrey war froh um ihr kleines Projekt, es brachte sie auf andere Gedanken. Gedanken, die nichts mit Clayton zu tun hatten. Sie schaufelte etwas Fliesenkleber auf die Kelle und trug die Masse gleichmäßig auf dem kleinen Mäuerchen auf. Das Holzschild, das sie bei Jonathan bestellt hatte, hatte sie bereits zuvor mit Schrauben befestigt und diente ihr jetzt als Ausrichtungshilfe für die Verzierung. Als Nächstes wollte sie zwei Reihen der Krabbenfliesen ringsum anbringen und fertig wäre ihre Überraschung für Dorothy. Das Wetter war perfekt, sodass alles gut aushärten konnte, jetzt hoffte sie nur darauf, dass ihre Tante nicht jeden Moment zurückkäme. Sie war mit Francis nach New Haven gefahren, um endlich Ersatz für Mr Bones zu finden, und auf dem Rückweg wollten sie einige Kleinigkeiten fürs Erdbeerfest am Wochenende besorgen. Soviel sie mitbekommen hatte, gab es in diesem Jahr erstmalig auch ein Wettessen, für das sie noch Preise benötigten. Die Männer aus dem Schachclub waren heute mit der Installation eines Tisches beschäftigt, der wohl dauerhaft im Park verbleiben sollte. Auch wenn sie dem Erdbeerfest mit gemischten Gefühlen entgegensah – sie würde mit Sicherheit Clayton über den Weg laufen –, freute sie sich auf ihren letzten Abend in Little Falls. Beim Gedanken an den mittleren Cassidy-Spross verzog sie kurz das Gesicht. Es war bitter, sich einzugestehen, dass sie erneut auf einen Mann hereingefallen war, der offensichtlich mehr Wert auf Äußerlichkeiten legte als auf den Charakter. Warum lernte sie nicht aus ihren Fehlern? Dabei wusste sie doch schon lange, wie Clayton tickte. Er war eingebildet, oberflächlich und mit einem zu großen Ego ausgestattet.

Die heiße Blondine passte also perfekt in sein Beuteschema. Was wollte er dann von ihr und warum besaß er die Frechheit, ihr wenige Stunden später einfach *so einen* Satz an den Kopf zu schleudern. *Ich habe mich in dich verliebt.* Erneut meldete sich die kritische Stimme tief in ihr und flüsterte leise: *Vielleicht hat er doch die Wahrheit gesagt.*

Audrey schnappte sich eine der Fliesen und richtete sie parallel zum Schild aus, dann drückte sie sie in die Klebermasse. Perfekt ... Wenigstens hatte sie bei ihren Projekten alles unter Kontrolle. In ihrem Beruf wusste sie genau, was zu tun war, schließlich hatte sie für alles einen Plan. Aber was ihr Liebesleben anging, war sie ein hoffnungsvoller Fall. Wenn Clayton wirklich so für sie empfand, hätte er sie nach dem Kinoabend doch nicht drei Tage warten lassen, während sie alle möglichen Szenarien durchgespielt hatte. Auch ihre diskreten Nachforschungen bestätigten ihr, dass Clayton ein Mann war, der lockere Beziehungen pflegte und gleich mehrere heiße Eisen im Feuer hatte.

„Oh, das sieht ja entzückend aus!"

Bei Dorothys Stimme, die auf einmal von der Veranda aus zu ihr herüberschallte, fluchte Audrey leise auf. Mist, und jetzt war auch noch die Überraschung im Arsch, weil sich Clayton permanent in ihre Gedanken geschlichen hatte.

Audrey stand von dem kleinen Hocker auf und drehte sich zu ihrer Tante um. „Es sollte eigentlich eine Überraschung werden, du bist viel zu früh zurück!"

Eilig kam Dorothy auf ihre Nichte zu, die Hand rührselig auf die Brust gepresst. „Wunderschön, jetzt haben wir endlich ein passendes Schild für unsere Liegewiese!"

„Gefällt es dir?", fragte Audrey mit liebevollem Blick.

„Ob es mir gefällt? Ich bin begeistert! Besonders die Kombination des Schildes mit den niedlichen Fliesen!" Dorothy standen Tränen in den Augen.

„Ich dachte mir, dass hier noch irgendwas fehlt, nachdem du schon die Veranda, die Küche und das Teezimmer mit Jonathans Schildern ausgestattet hast." Audrey zwinkerte ihr verschwörerisch zu.

„Die Überraschung ist dir eindeutig gelungen, auch wenn ich leider hineingeplatzt bin." Sie hob entschuldigend die Arme. „Ich hoffe, du bist mir nicht böse."

„Nein, Tante Dorothy, ich bin so gut wie fertig – fehlt nur noch die Fugenmasse, die kommt aber erst später drauf, wenn alles ausgehärtet ist."

„Oh, das trifft sich gut, dann lass uns doch eine kleine Pause auf der Veranda einlegen. Ich wollte ohnehin mit dir sprechen", antwortete Dorothy mit seltsam feierlicher Stimme.

„Okay, jetzt machst du mich neugierig", erwiderte Audrey als sie ihrer Tante auf die Veranda folgte.

„Es ist vielleicht besser, wenn du dich dabei setzt", schlug Dorothy lächelnd vor.

Okay, jetzt wurde sie leicht nervös. Ihre Tante benahm sich auf einmal mehr als merkwürdig, dazu ihr entrückter Blick ... dann ließ sie die Bombe ohne Vorwarnung platzen.

„Dean und ich möchten dir gerne das B & B vermachen."

Audrey klappte die Kinnlade runter. „Was? Warum das? Ihr seid doch nicht etwa schwerkrank oder verschweigt ihr mir was?"

Dorothy legte sich die Hand auf die Brust und lachte herzhaft. „Gott, nein, mein Liebling. Wir sind quickfidel! Dennoch möchten wir das schon jetzt in unserem Testament regeln, zu Lebzeiten sozusagen."

Tränen traten ihr in die Augen, allein der Gedanke machte sie fertig. „Hm, ich weiß wirklich nicht, ob ich mich darüber freuen soll, Tante Dorothy. Ehrlich gesagt möchte ich gar nicht so weit denken, dass ihr irgendwann ..."

„Audrey, wir wollen nur sichergehen, dass unser B & B in guten Händen ist." Dorothy machte eine kurze Pause. „Es würde mir das Herz brechen, wenn wir es irgendwann verkaufen müssten."

Audrey schluckte, ein Verkauf wäre tatsächlich die einzige Option, da Dorothy und Dean keine Kinder hatten.

„Natürlich würde ich mich irgendwann ums B & B kümmern. Es ist wie mein zweites Zuhause." Noch bevor sie diesen Satz beendet hatte, wurde ihr klar, dass das B & B über ihrer Karriere als Innenarchitektin stand und ihr Herz mehr an Little Falls hing als an Chicago. Noch schöner wäre es natürlich, wenn auch ihre Eltern diese Liebe teilen würden.

„Wie schön, ich hatte gehofft, dass du das sagst. Noch sind wir fit, aber Dean geht auf die Siebzig zu und ich werde auch nicht jünger."

Audrey nickte. Irgendwie hatte sie das Gefühl, als sei das Gespräch noch nicht beendet.

„Hm, da wäre noch etwas." Dorothy rutschte unruhig auf ihrem Korbstuhl herum. „Ich weiß, du hast einen guten Job in Chicago, bist selbstständig und das hier ist etwas ganz anderes als Innenarchitektur ..."

„Tante Dorothy, willst du mich gerade fragen, ob ich das B & B etwa schon jetzt übernehmen will?" Audrey kniff argwöhnisch die Augen zusammen. Hatte sie eben etwas falsch verstanden? Es war doch um eine Übernahme irgendwann in ferner, ferner Zukunft gegangen, wenn die beiden jenseits der Neunzig wären und ihr Onkel zu gebrechlich, um den Rasen zu mähen, und ihre Tante zu schwach, um ihre gusseisernen Pfannen zu heben.

Dorothy kicherte. „Ich wollte dich nicht überrumpeln, mein Schatz. Aber vielleicht kannst du dir vorstellen, dein Erbe schon früher anzutreten. Dean und ich wollen noch Reisen, was von der Welt sehen. Und wenn es nur Florida ist, von dem er mir so vorgeschwärmt hat."

Audrey atmete hörbar aus. „Ich glaube, darüber muss ich erst mal eine Nacht schlafen. Oder zwei." Baileys Bellen lenkte ihre Aufmerksamkeit zum See.

„Oh, Dean und Bailey sind vom Aufbau zurück!" Dorothy stand lächelnd auf.

Doch Bailey stürmte nicht in Richtung Veranda, um sein Frauchen zu begrüßen, sondern sprang übermütig in den See. Ein breites Lächeln zeichnete sich auf Audreys Gesicht ab. Zumindest Bailey hätte an einem Umzug in die Wildnis seine hellste Freude. Ebenso an seinen neugewonnenen Freunden aus dem Schachclub und den Leckereien, die an jeder Straßenecke auf ihn warteten.

„Komm, lass uns zu den beiden gehen, dann kann ich Dean gleich erzählen, dass ich dich schon darauf angesprochen habe." Dorothy zwinkerte Audrey zu und verließ die Veranda.

Audrey schnitt eine Grimasse, denn ihr fehlten immer noch die Worte. Als Kind hatte sie sich manchmal vorgestellt, ihr gehöre das B & B, aber diese Torte auf dem Silbertablett direkt vor sich zu haben, mit einer Kirsche obendrauf, war etwas komplett anderes. Das B & B wäre die Torte und Clayton die … Schnell unterbrach sie ihre Gedanken. Clayton. Mist. Sie hätte ihn jeden Tag vor der Nase. Nicht nur privat, sondern auch im B & B, wenn irgendwelche Arbeiten anfielen – wie sollte sie ihn so vergessen?

Sie folgte ihrer Tante über die Liegewiese bis hin zum Steg, auf dem Dean stand und Bailey schmunzelnd zusah.

„Oh, du bist schon vom Einkaufen zurück?", bemerkte Dean überrascht und gab seiner Frau ein Küsschen.

„Ja, und leider voll in Audreys Überraschung hineingeplatzt", erwiderte Dorothy zerknirscht. „Schau nur, was sie Schönes für uns gemacht hat. Sie ist gerade mit den Fliesen fertig geworden, als ich hinter ihr stand."

„Wenn ich das gewusst hätte", antwortete Dean tadelnd, „dann hätte ich dich entführt. Francis sagte, dass ihr nicht vor dem Mittag zurück wärt."

„Ihr habt beide davon gewusst?", fragte Dorothy mit großen Augen. „Natürlich, aber unser Plan ist wohl nicht ganz aufgegangen." Er wandte sich an Audrey. „Tut mir leid, Kleines, ich fürchte, Francis und ich taugen nicht als Lockvögel."

„Halb so schlimm, Onkel Dean." Audrey warf einen zufriedenen Blick auf das Holzschild mit der Aufschrift „Little Pond", dann verzog sich ihr Mund zu einem Lächeln. Er jetzt fiel ihr auf, wie viele ihrer Ideen in den letzten Monaten ins B & B eingeflossen waren. Sie hatte der Pension ihren Stempel aufgedrückt, ohne es zu merken. Kurz hielt sie inne. Moment mal. War dieses Thema mit der Übernahme ebenso geplant gewesen wie die Zusammenarbeit mit Clayton?

„Audrey weiß Bescheid", holte Dorothy sie aus ihren Überlegungen. Ruckartig wandte Dean den Kopf, in seinem Blick erkannte sie Hoffnung und Liebe. „Und was sagst du dazu, Audrey? Kannst du dir vorstellen, das B & B einmal zu übernehmen?", fragte er hoffnungsvoll.

„Ja, Onkel Dean. Ich könnte es nicht ertragen, sollte es irgendwann verkauft werden", beruhigte sie ihn lächelnd.

„Und nicht nur das, mein Lieber, ich habe sie auch gefragt, ob sie ihr Erbe eventuell schon früher antreten ...", klärte Dorothy ihn auf.

„Was hast du? Wir können das arme Mädchen doch nicht derart überrumpeln." Dean schüttelte tadelnd den Kopf.

„Hab ich doch nicht", erwiderte Dorothy leicht beleidigt. „Ich war sehr taktvoll, nicht wahr, mein Liebling?"

Audrey sah amüsiert zwischen den beiden hin und her. „Ich bin zumindest noch hier, oder nicht?" Sie zwinkerte den beiden zu. Ihre Gedanken wanderten zu all den Festlichkeiten, die regelmäßig im Bed & Breakfast stattfanden, und sofort ein warmes Gefühl tief in ihrem Inneren hervorriefen. Das Halloweenfest, die Waffelparty, die Weihnachtsfeier der Senioren … All diese Veranstaltungen würden zum normalen Hotelbetrieb dazukommen. Ganz allein konnte sie es nicht schaffen, ganz zu schweigen von der Pflege des riesigen Grundstücks. Etwas überfordert ließ sie ihren Blick über den Rasen, den Badesteg und zum Haus wandern. Wenn es so weit wäre, müsste sie sich etwas einfallen lassen.

„Und keine Sorge, so schnell wirst du uns nicht los", bemerkte Dean beruhigend, der offenbar imstande war, auf einmal Gedanken zu lesen.

„Wir machen genau das, was wir immer gemacht haben, nur dass wir uns jetzt auch ab und zu einen Urlaub gönnen. Kannst du dir vorstellen, dass wir noch nie richtig verreist sind?" Dorothy wandte sich an ihren Mann. „Und die Hochzeit deiner Schwester in Michigan zählt nicht."

„Na dann habe ich schon mehr gesehen als du, mein Schatz", bemerkte Dean mit einem Zwinkern.

„Du meinst deinen Horrortrip nach Miami?" Dorothy sah ihn amüsiert an und wandte sich anschließend an

Audrey. „Sie hätten beinahe den Mietwagen in den Sand gesetzt."

Dean zuckte gleichmütig mit den Schultern. „Na, aber der Rest war doch super. Cocktails, Sonne, ein Besuch in einem Barbershop in Little Havanna."

Audreys Mundwinkel zuckten amüsiert. Sie konnte sich an das Foto erinnern, das ihr Tante Dorothy geschickt hatte. Dean war mit einem sehr merkwürdigen Oberlippenbärtchen aus seinem Urlaub zurückgekehrt, dazu zurückgegeltes Haar und ein helles Leinensakko, das an Miami Vice erinnerte. Es wurde höchste Zeit, dass die beiden gemeinsam was von der Welt sahen, sie wusste nur zu gut, dass sie ihr ganzes Leben nur dem B & B gewidmet hatten. Audrey verzog nachdenklich den Mund. Mit jeder weiteren Minute, die sie über die neuen Möglichkeiten nachdachte, formte sich ein konkreter Plan, der auch ihre Tätigkeit als Innenarchitektin nicht gänzlich ausschloss. Allein im B & B gab es noch soviel zu machen ... Okay, eins nach dem anderen. Vielleicht sollte sie doch erst eine Nacht darüber schlafen, obwohl ihr Herz bereits wusste, für was sie sich entscheiden würde. Ihr Traum von einem Leben in Little Falls würde sich endlich erfüllen, und nicht nur das, sie hätte auch bald eine ganze Vorratskammer voll Salty Pebbles.

***

Als Audrey am späten Nachmittag einen langen Spaziergang mit Bailey unternahm, fühlte sie sich wie beflügelt. Dieses Mal verlief ihre Runde ringsum den Little Pond, den man mit einem strammen Fußmarsch von einer Stunde gut bewältigen konnte. Sie passierte den öffentlichen Strand, den man vor einigen Jahren mit etwas Sand aufgeschüttet hatte, doch außer einer Reifenschaukel, die an einem tiefhängenden Ast über dem Wasser baumelte, gab es nichts Spektakuläres zu entdecken.

Sie lief entlang des Trampelpfades weiter und durchstreifte hohen Schilf, der hier an der Nordseite des Sees dominierte und dem Ufer einen rauen Touch verlieh. Hier war das Wasser etwas tiefer und auch für Angler attraktiv, obwohl der Fischbestand im Vergleich zum Dragonfly Lake doch sehr spärlich war.

Sie erinnerte sich an Martha, die vor ihrer Bürgermeisterkarriere regelmäßig in Gummistiefeln im kniehohen Wasser gestanden hatte. Sehr zu Audreys Leidwesen, denn sie hatte nie hinschauen können, wenn die Gute irgendetwas aus dem Wasser gezogen hatte. Ein Glück, dass sie jetzt zu ausgelastet war, um Tiere zu töten.

Audrey marschierte weiter und erreichte nach einer halben Stunde die gegenüberliegende Seite des Sees. Mittlerweile stand die Sonne schon tief am Himmel und spiegelte sich auf der ruhigen Wasseroberfläche wider. Sie konnte nicht in Worte fassen, wie sehr sie der Anblick des goldschimmernden Sees berührte. Vor hier aus wurden ihr die Ausmaße des Grundstücks und die Größe des Gebäudes erst richtig bewusst. Das Bed & Breakfast wirkte mit seiner ausladenden Veranda, die zum See führte, sehr herrschaftlich und wie ein Stück Paradies auf Erden.

Sie zückte ihr Handy und schoss ein Foto, das sie direkt ihrer Mom weiterleitete. Bis jetzt hatte sie ihre

Eltern noch nicht über die neuesten Entwicklungen informiert. Aber wenn sie sich morgen nach dem Aufwachen immer noch sicher war, ihre Zelte in Chicago abzubrechen, würde sie ihre Eltern direkt nach dem Frühstück anrufen. Sie konnte nicht länger warten. Sie gehörte einfach hierher und nun fügte sich alles wie ein Puzzle zusammen. „Na, was meinst du, Bailey, sollen wir einfach hierbleiben – für immer?"

Wie auf Kommando schaute ihr treuer Begleiter auf, als hätte er sie verstanden, dann vollführte er einen ausgelassenen Freudensprung und stürmte erneut ins Wasser, um auch diesen Bereich des Sees zu entdecken.

23

Clayton

„Lass mich raten, das Wettessen war Marthas Idee?“ Schmunzelnd wandte sich Clayton an seinen Grandpa, der interessiert nach vorne sah. Hinter einem langen Holztisch hatten sich an die zwanzig Kinder aufgestellt, die nur noch auf Marthas Startschuss warteten, damit sie sich auf Francis' Cupcakes stürzen konnten.

„Wessen Idee sonst? Du weißt doch, wie sie ist … Aber in diesem Fall hat es auch was Gutes, Francis ist überglücklich, dass sie die Törtchen für diese Aktion beisteuern durfte“, klärte Larry seinen Enkelsohn auf.

Clayton nickte verstehend, dieser Wettbewerb war eine große Sache und ein Riesenspaß für die Kinder. Als er nun ebenfalls einen genaueren Blick auf die überdimensionalen Cupcakes warf, die in Reih und Glied aufgereiht waren, bedauerte er für einen Moment, dass Erwachsene vom Wettbewerb ausgeschlossen waren.

„Seid ihr bereit, Kinder?“ Marthas Stimme schallte laut aus dem Megafon, ehe ihr Mann Eugene mit einer Stadiontröte das Startsignal auslöste.

Sofort stürzten sich die Kinder freihändig auf die mit Erdbeercreme gefüllten Gebäckstücke, dabei wurden sie von den Zuschauern angefeuert.

Im Gegensatz zum Stadtfest im letzten Herbst wirkte das Erdbeerfest beinahe familiär, da hier nur Einwohner von Little Falls und Gäste des B & B zugelassen waren. Unauffällig drehte sich Clayton zu Dorothys Stand, wo sie selbst gemachten Erdbeerlimes und Marmeladen verkaufte, doch auch dort konnte er Audrey nirgends entdecken. War sie womöglich schon früher abgereist? Allein der Gedanke daran versetzte ihm einen Stich.

Der Wettbewerb interessierte ihn nur zweitrangig, wie er zugeben musste. Er wollte Audrey wiedersehen. Sein Blick wanderte zu Josephines Büchertisch, der nicht nur eine beachtliche Auswahl an Koch- und Backbüchern zum Thema Erdbeeren bot, sondern auch gleich die passenden Schürzen dazu. Enttäuscht verzog er das Gesicht und auch am Verkaufsstand seiner Mom tummelten sich nur einige ältere Damen, die interessiert die Produkte im Fixer-Upper-Stil bestaunten.

Darunter bedruckte Stoffe, Geschirr und sogar Tapeten mit kleinen Beeren darauf.

„Schau, der kleine Dennis liegt in Führung", holte ihn Larry lachend aus seinen Überlegungen. „Hm, ich glaube, ich muss mit seiner Mom ein ernstes Wörtchen sprechen, so hastig, wie er den Cupcake verschlingt … Ist ja ganz ausgehungert, der Junge."

Clayton wandte den Kopf wieder zum Wettessen und verfolgte, wie der Sechsjährige – mit Erdbeercreme hinter den Ohren – die letzten Reste vom Teller schleckte und dann siegessicher die Arme hochriss, woraufhin Eugene erneut trötete.

„Wir haben einen Gewinner", kam es aufgeregt aus Marthas Megafon, „und das auch noch in Rekordzeit!"

Clayton hätte in diesem Moment nicht glücklicher sein können, nicht wegen Dennis, sondern wegen Bailey, der auf einmal neben Martha aufgetaucht war. Ruckartig riss er den Kopf herum, dann war Audrey also noch in Little Falls. Sein Herz schlug ihm vor Aufregung bis zum Hals, schließlich hatte er sie seit seinem offenherzigen Geständnis nicht mehr gesehen.

Als er sie schließlich in der Menschenmenge entdeckte, klappte ihm die Kinnlade herunter. Entgegen ihrer üblichen Garderobe – Latzhosen und Chucks – steckte sie heute in kurzen Shorts und trug ihr Haar offen. Ganz offensichtlich hatte sie sich heute mal fürs Fest herausgeputzt.

„Mund zu, es zieht", zischte ihm sein Grandpa schmunzelnd zu.

Kurz schüttelte Clayton sich, dann schloss er den Mund. Sie hatte ihn komplett aus dem Konzept gebracht, er konnte nur noch auf ihre gebräunten Beine starren. Er schluckte fest. Erst jetzt fiel ihm auf, wie sehr er sie in den letzten Tagen vermisst hatte.

Ihrem Gesichtsausdruck nach zu urteilen, war sie auf der Suche nach Bailey, der in diesem Moment – nachdem es auf dem Tisch nichts mehr zu holen gab – auf ihn zulief.

„Na du Ausbüchser!" Clayton griff nach dem Halsband, damit der Hund ihm nicht entwischte – er hatte Audrey, wie auch schon beim Open-Air-Kino, wieder zu ihm geführt.

„Bailey ist hier bei uns!“, informierte Larry sie lauthals und machte sich dabei winkend bemerkbar.

„Hallo, Larry, hätt ich mir doch denken können, dass er wieder bei dir ist“, begrüßte sie ihn lachend, bevor sie Clayton kurz zunickte.

Das war alles? Nicht einmal ein *Hallo*? Clayton kniff argwöhnisch die Augen zusammen, während er Audrey musterte. Er nahm ihr einfach nicht ab, dass ihr alles egal war – nicht nach den vergangenen Tagen und ihrer gemeinsamen Zeit.

„Du hast das Wettessen knapp verpasst“, informierte Larry die junge Frau, „aber du kommst genau richtig zum Kuchenwettbewerb und zur Wahl der Erdbeerkönigin.“

Audrey lächelte ihm höflich zu, doch es war ihr deutlich anzusehen, wie unwohl sie sich in Claytons Gegenwart fühlte. Kurz schüttelte er den Kopf, er wurde aus ihr einfach nicht schlau. Das war nicht die Audrey, die er seit seiner Kindheit kannte. Nur eins war sicher: Die forsche Besserwisserin war ihm eindeutig lieber.

„Oh, da kommt Logan mit meinem Kuchen! Ich muss los!“ Larry zwinkerte Clayton kurz zu und eilte dann zum Buffet um seine Kreation perfekt in Szene zu setzen.

„Dein Grandpa macht beim Wettbewerb mit?“ Endlich wandte sich Audrey direkt an ihn und ließ ihn neue Hoffnung schöpfen, auch wenn im Moment wohl eher die Neugierde aus ihr sprach.

„Ehrlich gesagt habe ich selbst gerade erst davon erfahren.“ Clayton legte den Kopf schief und verfolgte wie Larry die Kuchenhaube von der Platte hob und seine Kreation voller Stolz präsentierte. „Grandpa überrascht mich immer wieder.“

„Mmh, der sieht wirklich beeindruckend aus ... im Gegensatz zu dem da“, bemerkte Audrey mit einem unterdrückten Prusten und nickte mit dem Kopf diskret zum anderen Ende des Tisches.

Claytons Blick wanderte nun ebenfalls zu dem unförmigen Kuchen, der die Form eines glasierten Sofakissens hatte und für lockeren Gesprächsstoff zwischen ihnen sorgte. „Wie nach einem Hundeangriff! Wer tritt denn mit so einem Ding an, das ist doch nicht ernst gemeint?“

„Also von mir ist er nicht“, erwiderte Audrey mit einem herzhaften Lachen, das sein Herz springen und den missratenen Kuchen vergessen ließ.

Clayton starrte die Frau neben ihm einfach nur an. „Audrey, es tut mir leid, wenn ich dich neulich überfallen habe, aber ich ...“ Mutig griff er nach ihrer Hand.

„Clayton“, erwiderte sie mit gequälter Stimme und entzog ihm langsam die Hand, „wir sind grundverschieden und du stehst doch eigentlich auf einen ganz anderen Typ Frau.“

„Ach ja?“ Argwöhnisch kniff er die Augen zusammen und fragte herausfordernd: „Und das weißt du so genau?“ Doch im Grunde hatte sie den Nagel auf den Kopf getroffen. Bis vor Kurzem stand er tatsächlich auf ganz andere Frauen, Frauen, die ihm jedoch nichts bedeutet hatten und langweilig wie Brot waren.

„Huch, da steht ja schon mein Kuchen“, platzte Martha mitten in ihre Unterhaltung und zeigte stolz auf das schiefe Gebilde. „Ich wollte unbedingt auch einmal am Wettbewerb teilnehmen. Ist er nicht schön?“

Erwartungsvoll sah Martha zwischen den beiden hin und her, dann blieb ihr Blick an Clayton hängen.

„Ähm, ja, sehr schokoladig, wenn ich das von hier aus beurteilen kann. Der ist uns eben schon ins Auge gestochen."

Die Bürgermeisterin nickte zustimmend und hob dann in ihrer typischen Geste die Hand. „Süße Leidenschaft – ein Traum aus Schoko und Erdbeeren‘."

Clayton wechselte mit Audrey einen vielsagenden Blick, der seinen Puls sogleich ansteigen ließ. Ja, er würde entgegen seiner üblichen Manier um eine Frau kämpfen, auch wenn das bedeutete, dass er sie erst von seiner Liebe überzeugen musste.

„Na, dann lass ich euch mal wieder allein", bemerkte Martha mit einem verschwörerischen Zwinkern, ehe sie davonrauschte, „und ich zähle auf eure Stimmen."

Kopfschüttelnd sah Audrey ihr nach. „Ok, die Bürgermeisterin auf Stimmenfang, aber mit diesem Kuchen wird sie keinen Blumentopf gewinnen. Apropos. Es wundert mich, dass Martha überhaupt so gut drauf ist, jetzt, wo ihr Projekt am Dragonfly Lake am Kippen ist."

Ok, geschickt abgelenkt, schoss es Clayton durch den Kopf. Audrey wollte das Thema wohl nicht wieder aufnehmen … aber der Tag war noch lang. Erst jetzt fiel ihm ein, dass er sie gar nicht mehr auf die Unterschriftenaktion angesprochen hatte. „Cole hat mir bereits gesagt, dass die Aktion ein voller Erfolg ist und niemand will, dass dort eine Großbaustelle entsteht."

Audreys Mund verzog sich zu einem breiten Lächeln. „Ist das nicht toll? Dann hast du den See ganz für dich allein."

Clayton nickte, doch das Bauprojekt war weit weg, denn in diesem Moment hatte er eine ganz andere Baustelle. Er war zum ersten Mal in seinem Leben unsterblich verliebt.

Für einen Moment war wieder die kämpferische Audrey an die Oberfläche gekommen, was ihn unsagbar glücklich machte. Am besten war es wohl, wenn sie nur noch über Projekte und Baustellen sprachen, denn auf diesem Gebiet fühlte sich Audrey eindeutig wohler.

Weshalb er direkt vorlegte. „Die Pläne fürs Haus habe ich übrigens schon fertig, vielleicht magst du mal drüberschauen ..."

Für einen Moment erkannte er ein Aufflackern in ihren Augen, das er nicht genau deuten konnte.

„Ja klar, warum nicht, ich bin ja morgen noch da."

Der Stich, der ihn beim Gedanken an ihre baldige Abreise traf, war heftig, dennoch antwortete Clayton mit beherrschter Stimme: „Ok, prima, deine Meinung ist mir sehr wichtig."

Nach einer gefühlten Ewigkeit, in der sie sich einfach nur ansahen, fragte er: „Kommst du mit zu Josephine? Ich schulde ihr noch Feedback."

Da Audrey für einen Moment – der sich für ihn allerdings wie eine halbe Ewigkeit anfühlte – zögerte, rechnete er schon mit einem Nein. Doch dann erwiderte sie lapidar: „Mmh, ich wollte mir den Stand auch noch anschauen."

Sie schnappte sich Bailey und begleitete ihn über den Rasen bis zum Buchstand. Immerhin hatte sie nicht Nein gesagt und das Fest war geradezu perfekt geeignet, ihr auch eine andere Seite von sich zu zeigen. „Ich habe mir vor Kurzem ein Angelbuch gekauft, aber ich befürchte, das wird nichts mehr."

Interessiert sah sie auf. „Du warst am Little Pond angeln?"

„Nein, am Dragonfly Lake." Clayton schüttelte amüsiert den Kopf. „Aber wenn ich selbst dort kein Glück habe, brauche ich es am Little Pond gar nicht erst versuchen."

„Das stimmt, am Little Pond war es schon immer schwierig, etwas zu fangen, dennoch haben es einige Gäste vom B & B versucht." Sie schüttelte sich kurz. „Als Kind fand ich es furchtbar, wenn ich dort auf Angler gestoßen bin. Ich kriege bis heute keinen Fisch runter."

Clayton verzog mitfühlend das Gesicht. „Und Martha hat sich am liebsten am Nordufer herumgedrückt. Ich kann mich noch erinnern, wie du sie immer mit dem Fernglas ausspioniert hast."

„Mmh, um zu schauen, ob sie was fängt. Immerhin habe ich mir jeden Morgen die Mühe gemacht, das Wasser aufzuwirbeln und lauthals zu singen."

Clayton lachte herzhaft, dann wandte er sich in verschwörerischem Ton an Audrey. „Ich wollte die Bürgermeisterin fragen, ob sie mir ein paar Tipps gibt. Wenn ich am See wohne, wäre es doch ganz romantisch, mir mein Abendessen zu angeln."

„Ja, tue dich nur mit Martha zusammen", erwiderte Audrey mit gespielt empörter Stimme. „Aber um den Little Pond macht ihr bitte einen großen Bogen. Schließlich gibt es dort auch Gäste und die können auf angeschwemmte Angelhaken verzichten."

Clayton hob abwehrend die Hände, ehe er mit beruhigendem Tonfall fortfuhr: „Keine Sorge, ich habe meine

Ausrüstung bereits bei Ebay reingesetzt, vor allem nachdem ich meiner Mom neulich beim Ausnehmen über die Schulter geschaut habe." Clayton verzog angewidert das Gesicht. „Ich wäre beinahe umgekippt."

Audrey schenkte ihm ein dankbares Lächeln, was sein Herz hüpfen ließ, wenn er ihr jetzt noch gestehen würde, dass er nur zweimal die Woche Fleisch aß ... Ehe er weiter Pluspunkte sammeln konnte, erreichten sie den Buchstand.

„Hallo, Audrey, hallo, Clayton!", begrüßte Josephine die beiden erfreut.

„Hallo, Josephine. Mir ist vorhin eingefallen, dass du immer noch auf meine Bewertung für ‚Angeln für Dummies' wartest."

Neben sich erkannte er Audrey, die sich prustend die Hand vor den Mund hielt. „Entschuldige, aber der Titel ist einfach herrlich."

Josephine fiel in das Lachen mit ein. „Ja, von dieser Reihe gibt es eine ganze Auswahl. Ich liebe diese Bücher. Und wieviel Sterne gibst du ihm?", fragte sie nun an Clayton gewandt.

„Ich bin leider total unfähig, überhaupt etwas aus diesem Buch anzuwenden. Aber ich fand die Fotos und auch die Erklärungen sehr anschaulich. Hm, wie wär's mit vier Sternen? Auch wenn ich keinen einzigen Barsch an Land gezogen habe."

„Puh, solche Rezensionen sind natürlich nicht sehr hilfreich, aber wenn du es schon aufgegeben hast, dann schenk es doch Larry, der kann bestimmt was damit anfangen und mir eine qualifizierte Bewertung abgeben", schlug Josephine nachdenklich vor.

„Ok, dann bekommt Grandpa das Buch“, erwiderte Clayton mit entschuldigendem Blick an Audrey – jetzt mussten sich die Fische wirklich warm einpacken.

„Und wie sehen die Kuchen aus? Bis jetzt ist Jonathan noch nicht aufgetaucht, um mir ein paar Kostproben zu bringen.“

„Martha ist dieses Mal auch am Start … Mit einer Art Schokokuchen“, klärte Audrey sie auf. „Frag mich nicht, was sie da glasiert hat, aber die Form ist mehr als merkwürdig.“

„Martha? Die kann doch gar nicht backen! Hat Larry sie etwa mit seinem neuen Hobby angesteckt?“, bemerkte Josephine schmunzelnd.

„Hm, kann gut sein. Aber an die Apfel-Baiser-Torte kommt niemand heran.“ Clayton griff unbewusst nach Audreys Hand und dieses Mal zog sie sie zu seiner großen Freude nicht zurück. „Wir sollten uns lieber beeilen, sonst sind alle Stücke weg, ehe wir unsere Stimme abgeben können. Was meinst du?“

Ein wohliges Kribbeln durchfuhr seinen Körper, als er Audrey erwartungsvoll ansah und auf ihre Antwort wartete. Wenn es sein musste, würde er auch Marthas glasiertes Sofakissen essen.

„Ja, lass uns gehen, nicht dass ich das auch noch verpasse“, erwiderte sie herzhaft lachend.

Hand in Hand bahnten sie sich ihren Weg durch die Menge und erreichten die lange Tafel auf der an die zwanzig Kuchen aufgereiht worden waren.

„Ich war schon seit Jahren nicht mehr dabei“, bemerkte Audrey aufgeregt, als sie den Teller mit den Kostproben und den Stimmzettel entgegennahm.

„Du Glückliche. Letztes Jahr wäre es beinahe eskaliert, wegen eines Klapptischs – Chase musste sogar einschreiten!"

„Tatsächlich?" Audrey kicherte. „Das liebe ich so sehr an Little Falls."

„Du meinst, dass alle irgendwie einen leichten Schuss haben?" Clayton hob fragend eine Augenbraue.

„Nein, dass alle mit Herzblut dabei sind, egal ob es um einen ollen Wettbewerb oder um etwas wirklich wichtiges geht." Ein sentimentales Lächeln schlich sich auf ihre Lippen, das ihre Augen erreichte und Clayton fest schlucken ließ. Nur mit Mühe gelang es ihm, sie nicht wieder zu berühren, auch wenn sich alles in ihm danach sehnte.

„Im Pavillon ist noch ne Bank frei, da können wir uns hinsetzen", schlug Clayton lächelnd vor, als sie sich vom Buffet entfernten. Er wollte sie nicht überrumpeln, jetzt, wo sie sich wieder etwas angenähert hatten und er wieder Hoffnung schöpfte. War es sogar möglich, dass Audrey über seine Worte nachgedacht hatte und ihm zwischenzeitlich glaubte, dass er für diesen unglücklichen Kussüberfall nichts konnte? Warum sonst verbrachte sie das Erdbeerfest wohl mit ihm?

Er hing geradezu an ihren Lippen, als sie vom ersten Stück Kuchen probierte und dabei genießerisch die Augen schloss. „Und, was sagst du zu Grandpas Kunstwerk?"

„Himmlisch und sehr raffiniert. Er hat die Apfel-Baiser-Torte perfekt abgewandelt. Erdbeeren anstelle von Äpfeln und in die Baiserhaube hat er Kokosraspel gemischt. Also meine Stimme hat er." Automatisch

schaufelte Audrey ein weiteres Stückchen auf die Gabel
und bot sie Clayton an.

Überrascht nahm er die Gabel entgegen und stellte
sich vor, wie ihre Lippen kurz zuvor ebendiese berührt
hatten ... O Mann, so langsam ging wirklich die Fantasie mit ihm durch. Es war geradezu kitschig, wie sie auf
der Bank im Pavillon saßen, von Hortensien umringt,
und sich durch die Kuchen kosteten.

„Sehr lecker, Grandpa hat echt ein Talent fürs Backen“, presste Clayton heraus, dabei konnte er in diesem Moment an nichts anderes denken, als Audrey zu
küssen.

24

Audrey

Der gestrige Tag hatte sie bis in ihre Träume verfolgt. Clayton und sie unterm Pavillon, Clayton und sie vor Dorothys Erdbeerlimes-Stand und vor allem seine sehnsüchtigen Blicke, die er ihr in einem unbeobachteten Moment zugeworfen hatte. Na toll, sie stand kurz vor ihrer Abreise und konnte an nichts anderes denken als an den heißesten Bauunternehmer in ganz Connecticut. Hätte sie das Erdbeerfest doch nur mit Jenna besucht oder sich während Marthas Teilnahme am Kuchenwettbewerb an Eugene gehalten. Aber mit jeder weiteren Minute, die sie mit Clayton auf dem Fest verbracht hatte, bröckelte die Mauer, die sie nach dem „Zwischenfall" aufgebaut hatte. Ihr war klar geworden, dass sich Clayton ihr gegenüber immer ehrlich verhalten hatte – egal ob es auf der Baustelle oder privat gewesen war – und sie ihm nur aufgrund ihrer schlechten Erfahrungen nicht glauben wollte. Aber Clayton war anders als ihr Ex. Mit ihm teilte sie nicht nur dieselbe Leidenschaft für Häuser, nein, er trug sein Herz auf der Zunge und mochte Bailey.

Audrey öffnete ihren Koffer, dann legte sie ihre Klamotten fein säuberlich hinein, den Abschiedsschmerz ignorierte sie. Wenn sie erst einmal zurück in Chicago war, konnte sie mit etwas Abstand auf die verrückte Zeit in Little Falls zurückschauen. Nicht nur Clayton hatte sie total aus dem Konzept gebracht, sondern auch ihre Tante Dorothy mit ihrem Angebot, das B & B zu übernehmen. Im Moment wollte sie einfach nichts überstürzen, auch wenn sie zu beidem sofort Ja gesagt hätte.

Ein Klopfen an der Tür ließ sie aufhorchen, kurz darauf trat Dorothy ein. „Na, schon am Packen?" Es war der älteren Frau anzusehen, dass sie Audrey schon jetzt vermisste.

„Ja, dann kann ich morgen nach dem Frühstück gleich los", antwortete Audrey mit gemischten Gefühlen. Das war so typisch für sie, dass ihr Verstand erst alles prüfen musste, obwohl sich ihr Herz schon längst entschieden hatte – zumindest für das B & B. Aber so war sie nun mal, sie ging gern auf Nummer sicher, notfalls mit dem Erstellen von Pro-und-Kontra-Listen.

„Am besten nimmst du dir für später eine leichte Jacke mit, falls es abkühlt", holte Dorothy sie aus ihren Gedanken.

Stimmt, das hatte sie beinahe vergessen. Ihre Tante und ihr Onkel wollten sie zum Abschied an ihrem letzten Abend ausführen.

„Ich dachte, wir gehen in den Diner?", fragte Audrey verwirrt.

„Nein, doch nicht in den Diner, es wird eine Überraschung."

Nachdenklich verzog sie den Mund, denn neben einigen Restaurants, die sie in New Haven kannte, gab es im Umkreis außer einer Pizzeria und einem Chinesen keine wirklichen Überraschungen. „Das muss doch nicht sein, wir können auch einfach hier essen."

Dorothy schüttelte vehement den Kopf, ehe sie ihr geheimnisvoll zuzwinkerte. „Lass dich überraschen."

Audrey lächelte ihre Tante an, denn es war zu süß wie aufgeregt Dorothy war. „Ok, jetzt machst du mich aber wirklich neugierig."

***

Als Audrey eine halbe Stunde später die Eingangslobby erreichte, rutschte ihr beim Anblick des Überraschungsgasts das Herz in die Hose. Clayton. Kam er etwa zum Essen mit? Panisch sah sie sich nach Dorothy um, doch von der fehlte jede Spur.

„Hi, Audrey", begrüßte Clayton sie mit einem breiten Lächeln.

„Clayton, was machst du denn hier?" Unauffällig musterte sie den Mann, der heute mal nicht in zerschlissenen Jeans und einem Flanellhemd steckte, sondern mit seinem schwarzen Hemd sehr geheimnisvoll und sexy wirkte.

„Na dich abholen", erwiderte er wie selbstverständlich und zwinkerte ihr zu. „Wie ich sehe, hat Dorothy dichtgehalten."

„Ähm, das heißt, wir gehen gar nicht alle zusammen essen, sondern nur wir beide?", fragte sie etwas stumpfsinnig.

„Du, Bailey und ich", klärte Clayton sie mit schiefgelegtem Kopf auf und griff nach ihrer Hand.

Seine Berührung, die sie wie ein Stromschlag durchfuhr, setzte jeden klaren Gedanken außer Gefecht. Handelte es sich hierbei etwa um ein arrangiertes Date? Hatte Tante Dorothy sie schon wieder ins kalte Wasser geworfen?

Audrey sah Bailey nach, der ganz offensichtlich in Aufbruchstimmung war und sich bereits auf den Weg zu Claytons Pick-up machte. Lachend folgte sie ihm mit Clayton, der sie immer noch an der Hand hielt.

„Und wo geht es hin?", fragte sie ergeben. Was konnte schon falsch sein an einem letzten Abendessen?

„Lass dich überraschen." Er öffnete ihr galant die Tür und verfolgte mit belustigtem Blick wie sich Bailey vordrängelte und auf dem mittleren Sitz Platz nahm. „Aber so viel kann ich verraten: Hunde sind dort ausdrücklich erwünscht."

Allein für diesen Satz hätte Audrey ihn küssen können. Jetzt war sie wirklich gespannt, denn Restaurantbesuche waren mit Bailey immer etwas anstrengend.

Audrey nahm ebenfalls Platz, ließ Clayton die Tür schließen und fühlte sich dabei auf einmal wie eine Prinzessin. Sie konnte sich nicht erinnern, dass ein Mann ihr jemals die Autotür geöffnet hätte. Clayton umrundete den Pick-up und schwang sich hinters Lenkrad, dann startete er den Wagen. Sie passierten die Main Street und verließen das Zentrum von Little Falls. Zu Audreys Überraschung bog Clayton auf den Schotterweg ab, der zum Dragonfly Lake führte.

„Oh, du willst mir deinen Bauplatz zeigen?" Nachdem Clayton ihr gestern erzählt hatte, dass er die Pläne fürs

Haus bereits fertig hatte, brannte es ihr förmlich unter den Nägeln sich alles anzuschauen.

„Nein, heute nicht", erwiderte er geheimnisvoll, während er den Pick-up konzentriert über den unbefestigten Weg lenkte.

Er wollte doch wohl nicht mit ihr Angeln gehen? Nein, nicht nach ihrem Gespräch gestern. Wer sollte den Fisch denn ausnehmen – sie bestimmt nicht. Hm, was hatte er nur vor?

Als Clayton weiterhin schwieg, bemerkte sie trocken. „Du willst mich entführen und am See verscharren, gibs zu."

Clayton sah sie mit großen Augen an, dann schüttelte er schmunzelnd den Kopf. „Das passende Werkzeug dazu hätte ich auf der Ladefläche, aber nein, ich bin ganz harmlos."

Audrey verzog nachdenklich den Mund, denn mittlerweile waren ihr die Ideen ausgegangen. Als sie jedoch den Hügel erreichten, der zum See hinabführte, wusste sie, was Clayton vorhatte. Zwischen den Ästen erkannte sie unzählige Lichterketten und am Boden entdeckte sie eine geblümte Picknickdecke, die von Laternen umringt wurde.

„Ein Picknick?", stammelte sie immer noch fassungslos. Noch nie hatte sich ein Mann für ein Date so viel Mühe gemacht und dazu noch auf Bailey Rücksicht genommen.

„Yep, an der Stelle, an der ich eigentlich bauen wollte."

„Wollte?", fragte Audrey. „Ähm, habe ich was verpasst?"

„Ich erzähl dir gleich alles, aber lass uns erst mal aussteigen“, bemerkte Clayton lächelnd und parkte den Pick-up nahe des Sees.

Neugierig sprang Audrey, gefolgt von Bailey aus dem Wagen, sie konnte sich nicht erklären, warum Clayton seine Pläne geändert hatte. Sie verfolgte, wie er einen großen Picknickkorb von der Ladefläche hob und dann auf sie zukam.

„Die Unterschriftenaktion hat mir die Augen geöffnet.“ Er verzog entschuldigend das Gesicht. „Ich weiß, es ging dabei auch darum, das Großprojekt von Martha zu verhindern – was uns Gott sei Dank gelungen ist.“ Er machte eine Pause. „Aber nur allein für mich eine Ausnahme machen ... Nein, ich fühle mich dabei nicht wohl.“

„Bist du dir sicher? Es war doch dein großer Traum“, hakte Audrey nach.

„Ich war mir noch nie so sicher. Der Dragonfly Lake soll unberührt bleiben ... Außerdem ist er der perfekte Ort für ein abgeschiedenes Date.“

Audrey folgte ihm lächelnd zur Picknickdecke, wo er den Korb abstellte. „Ich muss sagen, du überraschst mich immer mehr.“

Um Claytons Mund zuckte es amüsiert. „Und hier kannst du nicht einfach abhauen.“

Okay, das hatte er geschickt eingefädelt – wie sie zugeben musste. Sie war ihm und seinem Anflug von Romantik völlig ausgeliefert. Ihr Herz setzte für einen Schlag aus, als ihr klar wurde, dass sie mit ihm ganz alleine war und so etwas kam in Little Falls äußerst selten vor – wo war Bailey überhaupt, wenn man ihn brauchte?

Als hätte Clayton ihre Gedanken gelesen, antwortete er. „Bailey scheint es hier zu gefallen, wenn er gerade dabei ist, meinen Korb zu plündern."

Mit großen Augen verfolgte Audrey wie ihr eigener Hund ihr in den Rücken fiel und mit einer meterlangen Metzgerwurst auf der Kette das Weite suchte.

„Wie schön, er hat sein Festessen schon gefunden", fuhr Clayton lachend fort. „Für dich habe ich mir aber etwas ganz Besonderes ausgedacht."

Er nahm sie bei der Hand und zog sie mit sich auf die Decke, anschließend holte er aus dem Korb zwei Müslischalen hervor.

„Suppe?", fragte sie erstaunt.

„Besser. Salty Pebbles." Er zwinkerte ihr zu. „Und zur Feier des Tages werde ich all meinen Mut zusammennehmen und auch mal probieren."

Audrey lachte herzhaft auf. Also Clayton zog bei diesem Date wirklich alle Register, um ihr seine Zuneigung zu beweisen. Die mahnende Stimme tief in ihrem Inneren wich immer weiter zurück. War es doch möglich, dass er sie mit all ihren Eigenarten mochte? Allein dass er von den salzigen Cornflakes kostete, war Liebesbeweis genug.

Er kippte Milch zu den Cornflakes und reichte Audrey ihr Schüsselchen. Mit feierlicher Stimme sagte er: „Lass uns mit dem ersten Gang starten."

Amüsiert nahm sie ihre Portion entgegen. „Es gibt noch mehr Gänge?"

„Was dachtest du denn? Dass ich dich bei unserem ersten Date hiermit abspeise?" Er schüttelte gespielt beleidigt den Kopf und griff dann nach seinem Löffel.

„Oh, einen Moment, ich habe ganz vergessen, die Kerzen anzuzünden."

Audrey konnte nicht anders, als loszuprusten. Dieses Date war wirklich zu komisch und genau nach ihrem Geschmack.

Während Clayton gewissenhaft jede Laterne zum Leuchten brachte, warf sie einen Blick auf Bailey, der es sich am Ufer mit der Wurstkette gemütlich gemacht hatte. Ihr Herz quoll über vor Glück, nicht nur weil ihr felliger Begleiter den Abend ebenfalls genoss, sondern weil Clayton in diesem Moment vom ersten Gang probierte.

Er zuckte nicht einmal mit der Wimper, dabei wusste sie, wie viel Überwindung es ihn kosten musste. Er hatte diese Sorte schon als Kind gehasst ... Wer hätte gedacht, dass sie ihn einmal freiwillig so weit bringen würde.

„Du musst das nicht aufessen, Clayton", bemerkte sie kichernd.

„Jetzt, wo ich weiß, dass es die Dinger nur noch auf dem Schwarzmarkt gibt ... haben sie irgendwie ihren Reiz", bemerkte er mit vollem Mund.

Audrey schüttelte schmunzelnd den Kopf und kümmerte sich dann um ihr eigenes Schüsselchen. Das hier war viel besser als ein Fünf-Sterne-Restaurant oder die Aussichtsplattform in Chicago mit Blick auf den Lake Michigan.

Sie ließ ihren Blick über den Dragonfly Lake wandern, der eine unglaubliche Ruhe ausstrahlte und mit den Lampions zwischen den Bäumen und dem Flackern der Kerzen sehr geheimnisvoll wirkte. Es war schon eine Ewigkeit her, seit sie ein Picknick veranstaltet hatte. Genaugenommen war es in ihrer Kindheit gewesen – mit den Cassidy-Brüdern und Jenna. Damals hatten sie sich hinterm B & B getroffen, weil der Dragonfly Lake einfach zu weit entfernt lag. Mit einem Schmunzeln erinnerte sie sich an den Proviant, den die Jungs gerne beigesteuert hatten. Würstchen mit Ketchup. Sie hoffte, dass Clayton heute einfallsreicher war.

„Bereit für den zweiten Gang?“

Mit großen Augen erkannte Audrey eine Verpackung aus Cole's Diner. „Du hast mir ein Sandwich mitgebracht?“

Clayton nickte. „Cole hat mir verraten, dass du dieses hier am liebsten magst. Dazu gibt es den Süßkartoffelauflauf meiner Mom.“

„Lecker, den habe ich auf der Hochzeit verschlungen!“

Clayton öffnete die Dosen und stellte alles auf der Decke bereit. „Dazu eine großzügige Portion Chickenwings mit Krautsalat von Dorothy – sie wollte auch unbedingt etwas zum Picknick beisteuern“, klärte Clayton sie mit einem schiefen Lächeln auf.

Audrey konnte nicht glauben, dass alle mitgeholfen hatten. „Ich bin wirklich sprachlos.“ Wenn Clayton sich nicht schon über Bailey in ihr Herz geschlichen hätte, so wäre ihm das mit diesem unglaublichen Picknick am See gelungen. Ihr ganzer Körper kribbelte vor Glück und sie wünschte sich, dass dieser Abend niemals enden würde – er war einfach perfekt.

„Lass es dir schmecken, Audrey, und danach schauen wir einen Film an.“

Automatisch sah sie sich um, hatte Clayton hier etwa eine Art Open-Air-Kino aufgebaut? Doch sie konnte nirgends eine Leinwand oder ähnliches entdecken.

„Nicht so neugierig", bemerkte er schmunzelnd und schnappte sich sein eigenes Sandwich. Nach einer kurzen Pause fuhr er etwas beschämt fort: „Nicht dass du denkst, ich mache so etwas ständig oder dass es gar eine Masche von mir ist ... Im Grunde hatte ich noch nie so ein Date, unter freiem Himmel, meine ich, mitten in der Natur."

Das glaubte Audrey ihm sofort, denn mittlerweile hatte sie ja erfahren, dass Clayton gerne in Clubs ging und nichts anbrennen ließ. „Und wie kommt nun der Sinneswandel?", fragte sie mit klopfendem Herzen.

„Ich habe genug von all dem Partygedöns und von Frauen, die einem nicht folgen können."

Okay, hier musste sie die Damen in Schutz nehmen, es war auch schwierig sich auf Claytons Worte zu konzentrieren, wenn er dabei seinen Charme versprühte und dazu noch in einer knackigen Jeans steckte. Wobei seine Gesprächsthemen heute im Vergleich zu früher wenigstens interessant waren – damals hatte er nämlich nur Sprüche geklopft.

„Ich will was Echtes haben", fügte er nach einer kurzen Pause hinzu.

Audrey schluckte. Sie war echt. Innen wie außen. Sogar so echt, dass ihr Ex sie mit einem Umstyling gerne etwas künstlicher gemacht hätte.

Er fasste nach ihrer Hand und schnitt eine Grimasse. „Bei dir kann ich so sein, wie ich wirklich bin, niemand kennt mich so gut wie du."

Die Wärme, die von seiner Berührung ausging, durchströmte ihren ganzen Körper. Sollte sie ihm sagen, dass es ihr genauso ging, dass sie sich in seiner Gegenwart fühlte wie die unbeschwerte Audrey von damals? „Ich muss zugeben, dass ich möglicherweise ein wenig zu viel in diese Knutschattacke hineininterpretiert habe, aber dieses Bild hat einen wunden Punkt bei mir getroffen."

„Mmh, das habe ich mir fast gedacht", erwiderte Clayton mit gepresster Stimme und wirkte dabei leicht verärgert.

Für einen Moment überlegte Audrey, ob sie ihm sagen sollte, warum sie allergisch auf heiße Blondinen reagierte. Nein, diese Geschichte würde sie ihm ein andermal erzählen. Heute ging es nur um sie beide und um ihr Date am Dragonfly Lake.

„Tut mir leid, dass ich dich mit meinem Geständnis überrumpelt habe", fuhr Clayton zerknirscht fort. „Aber ich konnte einfach nicht länger warten, nachdem auf einmal alles so klar war. Ich weiß, du hast ein Leben in Chicago und bist nur zu Besuch hier ..." Der traurige Schatten in seinen Augen, ließ ihr Herz schmelzen. Sie konnte ihr Geheimnis nicht länger zurückhalten.

Liebevoll legte sie ihre Hand an seine Wange. „Clayton, bald wirst du mich und Bailey gar nicht mehr los. Tante Dorothy und Onkel Dean haben mich gefragt, ob ich mir vorstellen könnte, das B & B zu übernehmen."

Clayton klappte die Kinnlade herunter, es hatte ihm ganz eindeutig die Sprache verschlagen.

„Irgendwie haben sie es plötzlich sehr eilig, mich ins Geschäft einzuschleusen." Abrupt hielt Audrey inne, als ihr klar wurde, dass alles mit dieser abgekarteten Verkuppelungsaktion zusammenhängen musste. Clayton und das Bed & Breakfast, eine perfekte Kombination und ganz in Tante Dorothys Interesse. *Na warte*, schoss es Audrey amüsiert durch den Kopf.

„Das heißt, du wirst bald die neue Herrscherin über die Vorratskammer sein?" Clayton hatte endlich seine Sprache wiedergefunden.

„Mmh, und du bist jederzeit willkommen, wenn du Heißhunger auf Salty Pebbles hast … oder um mir bei kleinen Reparaturen zu helfen."

„Das heißt, du willst meinen Arbeitseinsatz mit Cornflakes bezahlen?", fragte er mit einem verräterischen Zucken um den Mund.

Audrey zwinkerte ihm frech zu. „Einen Versuch war es doch wert."

Er schüttelte amüsiert den Kopf und zeigte dann zum Pick-up. „Bist du bereit für die Ladefläche?"

Audrey riss überrascht die Augen auf. „Ladefläche? Du lässt ja wirklich nichts anbrennen!"

Clayton lachte laut, dann griff er nach ihrer Hand und führte sie, gefolgt von Bailey, zum Pick-up. „Ich meinte unseren Kinoabend."

Erst jetzt entdeckte Audrey eine gepolsterte Auflage und unzählige Kissen, die das Heck in ein einladendes Bett verwandelten. In Rückenlage hätten sie den perfekten Blick zum Sternenhimmel. Schmunzelnd schüttelte sie über ihre Fantasien den Kopf, dann ließ sie sich von Clayton auf die Ladefläche helfen. „Romantik oder Thriller?", fragte er mit schiefgelegtem Kopf.

„Romantik natürlich ... Mitten im Wald und mit deinem Werkzeug, das wie geschaffen ist für ein perfektes Verbrechen, ist mir nicht gerade nach Thriller zumute."

„Ok, dann Romantik." Clayton zwinkerte ihr kurz zu, ehe er einen Laptop mit extragroßem Monitor hervorholte und ihn startete. „Schon mal ein Tailgate-Date gehabt?", fragte er mit rauer Stimme als er sich neben sie legte.

„Nein, noch nie. In Chicago gehört das nicht unbedingt zum Samstagabendprogramm." Dennoch konnte sie sich nichts romantischeres vorstellen, als auf der Ladefläche eines Pick-ups einen Film zu genießen.

„Ist für mich auch eine Premiere", raunte Clayton ihr zu. Noch während der Vorspann lief, legte er den Arm fürsorglich um Audrey, die sich daraufhin lächelnd an ihn kuschelte.

Ja, dieser besondere Filmabend in Little Falls toppte wirklich alles, was sie bisher erlebt hatte und das beste daran war, dass es der erste von vielen sein würde.

Epilog

Martha

Einen Monat später

„Bist du so weit, mein Honigtöpfchen?“

„Aber ja, lass uns losgehen. Ich bin so aufgeregt.“ Martha hob in ihrer typischen Geste die Hand und zeichnete einen Titel in den lauen Abendhimmel. „Ein Lichterfest am See – die neueste Attraktion in Little Falls.“

Eugene schenkte seiner Frau ein verschmitztes Lächeln und erwiderte: „Darauf freue ich mich schon die ganze Woche, und ich bin sehr neugierig, wie weit Clayton auf der Baustelle ist.“

„Das bin ich auch, und überglücklich, dass er sich letztendlich doch umentschieden hat.“

Martha schnitt eine Grimasse. Sie konnte sich immer noch nicht erklären, was sie geritten hatte, das Areal am Dragonfly Lake für ein Großprojekt freizugeben – ein Glück, dass Audrey ihr einen Strich durch die Rechnung gemacht hatte.

„Aber mir ist immer noch nicht klar, wo genau die Party stattfindet, im B & B oder bei Clayton?" Eugene verzog nachdenklich den Mund.

„Wahrscheinlich irgendwo dazwischen", erwiderte Martha kichernd. Sie konnte nicht beschreiben wie sehr sie sich für Audrey und Clayton freute. Nicht nur, dass die beiden perfekt zueinanderpassten, nein, sie unterstützten sich auch gegenseitig bei ihren Projekten. Wie praktisch, dass sie jetzt quasi Nachbarn waren.

„Schau nur die vielen Lichterketten und die Lampions auf dem See!" Eugene riss überrascht die Augen auf, als sie die Liegewiese hinterm Bed & Breakfast erreichten.

Auch Martha sah sich nun bewundernd um, denn das B & B hatte sich unter Audreys Einfluss ganz klar gemausert. Die Veranda erstrahlte in einem frischen Weiß und auch das leicht angestaubte Mobiliar war durch neue Korbstühle und Schaukelstühle ersetzt worden. Sie war schon sehr gespannt, was sich Audrey noch alles einfallen ließ. Nicht dass sie Dorothys Waffelfest und die Halloweenparty nicht liebte – im Gegenteil –, aber es wurde Zeit für etwas frischen Wind in Little Falls.

„Hallo, Martha und Eugene! Was sagt ihr zu unserem Lichterfest?" Der Eigentümer des B & B kam mit einem breiten Lächeln auf die Neuankömmlinge zu.

„Hallo, Dean. Es ist ein Traum, und wie schön der See funkelt! Ich kann gar nicht mehr wegschauen – sind das etwa Schwimmlaternen?"

„Ganz genau. Audrey und Clayton haben sich darum gekümmert, Dorothy wollte das schon immer mal ausprobieren."

„Wo sind die beiden überhaupt?“ Martha reckte neugierig den Kopf, seit sie den Bauantrag unterzeichnet hatte, bekam sie Clayton kaum noch zu Gesicht.

„Dort hinten beim Smoker und ich muss zugeben, dass die Idee mit dem Barbecue wirklich genial ist ... unsere Gäste sind ebenfalls begeistert.“

Beim Anblick der Frischverliebten zog sich Marthas Herz zusammen, sie konnte nicht beschreiben, wie glücklich sie die neuesten Entwicklungen machten, ebenso wie die vielen neuen Gesichter, die sie unter den Gästen im B & B ausmachte. Der Umbau der leer stehenden Zimmer hatte sich für Dorothy eindeutig gelohnt. Hach, sie konnte es gar nicht erwarten, was Audrey als Nächstes verschönern würde.

Vielleicht hatte die junge Frau auch eine Idee, wie man das Bürgermeisterzimmer umgestalten könnte. Der große Raum mit Blick auf den Park war zwar hell und freundlich, dennoch wirkte er etwas unpersönlich. Besonders mit dem Sammelsurium an Trophäen und Urkunden der ehemaligen Bürgermeister. Es wurde höchste Zeit, diese zu entsorgen oder zumindest in ein anderes Zimmer zu verfrachten ... Wer rühmte sich heutzutage noch mit dem Titel „Bester Gummistiefel-Weitwerfer“?

Der Duft von leckeren Steaks und Maiskolben lenkte Marthas Aufmerksamkeit zurück zum Grill.

„Hallo, ihr beiden, ich bin begeistert. So ein Fest am See war in Little Falls längst überfällig.“

„Das habe ich auch schon gesagt, ich fühle mich wie auf einer Strandparty“, bemerkte Larry, der jetzt mit einem Cocktail zu ihnen stieß. „Eugene, der schmeckt genauso wie in Miami im Alligator Inn!“

„Tatsächlich?" Eugene riss erfreut die Augen auf, ehe er sich an seine Frau wandte. „Den musst du probieren. Ich konnte davon gar nicht genug bekommen ... Zum Glück war er alkoholfrei sonst hätte ich den ganzen Tag Samba getanzt."

Martha schüttelte amüsiert den Kopf. „Du bist mir vielleicht einer."

„Nur sollte er es mit diesen hier tatsächlich nicht übertreiben", mischte sich Clayton belustigt ein. „Da ist echter Rum drin im Gegensatz zu euren Seniorencocktails."

„Heute habe ich ja meinen Aufpasser dabei", erwiderte er kichernd und zog bei Marthas gespielt empörtem Blick schnell den Kopf ein.

„Ich habe dich nicht mehr angeschwipst gesehen seit unserer Silvesterparty '85." Martha hob sich prustend die Hand vor den Mund, als sie sich an diese Feier im B & B erinnerte. Eugene war eine ganze Woche lang nicht mehr ansprechbar gewesen.

„Ich konnte ja nicht wissen, dass die süffige Bowle so bei mir einschlägt. Dorothy hat so viel Saft untergemischt, dass ich den Alkohol nicht einmal schmeckte!"

Martha schenkte ihrem Mann einen liebevollen Blick, denn jeder wusste, dass Eugene nicht trinkfest war. Aber auf seine Karaokeeinlage an jenem Silvesterabend hätte sie dennoch nicht verzichten wollten.

Erneut warf sie einen bewundernden Blick auf die schwimmenden Laternen, die auf der Wasseroberfläche sanft schaukelten, dann klappte ihr überrascht der Mund auf.

„Huch, du bist aber schnell. Wie hast du das denn in so kurzer Zeit geschafft?“ Sie blinzelte, denn das massive Holzhaus am anderen Ufer wirkte so gut wie fertig.

„Wir haben in den letzten drei Wochen nichts anderes gemacht, nachdem meine Wunde verheilt war“, erwiderte Clayton voller Stolz. „Fehlt nur noch der Steg aufs Wasser.“

„Wunderschön! Es freut mich, dass du wieder voll einsatzbereit bist und deinen Traum wahrgemacht hast.“ Nach einer kurzen Pause fragte sie zerknirscht: „Ich hoffe doch, zwischen uns ist wieder alles gut? Die Pferde sind einfach mit mir durchgegangen.“

Clayton winkte beschwichtigend ab. „Alles in Ordnung, Martha. Diese Aktion war wie eine Schocktherapie für mich und hat mir die Augen geöffnet. Der Dragonfly Lake soll unberührt bleiben.“

„Ja, darauf gebe ich dir Brief und Siegel. Und bei der nächsten Stadtversammlung machen wir es auch offiziell, wir schreiben es im Gesetz fest.“

„Das sind ja tolle Neuigkeiten! Hallo, ihr beiden!“ Dorothy, die gerade mit einer großen Salatschüssel zu ihnen stieß, strahlte übers ganze Gesicht, dann sah sie sich verwundert um. „Was steht ihr hier so rum? Sucht euch einen Platz, bevor die besten Tische weg sind.“

„Du hast recht, hier ist ganz schön was los. Oh, da hinten sitzt ja Chase.“ Sofort hellte sich Marthas Gesicht auf, als sie den jüngsten Cassidy-Spross an einem Tisch entdeckte. Der Deputy Sheriff hatte einen ganz besonderen Platz in ihrem Herzen. Nicht nur, weil er sie im Dienste der Stadt stets perfekt unterstützte, nein, er war ihr auch in vielen Dingen sehr ähnlich. Zum

Beispiel was seinen ausgeprägten Gerechtigkeitssinn oder den Humor anging.

Und wie er da als einziger Single so mutterseelenallein saß, weckte er auch die Beschützerinstinkte in ihr.

„Komm, Eugene, wir leisten Chase Gesellschaft", forderte sie ihren Mann eilig auf.

„Ich komme gleich nach, mein Hönigtöpfchen", antwortete dieser mittlerweile in ein Gespräch mit Larry vertieft.

Mit einem breiten Lächeln kämpfte sich Martha in ihren flachen Pumps über den Rasen und zog diese kurzerhand aus, als sie mit den Absätzen immer wieder im weichen Gras versank. „Huhu, Chase", begrüßte sie ihn fröhlich und setzte sich ihm gegenüber auf die Bank.

„Oh, hallo, Martha, gut, dass ich dich treffe, ich wollte mit dir noch den Ablauf des ..."

„La, la, la", unterbrach sie ihn singend und hob sich die Ohren zu. „Heute bitte keine Gespräche über die Arbeit." Also wirklich, Chase brauchte unbedingt etwas Ablenkung, selbst bei einem gemütlichen Barbecue kam er nicht aus seiner Haut. Wenigstens trug er heute nicht seine Uniform, so wie an Halloween, als er diese geschickt in seine Zombie Verkleidung integriert hatte.

„Aber wir müssen noch –", versuchte es Chase ein weiteres Mal.

„Chase", erwiderte sie nun mit strenger Stimme, „wenn du heute noch einmal mit der Arbeit anfängst, sorge ich höchstpersönlich dafür, dass du zum Zwangsurlaub verdonnert wirst – das ist doch nicht mehr normal."

Chase verstummte schlagartig, was Martha innerlich zufrieden grinsen ließ. Zwangsurlaub war wohl die

Höchststrafe für ihn. Sie schüttelte ungläubig den Kopf, dann sah sie sich neugierig um. Gab es unter den Hotelgästen nicht zufällig eine nette junge Frau, die den armen Chase etwas ablenken konnte? Doch nach einer kurzen Bestandsaufnahme verzog sie enttäuscht den Mund. Die Gäste waren entweder alle vergeben oder jenseits der Siebzig.

„Hallo, ihr beiden, ist bei euch noch was frei?", flötete Josephine und nahm kurzerhand neben Chase Platz. „Dich habe ich ja schon seit einer Ewigkeit nicht mehr gesehen, keine Sorge, ich beiße nicht."

Chase verzog ob Josephines Bemerkung kurz das Gesicht und sah Hilfe suchend zu Martha, die nur schmunzelnd den Kopf schüttelte. Es war kein Geheimnis, dass Chase um den Buchladen seit jeher einen großen Bogen machte, nicht weil er Josephine nicht mochte, sondern weil er mit Büchern einfach nichts anfangen konnte.

„Chase ist halt sehr eingebunden als unser Deputy Sheriff. Einer muss hier ja für Recht und Ordnung sorgen", sprang Martha für ihn in die Bresche und spielte gleichzeitig auf Josephines fragwürdige Lesungen im Buchladen an. Sie selbst war noch nie dabei gewesen, aber Eugene hatte ihr verraten, dass es um erotische Literatur ging und Josephine ihre hellste Freude daran hatte, die Besucher ausgerechnet mit den explizitesten aller Szenen zu unterhalten.

„Da gebe ich dir recht und der Job ist wie für ihn gemacht." Josephine wandte sich mit einem amüsierten Lächeln an Chase. „Schon als kleiner Junge bist du im Sheriffkostüm herumgelaufen. Hach, du warst so ein süßer kleiner Woody!"

Jetzt fiel es auch Martha wieder ein, Chase hatte praktisch in dieser Verkleidung gelebt. Es hätte sie nicht weiter gewundert, wenn er auch in diesem Kostüm geschlafen hätte.

„Meine Enkelin Isabelle war ebenfalls ein großer Fan von Toy Story", fuhr Josephine schmunzelnd fort. „Sie hatte schon immer ein Faible für gute Geschichten – nur sind sie heute nicht mehr jugendfrei."

„Moment mal, reden wir hier von derselben Isabelle, aus deren Büchern du immer vorliest?", fragte Chase nun hellwach. Ganz offensichtlich hatte er doch irgendwo eine Information über die Lesungen aufgeschnappt – vermutlich im Diner.

„Ja, genau, wusstest du das nicht? Meine Enkelin hat hier bereits eine große Fangemeinde!", erwiderte Josephine voller Stolz. „Ihr Buch ‚Secret Santa' war sogar ein Bestseller."

Bei Chase' Ausdruck unterdrückte Martha ein Kichern. Ihr Eugene hatte vor einiger Zeit ebenso verwirrt ausgesehen. Er war auf dieser Lesung gewesen, weil er sich auf eine nette Weihnachtsgeschichte gefreut hatte ... Hätte er sich mal lieber im Voraus das Programmheft durchgelesen. An diesem Abend war er mit roten Ohren nach Hause gekommen und hatte ihr alles gebeichtet – sie musste zugeben, dass die kurze Zusammenfassung vom Buch auch ihre Fantasie etwas angeregt hatte.

Ihr Blick fiel auf Chase, der nun unwohl mit seinem Bierglas spielte. Wahrscheinlich wusste er, dass es in diesem Buch nicht um eine harmlose Weihnachtsgeschichte ging. Vielleicht brauchte der jüngste Cassidy-Spross genau das, ein Abenteuer, das in mal aus der

Reserve lockte. Herrgott, sie konnte an manchen Tagen selbst kaum verstehen, warum ein Zweiundzwanzigjähriger derart spießig war. Die Rädchen in ihrem Kopf überschlugen sich geradezu, während sie darüber nachdachte, wie sie den jungen Mann vor sich selbst retten konnte.

„Hier, ich habe immer ein signiertes Exemplar von Isabelle dabei. Das hier war ihr letztes Werk."

Josephine zog ein Taschenbuch aus ihrer Handtasche und knallte es mitten auf den Tisch.

Marthas Blick fiel auf den halb nackten Kerl mit offenem Hemd, der wie sie zugeben musste, sehr gut gebaut war. „Hui, na das nenn ich mal ein Cover."

„Ist das nicht etwas sexistisch?", gab Chase mit hochgezogener Augenbraue zu bedenken, als er einen skeptischen Blick auf das Buch warf.

„Sex sells, mein Lieber", flötete Josephine ihm zu. „Vielleicht wär das mal eine Idee für eure Polizeiwache. Die Feuerwehrleute aus New Haven bringen nächstes Jahr sogar schon ihren dritten Kalender raus."

Bei Chases schockiertem Blick hielt sich Martha prustend die Hand vor den Mund. „Die sind ja auch mindestens zu zwölft. Das könnte hier etwas schwierig werden, dann müssten sich Chase und Bill ja jeden Monat abwechseln."

„Ich hätte nichts dagegen", zwinkerte Josephine Martha übermütig zu, „Bill kann sich in seinem Alter noch sehen lassen ... und Chase sowieso."

„Ich notiere das für die nächste Stadtversammlung, vielleicht können wir noch Cole und Clayton dazuholen ... Ist doch für einen guten Zweck. Und die Einnahmen könnten wir für …“, sprudelte es aufgeregt aus Martha heraus.

„Hey, immer langsam, da haben wir auch noch ein Wörtchen mitzureden“, wies Chase sie grimmig in die Schranken.

„Papperlapapp, ihr könnt die Hosen auch anbehalten, also zier dich nicht so“, winkte Josephine schnell ab. „Aber wenn wir nicht auf zwölf junge Burschen kommen, müssten wir zwischendurch eventuell mit den Schachopis füllen.“

„Hallo, Josephine“, begrüßte Eugene nun die Buchhändlerin und nahm zusammen mit Larry auf der Bank Platz, dann fiel sein Blick auf das Buch, das immer noch auf dem Tisch lag.

„Ein neues Buch von Isabelle?“, fragte er und tauschte einen kurzen Blick mit Martha, die sogleich rot anlief.

„Ja, ich habe dich bei der letzten Lesung im Herbst vermisst, mein Lieber.“ Josephine zog eine Grimasse und wandte sich dann an die beiden Senioren. „Ihr kommt übrigens genau richtig. Martha und mir ist eben *die* Idee gekommen, wie wir wieder Geld in die Stadtkasse spülen können.“

„Etwa ein weiterer Bildband wie zum Jubiläum?“, fragte nun Larry interessiert nach.

„Eine tolle Idee, aber mit dem nächsten Bildband warten wir noch etwas, bis wir genügend neue Fotos haben. Auf jeden Fall kommt euer Selfie vom Pflanztag rein und eine Großaufnahme der Hortensienbüsche. Und, Larry, dein Siegerfoto vom Kuchenwettbewerb darf natürlich auch nicht fehlen, immerhin bist du der erste männliche Gewinner überhaupt – und dann noch mit einer Baiser-Torte!“

Sie schenkte dem Senior einen anerkennenden Blick, den er lächelnd erwiderte. „Aber jetzt kümmern wir uns erst einmal um einen schicken Kalender.“

„Das ist eine wundervolle Idee.“ Eugenes Augen leuchteten auf. „So was kann man immer brauchen.“

„Alles klar, Chase?“ Larry sah zu seinem Enkelsohn. „Du wirkst nicht gerade begeistert.“

Chase hob abwehrend die Hände. „Das wird mir langsam zu viel, ich wechsle den Tisch.“ Mit diesem Satz stand er auf und schlenderte zu Cole und Jenna, die mittlerweile auch eingetroffen waren.

„Was hat er denn, der Junge, haben wir ihn vergrault?“ Eugene sah Chase irritiert hinterher.

„Ach, Chase ist immer so unglaublich ernst. Er muss endlich mal lernen, Spaß zu haben!“, warf Larry kopfschüttelnd ein. „Ich sag es ihm doch schon jeden Tag.“

„Den kann er mit meiner Enkeltochter Isabelle garantiert haben. Sie hat ne Menge Spaß in New York. Vielleicht sollte er mal im Big Apple Urlaub machen?“, schlug Josephine nachdenklich vor.

„Das kannst du abhaken, Chase geht doch nicht freiwillig in den Urlaub und schon gar nicht zu jemandem, den er nicht kennt“, fegte Larry den Vorschlag gleich vom Tisch.

„Siehst du, wir hätten ihn doch mit nach Florida nehmen sollen, als er uns begleiten wollte“, warf Eugene ein.

„Ja, aber doch nur als unser Babysitter, als wären wir Alten nicht imstande, allein auf uns aufzupassen“, erwiderte Larry lachend.

Josephine verzog nachdenklich den Mund. „Hm, dann muss Isabelle eben zu uns kommen ... Sie war schon seit Jahren nicht mehr hier.“

„Ihr immer mit euren Verkupplungsversuchen.“ Larry schüttelte den Kopf. „Die beiden sind doch grundverschieden. Isabelle liebt Bücher und Chase ...“

„Psst, er kommt wieder“, unterbrach ihn Martha eilig, ehe sie sich lächelnd an Chase wandte. „Na, wird dir der Tisch da drüben auch zu viel?“

„Ich habe mein Bier vergessen und ja, am anderen Tisch dreht sich gerade alles um die perfekte Deko.“ Er verzog das Gesicht und setzte sich wieder auf seinen alten Platz.

„Dann komm zu uns, ich versprech dir auch, dass wir ab sofort das Thema wechseln. Kein Wort mehr über Bücher und Kalender.“

Martha tätschelte Chase gutmütig die Hand, ehe sie mit Josephine einen vielsagenden Blick wechselte. Es wäre doch gelacht, wenn man Isabelle nicht irgendwie vom hektischen New York hierher ins beschauliche Little Falls locken könnte.

Ende von Band 2

Nachwort

Wisst ihr, auf was ich mich beim Lesen von Buchreihen immer am meisten freue? Auf ein Wiedersehen mit liebgewonnenen Charakteren.

Aber auch beim Schreiben von eigenen Geschichten, gibt es für mich nichts Schöneres, als meine Darsteller wiederzutreffen und mich von ihnen überraschen zu lassen, denn spätestens ab dem zweiten Band entwickeln sie ein Eigenleben – trotz Plot. Vielleicht ist es euch bei Martha und Eugene besonders aufgefallen.

Ich muss zugeben, dass ich mich in den letzten Monaten sehr gerne in Little Falls aufgehalten habe. Es fühlte sich an wie „Nachhausekommen", wie ein Stückchen Normalität in all dem Chaos um mich herum. In meiner Fantasie konnte ich alles erleben, was aktuell nicht möglich war – ein Kinobesuch oder eine Lesung im Buchladen. Ich hoffe, dass ihr die Lesestunden ebenso sehr genossen habt wie ich das Schreiben :-)

Zum Glück geht es bald weiter … und zwar im dritten Band mit Chase und Isabelle. Was unser Deputy Sheriff wohl dazu sagen wird, wenn Josephines Enkelin mitten im Park einen Buchclub eröffnet?

Ich verspreche euch schon jetzt, dass auch die liebenswerten Einwohner von Little Falls wieder dabei sein werden.

Danksagung

Ein ganz herzliches Dankeschön geht wie immer an meine Leserinnen und Leser. Noch während der Überarbeitung von Band 2 erreichten mich die ersten Rückmeldungen zu Cole und Jenna. Es ist für mich immer sehr interessant zu erfahren, auf was ihr achtet oder was euch besonders gefällt. Aber eins ist sicher: Ich bin nicht die Einzige, die sofort nach Little Falls ziehen würde, wenn es diesen Ort denn gäbe.

Als Nächstes möchte ich mich beim dp Verlag bedanken, dass ihr dieses Projekt ermöglicht habt und mich im Hintergrund so tatkräftig unterstützt. Vielen Dank für euer Vertrauen in mich und meine Bücher.

Es geht weiter mit meinen beiden Autorenkolleginnen M.L. Busch und Talina Leandro, die mich von Anfang an bei der Entstehung von „Herzklopfen in Little Falls" im „Writer's Room" begleitet haben. Ich hoffe sehr, dass unsere Zusammenarbeit auch über diese Buchreihe hinausgeht. Zwischenzeitlich durfte ich Maike persönlich kennenlernen, worüber ich mich nach monatelangen Chats und Voice-Nachrichten sehr gefreut habe. Talina, wir holen das noch nach.

Ein dickes Dankeschön geht an meine Lektorin Carolin Diefenbach. Wir sind einfach ein Dreamteam, wenn ich das so sagen darf. Du bist nicht nur sehr aufmerksam und bewahrst mich vor so mancher Blamage, nein, auch deine Kommentare bringen mich oft zum Lachen.

Habt ihr euch schon gefragt, wer die wunderschönen Buchcover zu dieser Neuauflage entworfen hat? Es ist Christin Peulecke. Selten trifft ein Cover so gut den Inhalt. Man weiß gleich, was einen erwartet.

Ein besonderes Dankeschön geht an Sarah Dorsel, die das Hörbuch zu Band 1 eingelesen hat. Schon beim ersten Kontakt wusste ich, dass sie die Richtige dafür ist, was nicht zuletzt daran lag, dass sie mich so sehr an Mel aus Virgin River erinnert hat.

So, kommen wir zum Schluss ;-) Lieben Dank an mein Bloggerteam, das mich so tatkräftig auf Social Media unterstützt. Einige von euch begleiten mich schon seit einigen Jahren und ich weiß das sehr zu schätzen.

Das Schlusswort habe ich mir wie immer für die zwei wichtigsten Menschen in meinem Leben aufgehoben – meinen Mann und unseren Sohn. Ohne euch gäbe es *Karin Bell* nicht. Auch wenn mein Mann eher ein „Chase" ist, hat er mich von Anfang an unterstützt und ermutigt, an meinen Traum zu glauben. Und auch an meinem Sohn geht das Autorenleben nicht gänzlich vorbei. Danke, dass du den Kameramann für meine Tiktok-Videos machst. Ich weiß, in diesem Alter ist es mehr als peinlich ;-)

Alles Liebe

eure Karin